Zur Ehe gezwungen

Leila

Zur Ehe gezwungen

Unter Mitarbeit von Marie-Thérèse Cuny

Deutsch von Theresia Übelhör

Weltbild

Originaltitel: *Mariée de force*

Für Ryad – mein Sohn, mein geheimer Garten

Besuchen Sie uns im Internet:
www.weltbild.de

Deutsche Erstausgabe 2005

Projektleitung: Almut Seikel
Übersetzung: Theresia Übelhör
Satz: Andrea Göttler
Umschlagabbildung: Jean-Marie Perier / At Large
Druck und Bindung: GGP Media GmbH,
Karl-Marx-Straße 24, 07381 Pößneck
Gedruckt auf chlorfrei gebleichtem Papier
Printed in Gemany

ISBN 3-89897-177-5

Ein paar Stufen führen hinauf in eine Halle und vor ein Türschild mit der Aufschrift »Bürgermeisteramt«.

Ich heiße Leila und bin einundzwanzig Jahre alt, in Frankreich geboren, allerdings marokkanischer Herkunft. Diese Herkunft steht noch heute allmächtig neben mir: mein Vater.

Er ist weder ein religiöser Fanatiker noch ein böser Mensch, sondern ein ehrenhafter und angesehener Mann. Er schlägt seine Tochter, wenn sie ihm nicht gehorcht; so hat er mich erzogen, auf Gehorsam und Unterwürfigkeit dressiert. Er hat mich also geschlagen, damit ich den Mann heirate, der jetzt vor mir die Stufen hinaufsteigt.

Ich gehe vor der französischen Verwaltung die Ehe mit einem Mann ein, den ich nicht kenne. Es handelt sich demnach nicht um eine Trauung, sondern um eine erzwungene Formalität. Noch könnte ich mich retten, diese Treppe wieder hinunterrennen und um Hilfe schreien. Täte ich das, dann könnte ich trotzdem kein selbstbestimmtes Leben führen. Ein in dieser Tradition erzogenes Mädchen kann nicht ohne ihre Familie und den Schutz ihres Vaters leben, dessen Aufgabe es ist, dieses Mädchen einem anderen Beschützer zu übergeben: dem von ihm ausgesuchten Ehemann.

Ich bin in diesem Vorstadtviertel geboren, meine Geburt wurde in ebendieses Personenstandsregister in ebendiesem Rathaus eingetragen, angeblich habe ich Rechte, aber sie nützen mir überhaupt nichts. An wen soll ich mich wenden? An eine Sozialarbeiterin? Hier handelt es sich um eine Privatangelegenheit, und sie dürfte sich nicht einmischen. An die Polizei? Man würde mir antworten, dass ich volljährig sei und nur Nein zu sagen bräuchte. In einer Demokratie gibt es so etwas wie eine

Zwangsheirat grundsätzlich nicht. Aber wenn ich vor dem Bürgermeister Nein sagen würde, wäre mir auch nicht geholfen, weil man mich in Marokko bereits offiziell verheiratet hat, und auch wenn diese Eheschließung in Frankreich nicht anerkannt wird, wäre ich für meinen Vater und die ganze Gemeinschaft unseres Vorstadtviertels eindeutig geächtet, ich würde als »ungehorsames Mädchen« abgestempelt und ausgestoßen werden, falls ich mich weigern würde, diese abschließende Formalität in Frankreich hinter mich zu bringen. Ich könnte nie mehr ungehindert nach Marokko reisen, mein »Ehemann« hätte das Recht, mich suchen zu lassen und mich dann zu verstoßen. Und in den Augen eines traditionsbewussten Vaters ist es die schlimmste Schande, die er sich vorstellen kann, wenn seine Tochter verstoßen wird.

Ich habe immer von einer Liebesheirat geträumt, davon, jenem jungen Mann zu begegnen, auf den alle Mädchen warten. Ich würde wie in den romantischen Liebesgeschichten ein schönes weißes Kleid und einen Blumenstrauß tragen, ich würde oben auf der Treppe stehen und lächeln, alle meine Freundinnen wären gekommen, um mich zu beglückwünschen und in die Arme zu schließen. Ich würde meine Familie verlassen, um in eine kleine Wohnung zu ziehen, nur wir beide, ich würde vor Rührung weinen, mich von meinem Vater, meiner Mutter und allen meinen Brüdern verabschieden, das Glück und die Freiheit vor Augen, die ich mir schon immer ersehnt habe.

Die Formalität dauerte gerade einmal zehn Minuten.

Jetzt hatte der Fremde, was er haben wollte, und das war nicht unbedingt ich, Leila. Ihm wäre jedes in Frankreich geborene Mädchen aus dem Maghreb recht gewesen, vorausgesetzt, sie ist Jungfrau und stammt aus gutem Hause. Mein Vater hat mich nicht einmal an diesen Mann »verkauft«, wie es gelegentlich vorkommt. Er glaubt einfach an die Tradition der zwischen Familien arrangierten Ehen, er hält offen und beharrlich daran fest, mich zum Gehorsam, zur Unterordnung zu zwingen, denn er könnte es nicht ertragen, wenn seine Tochter anders leben würde.

Mein Kopf ist leer. Ich bin nicht bei der Sache, dieser Tag existiert nicht, ich habe ihn im Voraus aus meinem Gedächtnis gestrichen. Den Kopf in den Sand gesteckt wie ein Vogelstrauß und auf irgendein Eingreifen des Schicksals hoffend, das mich da noch herausholt – den Weltuntergang, ein Erdbeben, oder dass jemand aufsteht und ausruft: »Nach französischem Recht sind Zwangsehen verboten!«

Abgesehen von den beiden Trauzeugen war außer uns niemand in diesem Amtszimmer, und die Erde bebte nicht. Der Bürgermeister machte sich keine Gedanken, er hatte schon mehrere überstürzte Hochzeiten erlebt, bei denen keiner vor Freude jauchzte. Unter dem autoritären Blick meines Vaters sagte ich mit einer Stimme, die nicht die meine war, »Ja« und unterschrieb ein Papier, das ich gar nicht richtig sah, so verschwommen war alles, weil mir Tränen in den Augen standen. Beim geringsten Aufbegehren hätte mich mein Vater grün und blau geschlagen, mich nach Marokko geschickt oder auf die Straße geworfen.

Ich hätte in einem Mädchenhaus Zuflucht suchen müssen, einer Freiheit ausgesetzt, auf die er mich nie vorbereitet hat und die mir schreckliche Angst einjagt. Die Integration erfolgt über die Freiheit, Nein zu sagen. Die Tradition bedeutet die Unmöglichkeit, dieses Nein auszusprechen. Ich war nie frei genug, dieses ungeschriebene Gesetz zu brechen.

Wo warst du?

Ich war sieben oder acht Jahre alt, vielleicht jünger, als ich die Stimme meines Vaters beziehungsweise meiner Mutter bereits durch die Wohnung dröhnen hörte:

»Leila! Deck den Tisch! Leila, kümmere dich um deinen Bruder! Leila, wasch das Geschirr ab! Leila, bleib hier! Leila, was machst du da?«

Komm her! Geh nicht raus! Räum das Zimmer auf! Wann kommst du von der Schule heim? Räum deine Sachen hier weg! Hilf deiner Mutter! Rede nicht mit diesem Mädchen! Mit wem warst du unterwegs?

Befehle und Verbote drangen wie Nadeln in mein Gehirn ein. Ich gehörte mir nicht selbst, ich war ein Objekt, ein ferngesteuertes Werkzeug der Familie.

Wenn ich mich im Spiegel betrachtete, sah ich niemanden. Ich war geboren worden, ich existierte mit Körper und Geist, mit Augen zum Sehen, einem Herzen zum Fühlen – aber ich konnte mich ihrer nicht bedienen. Ich wurde mitten in Frankreich nach marokkanischer Tradition erzogen und konnte doch nur in der Schule frei atmen. Im Klassenzimmer existierte ich, ich war ein richtiges Individuum, mein Gehirn konnte nützliches Wissen aufnehmen, in der Pause durfte ich herumtoben und wie die anderen lachen – ich liebte die Schule. Aber sobald ich heraustrat, schon auf dem Heimweg, war ich wieder ein Nichts.

»Trödle nicht herum und komm pünktlich heim! Kümmre dich um deine Brüder!«

Ich bin das einzige Mädchen unter einer ganzen Schar von Jungs. Jedes Mal, wenn meine Mutter schwanger war und zur Entbindung in die Klinik ging, wartete ich auf dem Krankenhausflur und hoffte inständig, jemand würde sagen: »Es ist ein Mädchen!«

Aber das Ritual war immer das gleiche. Zwei ältere Brüder, dann nach mir noch einer und noch einer, bis es schließlich zehn waren. Ich war schon sechzehn Jahre alt, als endlich meine kleine Schwester Sirinne geboren wurde.

Mit fünf oder sechs Jahren schrie ich mir diese Verzweiflung, in den Armen meiner Mutter nie ein Wesen zu sehen, das mir ähnlich war, einfach von der Seele. Meine ganze Kindheit und Jugend verbrachte ich damit, mir eine Schwester, dieses Geschenk des Himmels, zu wünschen. Ich empfand diesen Strom von Jungen, den der Körper meiner Mutter hervorbrachte, als persönliche Strafe, und meine eigene Geburt inmitten von ihnen war eine umso schlimmere Bestrafung.

Ali und Brahim, Karim und Miloud, Mohammad und Hassan, Mansour und Slimane, Idriss und Rachid ... Meine Mutter brachte praktisch jedes Jahr ein Kind zur Welt, und so reihte sich ein Akteur meines Daseins an den anderen wie im Vorspann eines Films, und ich blieb allein, auf der Leinwand unsichtbar, aber mit sämtlichen häuslichen Aufgaben betraut. Bei Schulschluss beneidete ich meine Klassenkameradinnen: Ihre Mütter holten sie ab, nahmen sie in die Arme – mir kam es so vor, als wären sie in den Augen ihrer Mütter sehr viel wert. Meine Mutter mit ihrer Kinderschar hatte unentwegt zu arbeiten. Selbst nachts schrie immer ein Baby. Ihr Leben war die reinste Sklaverei.

Schon sehr früh wurde von mir also erwartet, im Haushalt zu helfen, aber ich weigerte mich hartnäckig, die Sklavin meiner zehn Brüder zu sein. Meine Mutter schlug mich und zog mich an den Haaren, trotzdem machte ich so gut wie nichts von dem, was sie von mir verlangte. Aber für sie war es das Normalste auf der Welt, dass ihr ihre einzige Tochter zur Hand ging, so war sie in ihrem Dorf erzogen worden, bevor sie nach Frankreich kam, wo sie keine Menschenseele kannte und die Sprache nicht verstand. Zu der Zeit, als ich geboren wurde, etwa vor fünfundzwanzig Jahren, lebten in unserem Vorstadtviertel erst sehr wenige Familien aus dem Maghreb. Und bei ihrer Ankunft aus ihrem marokkanischen Dorf gab es noch gar keine. Meine Mutter fand sich schließlich in einer Fünfzimmerwohnung eingesperrt, die nicht groß genug war, um darin elf Kinder zusammenzupferchen, in einer Gegend ohne Sonne und außerstande, diese Wohnung zu verlassen und die Einkäufe selbst zu erledigen. Mein Vater kümmerte sich um alles, was mit der Außenwelt zu tun hatte, er kaufte die Lebensmittel ein, und dafür ging sein gesamter Arbeiterlohn drauf. Damals war von Geburtenkontrolle noch nicht die Rede, das Wort »Antibabypille« war noch unbekannt, und Gott schenkte ihm Söhne. Später fragte ich mich, ob die Tatsache, dass mein Vater Waise war, nicht vielleicht der Grund für diese unermüdliche Fortpflanzung war.

Während ihrer ersten Jahre in Frankreich sah meine Mutter das Leben lediglich durch das Fenster der dritten Etage an sich vorbeiziehen, sie verließ das Haus nur, um zu entbinden oder aber im Schlepptau meines Vaters, ihre vielen Söhne hinter sich her ziehend. Wie meine Mutter war auch ich zu Hause eingesperrt. Meine Brüder dagegen durften, als sie größer wurden, ohne Aufsichtsperson draußen herumtoben, ich nicht. Wenn Freundinnen aus dem Viertel kamen, um mich zum Spielen abzuholen: »Wir machen unten Gummitwist, kommst du mit?«, dann antwortete ich: »Ich muss meinen Vater fragen, aber er erlaubt es mir sicher nicht. Fragt ihr ihn! Zu euch sagt er vielleicht Ja, aber mir erlaubt er es bestimmt nicht.«

Und die Antwort lautete tatsächlich immer gleich:

»Du willst frische Luft schnappen? Dann geh auf den Balkon!«

Das war dermaßen ungerecht! Ich wagte es nicht, ihn nach dem Warum zu fragen, ich versuchte nicht, es zu verstehen. Seine Antwort lautete Nein, und dabei blieb es. Und ich sehe mich noch heute auf dem Balkon stehen, dazu verdammt, den anderen Mädchen beim Spielen zuzuschauen – verurteilt nach einem mir nicht bekannten Gesetz. Ich war noch klein, noch in der Grundschule, und ich verstand es nicht. Worin konnte die Gefahr bestehen, unten vor dem Haus frische Luft zu schnappen?

Nach und nach waren immer mehr Familien aus dem Maghreb, dann auch aus Schwarzafrika, in unser Viertel gezogen. In der Schule saßen wir neben gebürtigen Französinnen, die ganze kleine Welt lebte in Harmonie zusammen, meine beste Freundin Souria machte mit den anderen Gummitwist. Farida, Joséphine, Sylvie, Malika ... Alia oder Charlotte amüsierten sich ohne mich unten vor dem Haus. Warum?

Mein Vater erzog seine Kinder so, dass alle richtig Angst vor ihm hatten.

Wenn er uns Fragen stellte und wenn einer von uns ihm unglücklicherweise in die Augen schaute, dann setzte es gleich eine Ohrfeige.

»Halt gefälligst die Augen gesenkt!«

Nie ein zärtliches Wort, noch weniger eine beruhigende Geste. Ich kann mich nicht erinnern, meinem Vater auch nur ein einziges Mal in meinem Leben auf den Schoß geklettert zu sein, noch von ihm zur Begrüßung oder zum Abschied je einen Kuss bekommen zu haben. Die Diskrepanz zwischen seiner brutalen Autorität und dem, was ich von anderen Kindern hörte – ob sie nun französischer Herkunft oder Einwandererkinder waren –, schien gewaltig. Von frühester Kindheit an lehnte ich mich vehement gegen diesen Erziehungsstil auf. Ich erinnere mich an einen Landschulaufenthalt in der fünften Grundschulklasse. Bei mir hieß es von Anfang an »Nein«. Der Lehrer suchte meinen Vater auf und insistierte höflich: »Es besteht keinerlei Gefahr für Ihre Tochter, die Mäd-

chen sind auf der einen Seite des Gebäudes untergebracht, die Jungen auf der anderen ...«
Doch es blieb beim Nein. Das Problem bestand darin, dass mein Vater trotz der Trennung von Jungs und Mädchen Kontakte fürchtete, zu denen es fern seiner Aufsicht ja immer kommen konnte.
Aber mit zehn Jahren ist man noch völlig unschuldig. Ich sah überhaupt nichts Verwerfliches darin, mit Jungen herumzutollen.
Zu Hause schlief ich im selben Zimmer wie ein Teil meiner Brüderschar ... und das störte meinen Vater überhaupt nicht! Mich aber schon! Die Gefahren, denen ich in seiner eigenen Wohnung ausgesetzt war, ignorierte er einfach.
Er wusste nicht, dass mich einer dieser jungen Kerle, der um einiges älter war als ich, mich in einem Alter, in dem man noch mit Barbiepuppen spielt, so angeekelt und mir für immer den Spaß am Zusammensein der beiden Geschlechter verleidet hatte. Bei der Vorstellung, mit diesem Jungen in einem Zimmer eingesperrt zu sein, bekam ich panische Angst. Der Angreifer, der unbestraft blieb, wusste genau, dass ich aus Scham schweigen und niemals wagen würde, ihn als den Schuldigen anzuprangern. Er hatte Recht. Natürlich hatte er meine Jungfräulichkeit nicht angetastet, denn in einer moslemischen Familie ist die Jungfräulichkeit eines Mädchens heilig. Aber es gibt andere, ebenso schwer wiegende Möglichkeiten, ein Mädchen dieses Alters zu demütigen. Ich hielt wie alle missbrauchten Kinder den Mund. Ich schweige noch immer, aber dieses Gift verfolgt mich. Warum habe ich nicht um Hilfe geschrien? Warum habe ich klein beigegeben? Warum bin ich diejenige, die sich immer schuldig fühlt, während der Angreifer sein Leben ohne die geringsten Gewissensbisse führt? Er hat seine Sexualität einfach an mir ausgelebt, ich war nichts weiter, als ein zur Verfügung stehendes Objekt. Ein Nichts.

Ich wurde für eine mysteriöse Sünde bestraft, ich war ein Nichts, feige, beschmutzt, nur dazu da, in den Mülleimer geworfen zu werden. Deshalb zwang ich mich, diese verdammte Geschichte in meinem Kopf zu begraben.

Ich »flippte aus«, mir blieb gar keine andere Wahl.

Deshalb wurde ich aggressiv, aufmüpfig, labil, krank durch das mir aufgezwungene Schweigen, durch dieses Gefängnis, in dem nur die väterliche Autorität das Sagen hatte und den Jungen immer Recht gegeben wurde. Und aus diesem Grund schwor ich mir, in der Schule gut zu sein, einen Beruf zu erlernen, erst dann zu heiraten, wenn ich mich eines Tages dazu entschließen sollte, jedenfalls so spät wie irgend möglich, und keinesfalls eine Schar von Kindern in die Welt zu setzen. Aber davor musste ich zuerst demjenigen begegnen, der in meinen Augen Gnade finden und bei dem mich nicht die Lust überkommen würde, ihn für meine Kindheit bezahlen zu lassen.

Unterdessen träumte ich, die verstoßene und eingesperrte Prinzessin, auf meinem Balkon von einem charmanten Prinzen wie in den Fernsehserien. Und ich spielte meinen Klassenkameradinnen gegenüber den Clown und erzählte ihnen von den Prügeln, den Ohrfeigen und der »Dresche«, wie man bei uns im Viertel sagt, die ich mir regelmäßig als Strafe für meine offene Revolte einfing.

Ich wollte existieren, einfach ein bisschen Aufmerksamkeit und Zuneigung erfahren. Eigentlich verlangte ich nicht viel. Klamotten und Puppen ließen mich absolut kalt. Ich wollte, dass man mich liebt, dass man mir morgens und abends einen Kuss gibt, dass man mich von der Schule abholt. Aber da sich nichts dergleichen tat, fragte ich mich unablässig, ob ich wirklich die Tochter meines Vaters sei. Mir kam es so vor, als behandele er mich allein mit solcher Gleichgültigkeit. Zwar übte er

auch meinen Brüdern gegenüber diese Autorität aus, doch ständig waren sie alle gegen mich, nie hatte ich Recht. Und meine Mutter stimmte ihnen auch noch zu. Wollte ich mit meinen Freundinnen fortgehen, in die Stadt oder zu einer von ihnen, um Musik zu hören und zu quasseln, dann war das immer ein Riesentheater.
»Leila, du gehst am Mittwochnachmittag nicht weg! Du musst lernen, Brot zu backen und zu kochen. Dir ist das nicht klar, aber du wirst, wenn du heiratest, nicht mehr als eine Nacht mit deinem Mann verbringen, dann bist du am nächsten Morgen wieder hier, weil dein Mann dich verstoßen wird ...«
Drohungen, die für mich keinerlei Sinn ergaben und aus einer anderen Epoche zu stammen schienen.
Und am Mittwochnachmittag empfand ich ein diebisches Vergnügen dabei, meine Mutter zur Weißglut zu bringen.
»Ach, du willst nicht, dass ich ausgehe? Mach dir keine Sorgen, ich gehe nicht.«
Und ich ließ mich vor dem Fernseher in den Sessel fallen. Mein Vater drohte mir, bevor er zur Arbeit aufbrach: »Ich warne dich, wenn mir deine Mutter heute Abend sagt, dass du nicht getan hast, worum sie dich gebeten hat, dann setzt es was!«
»Klar, ist schon gut!«
»Leila, ich rede mit dir! Schau mich an, wenn ich mit dir rede! Nicht zum Fernseher!«
»Soll sich da noch einer auskennen! Wenn ich dich anschaue, dann heißt es, ich soll den Blick senken, wenn ich dich nicht anschaue, dann heißt es, ich soll dich anschauen?«
»Ich warne dich, du fängst noch eine, bevor ich gehe.«
»Einverstanden, Papa, ist gut, okay, kein Problem!«
Für mich dachte ich: »Red du nur ...«
»Leila, du musst ihnen das Essen bringen!«
Nichts machte mich so wütend wie die Pflicht, meinen

Brüdern das Essen zu servieren, während sie in aller Ruhe vor dem Fernseher hockten. Sie brauchten gar nichts zu tun. Sie setzten sich an den Tisch und standen wieder auf, ohne einen Finger zu krümmen – immer musste ich das Geschirr abräumen.

Einmal zog ich mich, nachdem ich diese Pflicht erledigt hatte, an, um aus dem Haus zu gehen, und meine Mutter stellte sich mir in den Weg.

»Du spülst nicht ab?«

»Nö.«

»Leila! Ich schwör's dir, dein Vater bringt dich um ...«

»Sicher, red du nur ...«

Und ich ging davon, knallte die Tür ins Schloss und hörte meine Mutter hinter mir her schimpfen. Ich wusste, dass ich wegen des Türenschlagens am Abend von meinem Vater »eine aufs Dach« bekommen würde. Meine Mutter verpasste mir Ohrfeigen oder zog mich an den Haaren, nichts Schlimmes also, und ich lachte darüber, aber bei meinem Vater war es etwas anderes: In unserem Viertel gab es zahlreiche verschämte Umschreibungen derselben Sache. Von seinem Vater »eine aufs Dach kriegen« und »Prügel kassieren« oder »Dresche beziehen«, das bedeutete, am nächsten Tag ein geschwollenes Gesicht zu haben, vom Rest ganz zu schweigen.

Einmal fesselte er mir die Beine und Hände, weil ich auf dem Heimweg von der Schule eine Zigarette geraucht hatte. Er hat mich wahrlich »verdroschen«. Wegen dieses Glimmstengels bezog ich ernsthaft »Prügel«. Brutale Schläge, die Spuren hinterlassen und sehr weh tun. Sogar den Arm hat er mir gebrochen. Aber niemanden hat das je beunruhigt. Allerdings bot mir ein Französischlehrer einmal Hilfe an.

»Leila, falls irgendwas nicht in Ordnung ist, du kannst jederzeit mit mir reden.«

Ich blickte ihn hochmütig an.

»Nein, was soll schon sein? Alles läuft bestens, ich bin beim Basketball hingefallen und habe mir den Unterarm verdreht ...«
Ich hätte mich geschämt, von meinem Leben zu berichten. Trotzdem hatte ich ein solches nicht verdient.
Mussten meine Eltern aus dem Haus gehen, dann blieb ich vor dem Fernseher in dem Sessel sitzen, der normalerweise für meinen Vater reserviert war, und von dem aus er nach seinen eigenen Regeln durch die Programme zappte: keine Liebesfilme, keine Küsse auf dem Bildschirm, nichts, was eine Jugendliche auf dumme Gedanken bringen könnte.
Der Fernseher war meine Zuflucht, der Traum, der meinem Leben fehlte; ich war nicht mehr die fünfzehn oder sechzehn Jahre alte Leila, gefangen in der dritten Etage, sondern die Heldin einer Fernsehserie! Und mein Vater konnte diese Art von Flucht nicht ausstehen, wenn ich einmal ausnahmsweise allein zu Hause war.
Meine Mutter sagte: »Leila, ich lass den Topf auf dem Herd, pass drauf auf, wir sind zum Abendessen zurück!«
Mein Vater drohte mir: »Ich warne dich! Wenn mit dem Essen irgendwas nicht in Ordnung ist, dann setzt es was!«
»Ja, ist gut!«
Meine Mutter: »Leila, du gehst am Mittwochnachmittag nicht aus dem Haus!«
Und mein Vater insistierte:
»Wenn ich jemals jemanden ›über dich reden‹ höre, ... dann setzt es was ...«
Ich kannte das alles auswendig: »Ich warne dich ... falls jemals ... wo warst du?«
Dieses »Wo warst du?« dröhnte mir Millionen Mal in den Ohren. Das Verbot, aus dem Haus zu gehen, das Verbot, Ball zu spielen, Seil zu springen – im Alter von acht bis zwölf Jahren fand ich es wahnsinnig gemein, auf diesem verdammten Balkon bleiben zu müssen, aber ich war

mir meiner Situation als Gefangene noch nicht bewusst. Im Teenageralter sprach man nicht mehr von Verboten, sondern von »Schutz«. Leila ist aufmüpfig, wir müssen sie schützen, weil sie nur das tut, was ihr in den Kram passt. Und je mehr man mich »beschützte«, desto mehr rebellierte ich im Stillen oder mit Nervenzusammenbrüchen.

Ich war eine Mauer, meine Mutter konnte mir Befehle erteilen, mein Vater konnte sie wiederholen, ich sagte ja, ja, um sie zu beschwichtigen, und machte trotzdem nur das, was mir passte. In ihren Augen war ich nicht normal, weil ich mich nicht den feststehenden Regeln für Mädchen meiner »Art« beugte ...

Meine Art: in Frankreich geboren, französischer Nationalität, in der Schule der französischen Kultur angehörend, zu Hause jedoch maghrebinisch, also ohne Freiheit, ohne eigene Persönlichkeit und nur im Dienste der Familie stehend.

»Was werden die Leute sagen, wenn man dich zu oft draußen sieht? Du wirst einen schlechten Ruf bekommen!«

Der Ruf ...

Als ich auf die Welt kam, gab es in unserem Viertel nur wenige Familien aus dem Maghreb, aber seit meiner Kindheit und Jugend sind wir von ihnen umringt, von Familien, Kindern und Regeln, die man einhalten muss und die für die ganze Gemeinschaft gelten. Meine Eltern mussten mir also wie die anderen auch diese allgemeinen Regeln einbläuen. Aber es gab überhaupt keine Erklärungen, nur jene brutale Autorität, die Konflikte heraufbeschwört.

In der Mittelstufe war ich eine ziemlich gute Schülerin und zählte zu den Klassenbesten. Im Gymnasium schrammte ich an einer Katastrophe vorbei. Denn je älter ich wurde, umso strenger wurden die Regeln.

Ich musste ständig zu Hause bleiben, meinen Eltern und

Brüdern zur Verfügung stehen, den Haushalt versorgen, kochen und den Babys, die nach mir geboren wurden, die Windeln wechseln. Ich war Mutter, lange bevor ich es wirklich wurde. Man erwartete von mir, heranzuwachsen und dennoch blind zu gehorchen. Und da ich dafür nicht geschaffen war, machte es mich kaputt! Ich nahm es der ganzen Welt übel, dass ich die Tochter des Hauses war.

Schon frühmorgens den Haushalt zu versorgen, während die Brüder noch schliefen! Wenn ich sie ruhig schlummern sah, während ich den Boden putzte, verwünschte ich sie. Ich war ihnen gegenüber sogar brutal. Anstatt freundlich zu sagen: »Steh auf, ich wische durch«, brüllte ich:

»Los, aufstehen! Glaubst du, ich hätte nichts anderes zu tun? Ich bin nicht dein Kindermädchen ...«

Sie waren aber auch äußerst unhöflich, wenn sie etwas von mir wollten.

»Bügle mir das! Ich brauche es zum Ausgehen!«

Kein »Bitte, Leila« oder »Sei so nett, Leila«, dann hätte ich es ja gern für sie getan. Aber nie gab es ein »Bitte« und noch weniger ein »Danke«. Einen Bruder oder zwei, vielleicht auch vier, hätte ich ertragen können, aber wenn sie alle mit ihren Hemden, ihren Hosen, die gebügelt werden mussten, oder mit ihren Schuhen kamen, die geputzt werden sollten ...

Als Teenager hatte ich bereits acht Brüder zwischen sechs und zwanzig Jahren am Hals. Das ganze Sortiment an jungen männlichen Wesen, von denen die kleinsten noch angezogen werden mussten, die Jugendlichen, die ihre Sportschuhe und ihre Socken im Zimmer herumliegen ließen, und die Großen, die ihre Hemden und ihre Jeans forderten.

Umsorgte Jungen, deren Sklavin ich war. Wenn ich mich weigerte, das Gewünschte zu tun, dann kassierte ich von irgendeinem von ihnen eine Ohrfeige.

Am Anfang konnten sie mit mir machen, was sie wollten, ich reagierte nicht. Dann aber bin ich explodiert. Es war mir egal, ob ich Prügel bezog, denn der andere kam auch nicht ohne Blessuren davon. Mit etwa dreizehn Jahren fing ich an, Schläge auszuteilen. Da rannten meine Brüder zu meinem Vater, und am Ende war ich diejenige, die beschuldigt wurde:
»Sie hat mich geschlagen! Weißt du, wie alt sie ist? Wenn sie jetzt auf mich einschlägt, was macht sie dann später?«
»Nein, ich hab nicht angefangen, er war's, ich hab mich bloß gewehrt.«
Selbstverständlich stellt man die Aussage eines Sohnes nicht in Frage. Stets wurde ich für schuldig erklärt.
Da ich mir in jedem Fall Prügel einhandelte, wenn ich meine Brüder auch nur zurückstieß, hielt mich nichts davon ab, Schläge auszuteilen. Selbst wenn ich gegen Miloud oder einen anderen nicht gewann, zumindest hatte ich ihn geschlagen. Von nun an entwickelte ich meine persönliche Strategie, mich gegen die Sklaverei zur Wehr zu setzen. Am Morgen musste ich für die anderen das Frühstück zubereiten, noch bevor ich selbst frühstücken konnte. Deshalb stand ich erst in letzter Minute auf, sodass mir gerade noch Zeit blieb, mich zu waschen, anzuziehen und auf den Schulweg zu machen, und ich rief ihnen triumphierend zu:
»Ich habe keine Zeit mehr für das Frühstück!«
Und sie standen in der Küche und schimpften hinter mir her – eine wahre Freude.
Als die Tür erst einmal hinter mir ins Schloss gefallen war, konnte ich endlich das »wahre Leben« genießen.
Denn meine einzige Verschnaufpause, das war die Schule. Aber auch dort war ich allen gegenüber aggressiv geworden. Ich stritt mich mit den anderen, und wenn der Lehrer mir etwas sagte, weigerte ich mich, ihm zuzuhören. Ständig fühlte ich mich zugleich angegriffen und übergangen und unwohl in meiner Haut.

Ich tat also alles, um zu leben, wie ich konnte, das heißt schlecht. Und weil es wie alles andere verboten war, fing ich später trotz der Hiebe, die ich dafür kassierte, an, hin und wieder heimlich zu rauchen, und lernte, mich nicht »erwischen« zu lassen. Da ich meinem Vater oder einem meiner Brüder beim »Kippentest« in die Nase hauchen musste, machte ich es wie meine Freundinnen: Ich bewaffnete mich im Voraus mit Pfefferminzbonbons und ging listig vor. Im Tabakladen blickte ich mich, bevor ich eine Packung Zigaretten verlangte, kurz um, um sicher zu gehen, dass auch kein Freund meines Vaters, keiner meiner Brüder oder Cousins oder aber Freunde von Freunden im Laden waren. Beim geringsten Anzeichen von Gefahr verlangte ich eine Briefmarke für drei Francs. Im Laufe der Zeit konnte ich mir die Hilfe der Verkäuferin sichern – schließlich hatte ich nicht genügend Geld, um unnötige Briefmarken zu horten. Wenn ich eine Briefmarke verlangte, wusste sie, was zu tun war: Sie legte die Zigarettenpackung auf die Seite, bis ich zurück kam und sie gegen die Briefmarke eintauschte.

Die anderen Mädchen aus dem Maghreb waren wie ich, sie lernten, clever vorzugehen, zu lügen und zu schweigen. Schlau zu sein, um sich außerhalb der Schule mit anderen Mädchen treffen zu können, bezüglich der Unterrichtsstunden zu lügen und den Bruder ausfindig zu machen, der als »Spitzel«, als »Überwacher«, fungierte und mit Vergnügen die geringsten Vergehen der großen Schwester den Eltern petzte. Denn bis zu einem gewissen Alter waren die Vergehen ja nur Lappalien. Wie zum Beispiel eine Viertelstunde Plauderei unter Mädchen über absolut belanglose Themen. Ich war weder eitel noch abenteuerlustig. Erst später, mit sechzehn oder achtzehn, schminkten sich manche von uns heimlich im Treppenhaus der Wohnblocks oder zogen sich verbotene Klamotten an ... Ich gehörte nicht dazu, da ich kein

Interesse daran hatte, mir das Leben unnötig schwer zu machen. Ich war vernünftig, ich wollte nichts von den Jungs wissen, ich hütete mich sogar vor ihnen wie vor der Pest, da ich überzeugt war, mir meinen Ruf – und meine Jungfräulichkeit – bewahren zu müssen. Im Alter der ersten Flirts war ich noch nicht so weit wie manche meiner Freundinnen, die taten, was sie wollten, ohne dass ihre Eltern einen großen Skandal daraus machten. Mit einem Jungen auszugehen, mit ihm Händchen zu halten, ein paar Küsse auszutauschen, das war mit sechzehn nichts für mich.

Damals hatte ich ein paar afrikanische Freundinnen, deren Leben noch härter war als meines. Ich weiß, dass einige jahrelang Inzest ertrugen und nicht darüber redeten. Man stellte sich keine schmerzhaften Fragen, jede lebte ihr Leben und schwieg. Lieber lachten wir, erzählten uns Witze, machten uns über uns selbst und andere lustig. Es ging ums Überleben.

Im Laufe der Jahre hatte das Familiengefängnis aus mir ein junges Mädchen gemacht, das mir gar nicht mehr ähnlich war. Weil man mich gewaltsam unterwarf, setzte ich mich aufmüpfig zur Wehr wie eine Fliege, die in einem Glas gefangen ist. Das Leben draußen und die Freiheit waren in unmittelbarer Reichweite, aber ich rannte unentwegt gegen unsichtbare Wände an.

Ich führte im Kopf mein geheimes Tagebuch. Hätte ich es tatsächlich geführt, dann hätte man es mir weggenommen. Da ich gezwungen war, mir selbst alle Fragen zu stellen, ohne je die richtigen Antworten zu finden, wäre ich beinahe verrückt geworden und entkam dem Tod nur um Haaresbreite. Ich war eine von Schwindelgefühlen geplagte Seiltänzerin und balancierte auf einem Seil über einem tiefen Abgrund. Auf der einen Seite Leila, die Marokkanerin, auf der anderen Leila, die Französin. Auf der einen Seite die Gefangene ihrer Familie, auf der anderen eine Ausreißerin.

Ich hatte zwei Gesichter, zwei Persönlichkeiten, eine, die ihr Leiden stumm ertrug, eine andere, die schrie und tobte. Mit dreizehn Jahren unternahm ich einen »Selbstmordversuch«. Ich hatte mich im Badezimmer eingeschlossen und getan, als nähme ich ein Bad. Ich wollte wirklich sterben und sagte mir, dass es dort, wo ich hinkäme, sicher nicht schlimmer sein könne als auf Erden. Ich glaubte an Gott, stellte mir vor, dass ich ins Paradies eingehen würde, weil er mir, obwohl Selbstmord eine Sünde war, verzeihen würde. Das war nach einem meiner Ausreißversuche, und ich hatte bei meiner Rückkehr solche Prügel bezogen, dass mir das Leben nicht mehr der Mühe wert vorkam ...

Die Schulbeauftragte für Disziplinarfragen hatte mich in ihr Büro mitgenommen und mir acht Ohrfeigen hintereinander verpasst. Ich blutete, aber aufsässig protestierte ich:

»Sie haben kein Recht, mich zu schlagen, ich werde es meinem Vater erzählen.«

»Ich warne dich im Voraus, das ist nur eine Kostprobe, zu Hause erwartet dich noch ganz anderes. Dein Vater hat mir persönlich die Erlaubnis erteilt, dich zu züchtigen, stell dir das mal vor!«

Keiner hatte herauszubekommen versucht, warum ich den Unterricht geschwänzt hatte. Aber ich hätte ohnehin keine klare Antwort gewusst. Mit diesem Fernbleiben vom Unterricht wollte ich meinen Vater leiden lassen und erreichen, dass er sich Sorgen machte. Er beschützte mich nicht, ich interessierte ihn nicht, das war meine Art und Weise, seine Aufmerksamkeit zu erregen, seine Liebe einzufordern. Auszureißen, das bedeutete, ihm Angst einzujagen. Deshalb hatte ich mich mit Freunden und Freundinnen aus dem Staub gemacht, echten Franzosen, Marokkanern, Algeriern, Tunesiern und Schwarzafrikanern, eine kleine multikulturelle Gruppe von einem Dutzend Ausreißern, eine echte

Schulschwänzertruppe auf dem Lande. Vier Tage Ferien im Frühling mit einer organisierten Bande. Jeder von uns tat so, als ginge er zur Schule und käme nachmittags vom Unterricht nach Hause, sodass die Eltern keinerlei Verdacht schöpften, und wir fuhren hinaus aufs Land, weit weg von unserem Vorstadtviertel und seinen Wohnblocks. Voll bekleidet sprangen wir in den Fluss, rollten uns im Gras und kugelten uns vor Lachen. Ich war auf einem anderen Planeten, befreit. Einmal, als wir bis auf die Haut durchnässt waren, gingen wir Mädchen zu einer von uns, einer Französin, die uns trockene Kleider leihen konnte. Jeans und Pulli sehen immer sehr ähnlich aus, und die Eltern beachten die Kleidung ihrer Töchter nicht, wenn es nicht gerade um einen zu kurzen Rock oder ein zu enges T-Shirt geht ... der Rest ist austauschbar. Die Jungen sahen zu, wie sie selbst zurechtkamen. Während dieser vier ausgelassenen Tage unternahmen wir sogar eine Fahrt ins Zentrum von Paris. Jeder hatte behauptet, an einem obligatorischen Museumsbesuch teilnehmen zu müssen, den wir auch in unserem Heft für die Elterninformationen vermerkten. Meine Eltern hatten das, was ich selbst geschrieben hatte, unterzeichnet: »Obligatorischer Besuch des Louvre ... Kosten 50 Francs ...«

»Fünfzig Francs, das ist aber teuer«, hatte mein Vater gesagt.

»Na ja, so ist das eben. Hier steht, wie du siehst, ›obligatorisch‹.«

Wie große Abenteurer fuhren wir mit unseren fünfzig Francs nach Paris hinein und kamen am Gare de Lyon an. Dort blieben wir, weil keiner wusste, was wir unternehmen oder wohin wir gehen konnten, zumal wir um fünf Uhr, bei Schulschluss, wieder zurück sein mussten. Es war also besser, wir blieben an Ort und Stelle und hingen wie Penner herum, dabei kicherten wir wie die Verrückten. Den ganzen Tag in einem Bahnhof! Wir waren schon seltsame Abenteurer! Jedenfalls erwarteten wir uns nichts, wir wollten lediglich die großen Ausreißer spielen. Weg sein von zu Hause, vom Vorstadtviertel, von der Schule, den Wohnblocks, wo jeder jeden kennt und überwacht.

Natürlich gaben wir unsere fünfzig Kröten aus, schließlich mussten wir gut essen, und dann blieb uns nichts mehr für die Rückfahrt. Wir beteten, dass wir nicht kontrolliert würden, denn eine Geldbuße hätte die Benachrichtigung der Eltern, also eine ordentliche Tracht Prügel bedeutet.

Den letzten Tag verbrachten wir damit, uns in ein nahes Gymnasium einzuschleichen, wieder um »die Großen« zu spielen. Die Realschule war etwas für die »Kleinen«. Das Abenteuer bestand darin, in die Schule einzudringen, sich unter die Gymnasiasten zu mischen, mit ihnen zu reden und so zu tun, als sei man in dieser oder jener Klasse; in die Cafeteria zu gehen und sich so gut es ging aufzuspielen. Die Gittertore des Gymnasiums waren verschlossen, aber wir gelangten dennoch hinein, und keiner fragte uns, wer wir waren.

Die Gruppe hatte den Unterricht von Dienstag bis Freitag geschwänzt, und die anderen gingen ab Montag wieder zur Schule, ich jedoch nicht. Ich gönnte mir noch einen weiteren Vormittag echter Ruhe. Die hatte ich dringend nötig. In meinem Alltagsleben gab es diese Ruhe nie, und ich brauchte diesen stillen Vormittag, um nachzudenken, denn ich wusste, was mich erwartete.

Während der vier Tage hatte ich morgens beim Verlassen der Wohnung das Telefon abgestellt und erst kurz vor der Rückkehr meines Vaters wieder eingestöpselt. Meine Eltern waren also telefonisch nicht erreichbar gewesen, und ein Brief würde zwangsläufig am Vormittag ankommen. Ich betrachtete den Fluss, die Wiese, den Tau, ich genoss jede Minute dieser letzten gestohlenen Freiheit, die ich sehr teuer bezahlen sollte.

Am Nachmittag stellte ich mich der Situation. Eigentlich wollte ich bei meiner Ankunft am Tor der Realschule die Lässige mimen, aber ich hatte gar keine Zeit dazu. Ich wurde an den Haaren gepackt, ins Direktionsbüro geschleppt, mit der Genehmigung meines Vaters wie wild geohrfeigt, bis ich blutete, und den Rest kassierte ich dann wie versprochen zu Hause. Mein Vater schlug mich mit den Händen, trat mit den Füßen, den Absätzen nach mir und prügelte mich mit allem, was ihm in die Hände fiel. Aber er schlug einen Körper, der nichts spürte. Er konnte mich zerschmettern, solange er mir nicht das Gehirn herausriss, ließ mich das kalt. Weder er noch meine Mutter konnten dieses Unbehagen verstehen, das mich quälte. Dieses Schweigen, das mich fast umbrachte. Immer war alles meine Schuld. Ich wollte, dass er mich lieb hatte, mir Fragen stellte, herauszubekommen versuchte, was mir so zusetzte, und mich tröstete. Aber er prügelte nur auf mich ein. Deshalb schloss ich mich ins Badezimmer ein, um sämtliche Tabletten zu schlucken, die ich im Medizinschrank fand. Ich schlief wie ein Murmeltier und wankte am Morgen in halb komatösem Zustand in die Schule. Schließlich brach ich im Klassenzimmer zusammen, und die Sanitäter holten mich ab. In einem schmalen Krankenhausbett kam ich wieder zu mir, ich hatte eine Mordswut im Bauch und war auf die ganze Welt sauer, auf meinen Vater, auf Gott:
»Ich will sterben, warum willst du mich nicht sterben lassen?«
An Stelle meines abwesenden Vaters und von Gott, der mir nicht antwortete, schickte man mir einen Psychologen.
»Ich bin da, um mit dir zu reden, Leila ...«
Totale Blockade. Ich fühlte mich noch einsamer, denn ich brauchte keinen Psychologen, sondern meinen Vater, den ich vor mir sehen und mich fragen hören wollte: »Was ist denn los? Warum? Geht es dir nicht gut?

Was fehlt dir? Sag mir alles, ich beschütze dich, du bist meine Tochter, ich hab dich lieb ...« Es war seine Stimme, die ich hören wollte, nicht diesen professionellen und so teilnahmsvollen Ton dieses Seelenklempners.

»Du kommst hier nicht raus, solange du nicht redest. Ich bin da, um dir zuzuhören.«

Am ersten Tag machte ich den Mund nicht auf; am zweiten besann ich mich, weil ich keine Lust hatte, hier zu bleiben, und deshalb tat ich so, als habe es sich um einen leichten Anflug von Niedergeschlagenheit gehandelt, der jetzt vorbei sei, mir gehe es wieder gut ... Mein Vater hatte mich nicht besucht.

Der Psychologe kaufte mir die Lüge ab. Er erklärte meinen Eltern, dass ich eine Pubertätskrise durchmache. Ich blieb drei Tage im Bett, zermartete mir das Gehirn, war auf die ganze Welt, einschließlich mich selbst, sauer, weil ich nicht einmal zu sterben verstand, um endlich frei zu sein. Ich hatte begriffen, dass ich dieses tiefe Schuldgefühl niemals in Worte würde fassen können, dieses Gefühl, für immer gefangen zu sein. Und wenn jemand es herauszubekommen versuchte, dann log ich. Ich zog es vor, meinen Freundinnen gegenüber den Clown zu spielen. Das beherrschte ich perfekt: Eine wahnsinnig erniedrigende familiäre Situation wie im Theater in eine Kleinkunstbühne zu verwandeln. Für diese Art von Darstellung war ich sehr begabt. Noch heute bin ich manchmal ein trauriger Clown, der verzweifelt versucht, sein Publikum zum Lachen zu bringen, um nicht vor Angst zu sterben. Den Rest behielt ich wohlweislich für mich.

An dem Tag, als ich zum ersten Mal meine Regel bekam, veranstaltete ich ein Affentheater, weil mir weder meine Mutter noch sonst irgendeine Frau jemals etwas »davon« erzählt hatte. Eines Morgens erwachte ich und flippte angesichts der Katastrophe total aus: »Ich bringe mich

um, ich bringe mich um! Meine Mutter glaubt sicher, mich hätte einer angerührt!«
War meine Jungfräulichkeit ohne jede Vorwarnung dahin?
Meine Mutter schimpfte vor der Tür zum Badezimmer: »Was brauchst du denn so lange? Komm raus!«
Ich stammelte: »Also, ich ...«
»Mach die Tür auf!«
»Nein, ich kann nicht, das geht nicht.«
In der Schule unterhielt man sich unter Mädchen nicht über die Menstruation. Hätte ich eine große Schwester gehabt, dann hätte sie mich wahrscheinlich vorbereitet. Aber ich war richtig in Panik geraten. Meine Mutter öffnete die Tür schließlich mit einem kleinen Löffel und brach in Gelächter aus, aber sie beruhigte mich nicht wirklich.
»Das ist nichts Schlimmes, mach dir keine Sorgen, ich bringe dir, was du brauchst ... aber jetzt musst du auf dich aufpassen, meine Liebe! Du wirst das jetzt jeden Monat kriegen, so ist das nun einmal!«
Worauf sollte ich jetzt noch zusätzlich Acht geben? Später nahm der Lehrer im Biologieunterricht den menschlichen Körper durch, und ich verstand endlich, was mit mir geschehen war, aber im Augenblick behielt ich nur zwei Dinge im Gedächtnis: »Jeden Monat« und »Acht geben«.
Selbstverständlich wurde mein Vater sofort informiert – dem Protokoll für eine Tochter entsprechend, die es nun zu überwachen galt. Und der Dialog hatte sich kaum geändert:
»Gib im Viertel Acht! Ich warne dich ...«
»Was? Es ist alles in Ordnung, ich habe nichts getan!«
»Ich warne dich: Es ist eine Schande, wenn ein Mädchen bei seiner Hochzeit nicht mehr Jungfrau ist, pass auf ...«
Keiner von uns hatte ein eigenes Zimmer. Wir waren jeweils zu dritt oder viert in einem Raum zusammenge-

pfercht. Die Jungenschar durfte auf gar keinen Fall etwas von meinen Damenbinden mitbekommen. Das musste absolut geheim gehalten werden.
Und ein wenig später, als es darum ging, dass ich BHs brauchte, herrschte wieder die gleiche Heimlichtuerei. Ich konnte nicht sagen: »Mama, ich bin jetzt in einem Alter, in dem man einen BH trägt.« Für sie existierte so etwas gar nicht, glaube ich, und ich nehme an, dass sie niemals einen getragen hat.
Ich musste mich also selbst mit meiner neuen Weiblichkeit zurechtfinden, außerdem war an mir ein Junge verloren gegangen, und ich war mehr an Stockschläge gewöhnt als an altersgemäße Unterwäsche.
Es war eine französische Freundin, die mir ihre BHs vererbte. Ich lebte in den 1990er-Jahren in Frankreich wie im Mittelalter – im Gegensatz zu den anderen Mädchen meines Alters, die einen anderen sozialen und kulturellen Hintergrund hatten und deren Eltern nicht die gleichen Prinzipien anwendeten wie meine. Ich suchte vergeblich nach meiner Identität.
Während der wie gewohnt »zu Hause« in Marokko verbrachten Ferien erfuhr ich nach und nach einiges über die Herkunft meiner Eltern. Aber anstatt die Frage nach der persönlichen Identität zu klären, wurde diese noch komplizierter. Als ich noch klein war, wurde ich hin und wieder gefragt: »Bist du Berberin oder Araberin?«
Meine Mutter ist Araberin, mein Vater Berber, ich bin Französin. Was gibt es da zu wählen? Ich fühle mich aus dem guten Grund eher arabisch als berberisch, weil mein Vater uns nur die arabische Sprache beigebracht hat. Aber ich spreche aus einem hervorragenden Grund lieber Französisch als Arabisch, nämlich weil ich hier geboren bin und in der Schule Französisch gelernt habe. Trotzdem würde ich mich lieber als Berberin fühlen, weil die Frauen bei den Berbern zwar auch unterdrückt werden, aber dennoch freier sind. Bei Festen und Hoch-

zeiten tanzen sie mit den Männern, sie sind nicht verschleiert und genießen in ihrer Gemeinschaft mehr Respekt.
Meine Mutter ging bis zum Alter von acht oder neun Jahren in die Schule, dann wurde sie auf Beschluss ihrer eigenen Mutter zu Hause eingesperrt, die der Meinung war, sie wäre inzwischen zu hübsch, als dass man sie in ihrem Bergdorf frei herumlaufen lassen könne.
Meine Mutter musste den Beruf der Hausfrau erlernen. Sie durfte das Haus nicht mehr verlassen, auch nicht an Familienfesten teilnehmen.
Ihr wurde verboten, mit irgendjemandem zu reden, sie durfte nicht einmal zum Brunnen gehen, um Wasser zu holen.
Es wurde bereits um ihre Hand angehalten! Mit acht oder neun Jahren! Als sie mir das erzählte, konnte ich mir gar nicht vorstellen, dass so etwas überhaupt möglich sein könnte. Und sie konnte sich kein anderes Leben als das in ihren vier Wänden vorstellen.
Oft sagte sie: »Ich bin meiner Mutter dankbar, denn wenn sie nicht so streng gewesen wäre, wäre ich keine so gute Ehefrau geworden.«
Ich fühlte mich außer Stande, ein solches Leben zu führen.
Bis zu einem bestimmten Alter kannte ich nur das Dorf meiner Mutter, ein paar zwischen Olivenbäumen versteckt stehende Häuser, eine wunderschöne Landschaft, aber ohne fließendes Wasser und Elektrizität. Das Leben ist dort unten noch heute sehr hart. Meine Mutter verbrachte die Zeit damit, Getreide zu mahlen, Oliven zu pressen, das Essen zuzubereiten und auf allen vieren das Haus sauber zu halten – es gab keinen Besen mit Stiel, man musste in die Knie gehen und eine Art Handfeger benutzen! Das habe ich auch ein paar Mal getan und die Arbeit jedes Mal mit schmerzendem Rücken aufgegeben.

Meiner Mutter fehlte es in materieller Hinsicht an nichts, ihre Familie galt als reich. Sie war gut gekleidet, besaß Schmuck, aber auch sie war als einzige Tochter zwischen lauter Jungen die Haushaltssklavin. Im Dorf sprach jeder von ihrer Schönheit, und ihr Vater betrachtete sie als einen kostbaren Schatz. Sie ging niemals aus dem Haus.
Mein Vater versuchte herauszubekommen, wer diese geheimnisvolle Schöne war. Er versteckte sich wie die anderen jungen Männer in den Bäumen bei der Quelle und lauerte ihr in der Hoffnung auf, sie zu sehen, wenn sie Wasser holt. Aber leider durfte sie nicht einmal das tun. Eines Tages, als eine Hochzeit stattfand, flehte meine Mutter, damals fünfzehn Jahre alt, meine Großmutter an, mitgehen zu dürfen.
Meine Großmutter gab nach, betete ihr aber eine Litanei von Verhaltensregeln vor:
»Ich will, dass du hinten im Saal bleibst, abseits der anderen. Ich will nicht, dass du dein Gesicht zeigst! Ich warne dich, wenn ich hören sollte, dass du in die Nähe der Musiker oder der Männer gegangen bist, wenn ich irgendwas über dich hören sollte, dann bringe ich dich um, das schwöre ich dir!«
Meine Mutter nahm also an dem Fest teil, mit dem »haïk« verschleiert, dem traditionellen weißen Schleier, der nur die Augen frei lässt. Das war in den 60er-Jahren, und die Frauen tragen ihn in ihrem Dorf noch heute. Und so, von Kopf bis Fuß verschleiert, in eine Ecke verbannt und stumm, machte mein Vater sie endlich ausfindig. Der Großvater hatte tausend Ausflüchte gebraucht, seine Tochter, die er wie seinen Augapfel hütete, würde das Haus erst so spät wie möglich verlassen ... Aber der verliebte junge Mann ließ über ein Jahr lang nicht locker. Schließlich gab der Großvater, da ihm keine Argumente mehr einfielen, angesichts dieser Hartnäckigkeit seinen Widerstand auf. Die Hochzeitsvorbereitungen wurden

getroffen. Meine Mutter wiederholte ständig: »Ich will nicht heiraten, ich kenne ihn doch gar nicht.« Aber ihr Vater antwortete: »Du heiratest ihn trotzdem!« Im Dorf brach Streit aus, als die anderen erfuhren, dass das schönste Mädchen einem Fremden versprochen worden war. Sie wollten meinen Vater umbringen, und sein zukünftiger Schwiegervater musste mit seiner ganzen, zum Glück anerkannten Autorität einschreiten. Als die jungen Kerle des Dorfes rebellierten, erklärte er:
»Ich habe das beschlossen, nicht er! Er hat um ihre Hand angehalten, sein Schicksal will es so, sie ist meine Tochter, und ich gebe sie demjenigen, den ich aussuche. Wer an der Hochzeit teilnehmen möchte, nimmt daran teil, wer das nicht will, der lässt es eben bleiben.«
Während in dem kleinen arabischen Dorf wegen dieser Mesalliance Krieg auszubrechen drohte, fand auf der Seite der Berber der gleiche Kampf statt. Die zukünftige Schwiegermutter bemühte sich, diese Hochzeit mit allen Mitteln zu verhindern. Sie bezahlte sogar einen Mann, der, während mein Vater verreist war, versuchen sollte, der zukünftigen Braut Avancen zu machen und sie bloßzustellen. Sie fiel auf diese List nicht herein.
Unmittelbar nach der Hochzeit schickten die Männer des arabischen Dorfes sogar einen Gesandten, und zwar ihren Schwager, mit einer Botschaft zu der Jungvermählten:
»Wenn du den Berber verlässt und den ›Soundso‹ heiratest, dann kauft er dir, was du willst. Er schickt dir diesen Silbergürtel ...«
Zum Glück zog das junge Paar in ein anderes Dorf, und ich denke, dass sie meinen Vater einfach lieben gelernt hat, aber damals, als ich ein Teenager war, verstand ich nicht, wie sie mit ihm glücklich sein konnte.
Mein Vater hat nie viel von sich erzählt. Was ich von seiner Kindheit weiß, habe ich leider zu spät erfahren, um es bei meinem ständigen Aufbegehren gegen ihn zu

berücksichtigen. Niemand hat ihm diese Liebe geschenkt, die ich wie eine Selbstverständlichkeit einforderte. Als er wenige Monate alt war, starb sein Vater, und seine Mutter ließ ihn im Stich, deshalb wurde er unter der Kontrolle eines älteren Bruders, der aber leider zu oft nicht da war, von einer Frau aufgezogen, die ihm das Leben schwer machte. Mein Vater flüchtete sich tapfer in seine Ausbildung, aber wenn er abends lernen wollte, knipste sie das Licht aus und sagte: »Das ist teuer! Ich muss den Strom bezahlen, nicht du!« Deshalb arbeitete er bei Kerzenschein weiter. Nach Aussage meines Vaters, der nur ungern von dieser Phase seines Lebens erzählte und uns deshalb nur wenig berichtete, ließ diese Frau ihn sogar in einer Abstellkammer schlafen, wenn sein Bruder, der einzige, der ihn beschützen konnte, nicht da war. Er lernte in dieser Kindheit ohne Liebe also nur Härte kennen, und als er selbst Vater wurde, übernahm er diese Rolle mit übertriebenem Pflichtgefühl. Er hatte sich über einen seiner Cousins einen Arbeitsvertrag in Frankreich beschafft.
Ich glaube, dass er seinen Beruf als Beamter, der ihm einen gewissen sozialen Status gesichert hätte, nur ungern aufgab. Er fand sich als Fabrikarbeiter wieder, aber verdiente mehr als zu Hause in Marokko.
Hätten mir meine Eltern früher von ihrer Kindheit erzählt, dann hätte ich ihr Verhalten vielleicht eher begriffen, aber ob ich ihre Gründe nun verstand oder nicht, das hätte an meiner Zukunft leider nichts geändert. Ich hatte die Last zweier verschiedener Kulturen zu tragen, die sich aber in der Tradition, die Mädchen zu unterdrücken, einig waren. Ihre Heimat lernte ich nur in den Ferien und im Sonnenschein kennen. Ich liebe Marokko, ich leugne meine Herkunft nicht, ich bin gläubig, ich hatte keinerlei Absichten, hinter den Jungs herzulaufen – sie interessierten mich aus gutem Grund überhaupt nicht –, aber ich wollte, dass das meine Angele-

genheit sei, nicht die ihre. Diese ganzen Geschichten über »arrangierte Ehen«, die mir zu Ohren kamen, waren jedenfalls nichts für mich. Ich lebte nicht in einem abgeschiedenen Bergdorf, ich fühlte mich nicht berufen, Dienerin und Sklavin von Männern zu sein. Mir kam es normal, ja sonnenklar vor, dass meine Brüder ebenso wie ich in der Lage waren, den Tisch zu decken und ihre Sachen aufzuräumen; dass sie sich für die Familie einsetzen sollten, anstatt es sich bequem zu machen und mich bei der geringsten Bemerkung meinerseits der schlimmsten Vergehen zu beschuldigen. Einige meiner Brüder waren ruhiger als andere, weniger gewalttätig und weniger aggressiv, aber sie lasteten mit der ganzen Macht junger Männer, die von meinem Vater in Schutz genommen wurden, auf meinem Leben. Und sie wurden von ihm ermuntert, diesen Chauvinismus fortzuführen, anstatt ihn abzulegen. Ich hatte Klassenkameraden aus dem Maghreb, und die verhielten sich alle genauso. Doch ihre Väter waren nicht alle wie meiner und verprügelten ihre Töchter nicht systematisch.

Dennoch war ich trotz meines Widerstands und meiner Weigerung, die berüchtigten Regeln zu befolgen, entweder gezwungen, sie zu akzeptieren, oder sie wie eine echte Kriminelle zu umgehen. Aber ich war nicht die Einzige.

Meine beste Freundin, Souria, hinreißend und lustig, immer »todschick« angezogen, wie sie sagte, log nach Strich und Faden, um zu überleben. Sie versteckte Kleider und Make-up, die im Flur des Wohnblocks angezogen und aufgetragen und bei der Rückkehr wieder abgelegt und entfernt wurden, traf sich heimlich mit ihrem Freund, hinter dem Rücken ihrer Brüder, geheim gehalten vor dem ganzen Viertel – deshalb handelte sie sich eigentlich wegen Nichtigkeiten einen schlechten Ruf ein. Sie war siebzehn, achtzehn, schließlich zwanzig, und für sie änderte sich ebenso wenig wie für mich. Ständig von den Brüdern kontrolliert, von der Mutter bewacht wie die Milch auf dem Herd, wollte Souria eigentlich nur eines: unbekümmert und fröhlich ihrem Alter entsprechend leben. Für diese Unbekümmertheit sollte sie, ebenso wie ich, bezahlen, aber sie bezahlte mit einem Lachen auf den Lippen und nahm es gleichgültig hin.

Mir stand der Sinn nicht nach diesen Dingen – ich trug nie Röcke, keine Schminke, hatte keinen Freund. Das Alltagsleben zu Hause bestand für mich aus endloser Gewalt. Das erste Mal, als ein Junge mich fragte, ob ich mit ihm ausgehen würde, weil er in mich verliebt sei, war meine erste Reaktion, ihm eine Ohrfeige zu verpassen. Ich konnte nicht anders reagieren als mit Gewalt.

»Für wen hältst du mich?«

Meine Freundinnen schauten mich schief an:

»Was ist los? Er hat nichts Böses getan, er ist süß, er ist nett ... Warum knallst du ihm eine?«

Ich war erst vierzehn Jahre alt, ich fühlte mich von seinem Vorschlag beschmutzt und gedemütigt, ich sah darin lediglich eine Falle, die mir gestellt wurde, damit ich wieder zu hören bekommen sollte:

»Wo warst du? Wenn man dich jemals im Viertel sieht ... Wenn man jemals über dich redet ... Wenn du nicht mehr Jungfrau bist ...«

Diese Besessenheit der Familien unseres Viertels von der Jungfräulichkeit, die jede auch nur freundschaftliche Beziehung mit den Jungs verhindert, ist im Frankreich des 21. Jahrhunderts nicht durchzuhalten. Dennoch war ich von ihr angesteckt worden. Und dabei ist es geblieben. Hätte ich damals nur gewusst ...

Mit wem soll ich reden?

Eigentlich war ich vom Wesen her wie geschaffen, zu lachen und glücklich zu sein. Davon bin ich überzeugt, und ich verstehe noch immer nicht, warum mir in meinem Leben bis zu dem Tag kein bisschen Glück vergönnt war, als ich die Stimme der Hebamme auf dem Klinikflur sagen hörte: »Es ist ein Mädchen!« Eine kleine Schwester, ein Wesen, das mir ähnlich war! Ich konnte es am Anfang gar nicht glauben und war überzeugt, dass man mich anlog. Ich sagte mir: »Das ist unmöglich, man wird sie mir wieder wegnehmen, man hat sie mir nur geliehen, ich darf sie gar nicht erst ins Herz schließen, sie wird nicht hier bleiben.« Damals war ich sechzehn, ich konnte mit ihr also nicht viel teilen, aber ich erzählte ihr von meinem Unbehagen, von allem, was schief ging. Sie war erst wenige Wochen alt, da schloss ich mich mit ihr schon im Badezimmer ein.
Ich sagte zu ihr: »Sirinne, ich vertraue dir, ich kann dir alles erzählen, du wirst mich nicht verpetzen. Ich weiß nicht, ob es gut ist, dass du auf die Welt gekommen bist, aber ich werde immer für dich da sein und dich beschützen, du wirst später kein solches Leben führen wie ich, das verspreche ich dir ...«
Sie wurde in allen Dingen meine Vertraute, ich verhätschelte sie und beschäftigte mich dermaßen mit ihr, dass wir eine ganz innige Beziehung entwickelten. Ich hatte sie schrecklich gern, und sie gab mir diese Liebe zurück. Als sie heranwuchs, akzeptierte sie die Last der väterlichen Autorität problemlos. Sagte mein Vater, dieses oder jenes müsse getan werden, dann machte sie es einfach. Und seltsamerweise entwickelte sich zwischen ihr und ihm das, was ich nie zu Stande brachte: eine ausgewogene Beziehung, das heißt, sie konnte sich mit ihm normal unterhalten. Daraus zog ich den Schluss, dass es an mir und meinem schlechten Charakter lag, dass ich an

allem Schuld war. Sirinne konnte ihm bei bestimmten Gelegenheiten »Nein« sagen, ohne ihn anzubrüllen, ich dagegen nicht, und sie genoss im Gegensatz zu mir eine gewisse Freiheit. Ich verbiss mich in einen endlosen Kampf gegen meinen Vater, ohne zuzugeben, dass wir uns letztendlich in dieser aus Liebe und gegenseitiger Ablehnung entstandenen Verbissenheit ähnlich waren.

Ich beobachtete meinen Vater, wie er jeden Abend erschöpft von der »Scheißarbeit« aus der »Scheißfabrik« nach Hause kam und jeden Sou seines Lohns zweimal umdrehte, um den Unterhalt für seine Sippe zu bestreiten. Und das gelang ihm. Wir waren weder arm noch reich, hatten nicht weniger, aber auch nicht mehr als die anderen Bewohner des Viertels.

Ich hätte gern gehabt, dass er mir von seinen Sorgen erzählte, aber das tat er nie. Im Übrigen erzählte er mir auch sonst nie etwas, und ich war völlig außer Stande, mich ihm anzuvertrauen. Er ignorierte mich vollkommen, insbesondere nach diesem Selbstmordversuch – einer Sünde. Selbstmord ist nicht »halal«, dem Gesetz gemäß, der Koran verbietet ihn. Wenn sich mein Vater an mich wandte, dann drohte er mir Schläge an oder schlug mich. Ich malte mir aus, er würde anders zu mir sprechen:

»Alles wird gut. Deine Brüder werden dich jetzt in Ruhe lassen, sie halten sich für Prinzen, aber ich werde ihnen klar machen, dass sich in einer Großfamilie alle gegenseitig helfen müssen. Sie werden ihre Sachen selbst aufräumen, sie werden den Tisch abdecken, dich nicht mehr schlagen und auch ich tu's nicht mehr. Du wirst ein eigenes Zimmer bekommen, in das du deine Freundinnen einladen kannst, du wirst ohne Heimlichtuerei ausgehen dürfen, in die Stadt oder ins Kino, du bist meine einzige Tochter, ich hab dich lieb und vertraue dir. Du wirst nach dem Abitur den Beruf wählen, der dir zusagt, und ich werde immer stolz auf dich sein. Und später, wenn du dich in einen netten jungen Mann verliebst und ihn heiraten willst, dann werde ich zustimmen. Und wenn es dir nicht gut geht, kannst du mir immer alles sagen. Ich werde dir helfen, eine unabhängige und glückliche Frau zu werden, ich will nur dein Bestes.«

Ein Traum, der nicht zu realisieren war. Ich war dermaßen unglücklich und überzeugt, dass er mich nicht lieb hatte, dass ich eines Tages schrie:

»Ich frage mich, ob ich tatsächlich deine Tochter bin! Bin ich das?«

Schockiert blickt er mich mit Tränen in den Augen an.

»Ob du meine Tochter bist? Als du geboren wurdest, habe ich dich hochgehoben und gesagt: ›Du bist meine Sonne!‹ Du warst meine einzige Tochter, ich wollte dir alles geben! Was fehlt dir denn?«

Ich schaffte es nicht, die richtigen Worte zu finden: »Papa, ich hab dich lieb, sag mir, dass du mich auch lieb hast, dann will ich gar nicht mehr sterben ...«

Meine Mutter begnügte sich damit, mir eine Predigt zu halten:

»Sich umzubringen ist eine Sünde. Du möchtest deinem Leben ein Ende setzen? Was fehlt dir denn? Du hast alles, was du brauchst, mach dir klar, dass es Menschen gibt, die unglücklicher sind als du. Wenn du dich umbringst, kommst du weder ins Paradies noch in die Hölle. Möchtest du, dass deine Seele irgendwo herumirrt?«

Ich beobachtete meine Mutter, die damit beschäftigt war, eine Tajine zuzubereiten, während sie mich zu einem Zeitpunkt, als ich eigentlich für einen Mathetest hätte lernen müssen, wegen der Wäsche oder dem Bügeln, dem Staubsaugen oder dem Wischen ausschimpfte. Wie sehr wünschte ich mir, sie hätte sich an einen ihrer Söhne gewandt: »Deine Schwester lernt; da du nichts zu tun hast, steck doch die schmutzige Wäsche in die Waschmaschine und kümmere dich um die Kleinen, damit sie aufhören zu weinen!«

Außerdem hätte ich mir gewünscht, dass sie mir, als ich sechzehn oder siebzehn war, gesagt hätte: »Wenn du einen Freund hast, bring ihn hierher, damit wir ihn kennen lernen können.«

Mein ältester Bruder durfte seine Freundin mit nach Hause bringen, niemand fand daran etwas auszusetzen ... Warum durfte ich das nicht?

Die Antwort auf diese Frage kannte ich bereits. Besagte Freundin war eine »echte Französin«. Sie hatte sich bereit erklärt, zum Islam überzutreten, es gab also kein Problem, außer für ihre eigene Familie, die sie vor die Tür gesetzt hatte!

Mit wem sollte ich reden? Mit der Wand. Mein Kopf war eine Wand, ich hielt also Selbstgespräche. Ich hatte Freundinnen, aber die hatten die gleichen Probleme wie ich bis auf eine, die »viel Kohle hatte« – der Vater hatte eine Führungsposition inne, die Mutter ebenfalls – und die die Freiheit besaß, in die Stadt und ins Kino zu gehen, die uns zu sich nach Hause einladen und einen Freund haben durfte und mit ihrer Mutter offen über alles sprechen konnte.

Als ich mich das erste Mal auf einen Flirt einließ, war ich beinahe siebzehn Jahre alt, und es war in den Ferien in Marokko. Er war ein bisschen älter als ich und lebte in Frankreich weit von unserem Vorstadtviertel entfernt. Ich ging nie mit jemandem aus, der in meiner Stadt, geschweige denn in meinem Viertel wohnte, denn innerhalb eines Tages hätte man mich »gegrillt«! Er war meine erste Liebe, wir trafen uns heimlich zwei Sommer lang. Die Geschichte war jedenfalls von Anfang an zum Scheitern verurteilt, weil er Algerier war. Ich mache keine Unterschiede zwischen Algeriern, Marokkanern, Tunesiern oder Franzosen, wohl aber meine Eltern, die ihn niemals akzeptiert hätten. Eine Marokkanerin kann nur einen Marokkaner heiraten, den die Familie kennt, den Cousin eines Cousins oder einen, der aus dem gleichen Dorf stammt. Falls nicht, bricht Krieg aus. Ich sagte mir, dass die Mädchen über kurz oder lang dazu verurteilt würden, einen Jungen aus unserem Vorstadtviertel, beziehungsweise aus dem gleichen Wohnblock und der gleichen Etage zu heiraten!

Mit siebzehn Jahren hatte ich noch nie einen Jungen geküsst. Am Anfang, als er mir mit dem Auto nachfuhr, wimmelte ich ihn ab, so wie ich es immer tat. Ich ging gerade mit einer Cousine spazieren, und hörte ihn sagen:

»Mademoiselle, ich würde Sie gerne kennen lernen ...«

Um den aufdringlichen Typen sofort zu entmutigen, antwortete ich in der brutalen Sprache meines Viertels, die sehr schnell beleidigend wird:

»Hau ab, verschwinde, verpiss dich! Hast du dich mal im Spiegel angeschaut?«

Aber natürlich schaute ich ihn an, als ich das sagte: Er hatte dunkle Haut, einen matten Teint, smaragdgrüne Augen ... Ich ging weiter und sagte mir, dass ich wirklich doof sei, und meine Cousine sprach es laut aus:

»Spinnst du? So was zu einem so schnuckeligen Typen zu sagen?«

Er fuhr mir die ganze Strecke hinterher. Deshalb wurde ich schließlich wütend und drohte ihm im geeigneten Moment sogar:

»Lass das! Ich warne dich, ich hab zehn Brüder!«

Er lachte und war keineswegs beeindruckt. Und als wir zu Hause ankamen, brachen meine Cousine und ich ebenfalls in Lachen aus.

»Der ist wirklich unglaublich! Er hat jede Menge Zeit damit verloren, mir im Auto hinterherzufahren.«

Ich fühlte mich geschmeichelt, wollte es aber nicht zugeben, vor allem, da meine Cousine der Meinung war,

ich würde im Gegensatz zu ihr nur »schnuckelige Typen« anlocken.
In Marokko war das Alltagsleben anders – die Ferienstimmung und die Gewissheit, dass mir die Leute unseres Viertels nicht nachspionierten, boten mir ein paar Freiheiten – wenn auch nur unbedeutende, sehr unbedeutende. Aber ich war fast siebzehn Jahre alt, und der Junge war umwerfend, gut erzogen, entspannt und vor allem hartnäckig!
Vom Balkon des Hauses meiner Tante hatte ich freien Ausblick auf die Straße und das kleine Café, in dem sich die jungen Männer immer trafen.
Der Betreffende wusste, dass ich im Haus gegenüber wohnte, und er kam jeden Abend, wartete und blickte zu mir herauf. Und ich war immer da und schaute mit gespielt abwesender Miene hinunter.
Eines Tages stellte er mich vor vollendete Tatsachen, indem er eine Botin zu meiner Tante schickte. Er hatte eine meiner kleinen Cousinen bestochen.
»Leila, da ist ein Junge, der unten auf dich wartet.«
»Wer ist das? Sag ihm, dass er sich verziehen soll!«
Meine Tante ist schon recht alt, und ich mag sie sehr. Seit ihrer Scheidung lebt sie allein, sie ist eine unabhängige Berberin, mit der ich über viele Dinge reden kann.
»Warum schickst du ihn denn weg?«
Sie ging auf den Balkon, um sich den Jungen vor dem Haus anzusehen, der den Blick nach oben gerichtet hatte.
»Hast du gesehen, wie hübsch der Junge ist, der unten auf dich wartet?«
»Du weißt genau, dass das unmöglich ist. Das darf ich nicht!«
»Aber meine arme Kleine, worauf wartest du? Dass dir deine Eltern einen aufzwingen?«
Sie konfrontierte mich mit einem Problem, über das ich nie ernsthaft nachgedacht hatte. Ich wusste, dass es ar-

rangierte Hochzeiten gab, aber ich hätte es nie für möglich gehalten, dass mir meine Eltern das eines Tages antun würden. Mir doch nicht! Einer Französin!

»Glaub mir, Leila, warte nicht, bis man dir irgendeinen vorsetzt ... Nimm dein Leben selbst in die Hand.«

Sie sprach aus Erfahrung. Zwei Mal verheiratet, zwei Mal geschieden, war sie eine allein lebende alte Dame von inzwischen über siebzig Jahren, und sie wusste über diese Dinge besser Bescheid.

Aus Rücksicht auf meine Eltern ging ich nicht gleich hinunter. Stattdessen gab ich der Botin meine Antwort mit, nämlich dass ich mich zu einer bestimmten Uhrzeit draußen mit ihm treffen würde.

»Sag ihm, wenn er nicht pünktlich da ist, dann ist es vorbei, dann braucht er es gar nicht mehr zu versuchen.«

Als ich beim Treffpunkt ankam, wartete er schon seit zehn Minuten.

Ich fühlte mich in seiner Gesellschaft wohl. Er war respektvoll. Nur ein einziges Mal hätte ich mich beinahe von ihm zu mehr hinreißen lassen. Aber ich fuhr zusammen: Was machst du denn da?

Ich schnappte mein Fahrrad und ließ ihn einfach stehen. Danach wollte ich ihn nicht mehr wiedersehen, ich hatte zu große Angst, ich könnte mich verführen lassen. Eine Woche lang stand er vor dem Haus und wollte mit mir reden. Eines schönen Tages hatte er die Nase voll und klingelte einfach bei meiner Tante.

»Sie müssen Leila unbedingt sagen, dass ich sie sehen will.«

Meine Tante ersann eine List, die ich von ihr nicht erwartet hätte.

»Hör zu, mein Junge. Ich werde ihr gar nichts sagen. Du gehst ins Café und wartest dort auf uns, ich locke sie hinunter, und dann kannst du dich mit ihr auseinander setzen!«

Zu mir sagte sie lediglich:

»Wie wäre es, wenn du mich zu einer Cola einladen würdest?«
»Du willst in deinem Alter ins Café gehen?«
»Ich bin über siebzig Jahre alt, und ich werde wohl einmal in meinem Leben mit meiner Nichte eine Cola trinken gehen dürfen! Übrigens ist dieses Café auch eine Teestube!«
In Marokko gehen die Frauen nicht ins Café. Und die Mädchen nur heimlich. Ich fragte mich, ob sie nicht im Sinn hatte, mich auf die Probe zu stellen, um herauszufinden, ob ich mich benahm oder nicht ...
»Du willst also tatsächlich ins Café? Ist das dein Ernst?«
»Ich hab dir doch gesagt, dass ich das möchte!«
Und sie zog mich am Arm hinter sich her und lachte wie eine kleine Ausreißerin.
»Los, mach schon, du lädst mich ein!«
Als ich ihn auf der Terrasse stehen sah, begriff ich, aber meine Tante schob mich weiter.
»Geh schon! Geh! Ich bleibe da und warte auf euch.«
Sie setzte sich einfach hin, trank ihre Cola und schaute uns, als wir zu einem kleinen Spaziergang aufbrachen, mit einem Blick nach, als habe sie der ganzen Welt einen gelungenen Streich gespielt.
Unter Tränen erklärte ich meinem beharrlichen Verehrer mein Verhalten.
»Mir ist klar geworden, dass ich im Begriff war, eine Dummheit zu machen, die ich mein ganzes Leben bereuen würde. Du, du bist ein Junge, du hast nichts zu verlieren.«
Er nahm mich in die Arme.
»Du hast Recht, ich habe nichts zu verlieren, du jedoch sehr viel. Aber falls wir es eines Tages tun, dann tun wir es unter Einhaltung der Regeln, das verspreche ich dir.«
Zumindest gewann ich die Gewissheit, dass er mich, weil er mich respektierte, wirklich liebte.
Zwei Sommer lang heimliche kleine Glücksmomente,

Küsschen und Fahrradtouren in trauter Zweisamkeit, von denen ich nur meiner Komplizin, meiner Tante, erzählte, der einzigen, die mir vertraute und die von ganzem Herzen hoffte, die Mädchen dieser neuen Generation würden endlich ihr eigenes Leben führen und ihre eigenen Entscheidungen treffen und glücklich sein können.

Aber dieses Zwischenspiel fand nur in der Ferienzeit statt, und es konnte den Rest des Jahres keine Rede davon sein, miteinander in Kontakt zu bleiben, sich zu schreiben oder anzurufen – das wusste er genauso gut wie ich. In dem Jahr, als ich achtzehn war, fuhren wir aus finanziellen Gründen in den Ferien nicht nach Marokko. Mein Vater hatte Schwierigkeiten mit der Arbeit – er war arbeitslos geworden und musste sich eine neue Halbtagsstelle suchen. Meine Brüder kosteten ihn viel Geld, und abgesehen von zweien, die Übergangsgeld bezogen, konnten ihm die anderen nicht groß unter die Arme greifen. Deshalb sah ich meine erste große Liebe nicht wieder, außerdem war für mich sowieso von vornherein alles verloren. Zu spät für die Liebe.

Im Gymnasium hatte ich die vorletzte Schulklasse mit Schwerpunkt Wirtschaft und Soziales bestanden und kam in die letzte Klasse. Ich konnte hoffen, das Abitur zu machen. Mein Vater meinte, ich hätte durchaus das Zeug, »jemand« zu werden, wie er sich ausdrückte, aber andererseits verbrachte er seine Zeit damit, mich tagein, tagaus zu demütigen und mich anzubrüllen, ich sei im Haushalt zu nichts zu gebrauchen.

Deshalb bewies ich ihm, dass ich wirklich »zu nichts zu gebrauchen« war. Und ich arbeitete in der letzten Klasse überhaupt nicht mit! Auch zu Hause nicht. Je weniger ich tat, desto mehr beleidigte er mich natürlich, das war ein Teufelskreis, aus dem ich nicht auszubrechen vermochte. Seiner Meinung nach »zu nichts zu gebrauchen« zu sein, hatte mit meinen schulischen Leistungen gar nichts zu tun, jedoch immer mit Unterwerfung. Es gelang ihm nicht, mich dazu zu bringen, den Kopf zu senken oder den Rücken zu krümmen, weil er einfach nicht begreifen wollte, dass ein bisschen Liebe und Gerechtigkeit seinerseits ausgereicht hätten, um aus mir ein liebes Mädchen zu machen.

Seinen Söhnen ließ er alles durchgehen, sogar die schlimmsten Dummheiten, seiner Tochter dagegen nichts. Als er mein Schulzeugnis las, hätte er mich vom Gymnasium abmelden, mich zu Hause einschließen und mich zur Hausarbeit verdonnern können. Stattdessen schickte er mich auf ein privates Gymnasium, um mich einer noch strengeren Disziplin zu unterwerfen. Dort sollte ich die mittlere Reife mit Schwerpunkt Sekretariatsarbeit und Buchhaltung ablegen.

Seit der neunten Klasse, also ab der Orientierungsstufe, hatte mein Vater für mich entschieden.

Allerdings gab es einen Schulzweig mit Schwerpunkt Soziales, doch dafür hätte ich die Woche über im Internat leben müssen. Das kam für ihn überhaupt nicht in Frage. In seinen Augen bekam ich im Grunde das, was ich verdiente: Ich stürzte die schulische Leiter hinab und konnte das Abitur nicht ablegen, das die Zauberformel für Wahlfreiheit geboten hätte. Das Ergebnis war, dass ich mich in diesen zwei Schuljahren überhaupt nicht anstrengen, gar nicht lernen musste, da ich zuvor immer gute Noten bekommen hatte. Ich bestand die vielen Tests, ohne den Finger zu krümmen, und meine Noten schwankten zwischen 1 und 2. In Französisch und Englisch war ich richtig gut. Aber ich konnte den Gedanken nicht ertragen, Buchhalterin oder Sekretärin zu werden und in einem Büro eingeschlossen zu sein! Ich wollte einen Sozialberuf ergreifen, anderen helfen, in Kontakt mit Menschen stehen, eine humanitäre Aufgabe haben, anstatt meine Zeit damit zu verbringen, an einem Computerbildschirm Zahlenreihen aufzulisten.

Auf eine gegen meinen Willen beschlossene Zukunft als schlecht bezahlte Buchhalterin pfiff ich.
Ich war achtzehn Jahre alt und damit volljährig. Aber in der Familie hat die Volljährigkeit keinerlei Bedeutung. Selbst als Verheiratete ist ein Mädchen in den Augen des Vaters, der Brüder oder des Ehemanns nie volljährig. Die Bewachung durch den jungen Bruder, die »Kameras« des Viertels funktionierten bestens. Während des Ramadan ging ich jeden Abend auf den Balkon, um am Ende des Fastens eine Zigarette zu rauchen. Wieder nahm ich ein großes Risiko auf mich und spielte mit dem Feuer. Die ganze Familie war versammelt, ich konnte jeden Moment mit der Kippe im Mund ertappt werden. Schon lange versuchten meine Brüder, mich zu erwischen. Seit einem Monat rauchte ich jeden Abend bei Sonnenuntergang meine einzige Zigarette pro Tag. Am Vorabend des Fests zum Ende des Ramadan stand ich also draußen und rauchte meine Kippe, mein Pfefferminzbonbon und mein Mundspray als Abwehr gegen plötzliche Überprüfungen von der Art »Mach den Mund auf und hauch mich an!« in der Tasche.
Normalerweise achtete ich darauf, meine Kippe auf dem Boden auszudrücken und sie in die Streichholzschachtel zu stecken. Niemals streckte ich den Kopf über das Balkongeländer, weil mich sonst von unten jeder hätte sehen können. An diesem Abend dachte ich, meine Brüder seien beim Fußball, ich wähnte mich so sicher, dass ich die Kippe achtlos über das Balkongeländer warf …
Aber meine Brüder und ihre Freunde standen unten, und ich hatte sie nicht gehört. Außerdem trug ich Armreifen! Das schwache Glimmen der schlecht ausgetretenen Kippe und das Klirren der Armreifen verrieten mich! Anstatt mich hinter der auf dem Balkon aufgehängten Wäsche versteckt zu halten, reckte ich den Kopf vor, weil ich sehen wollte, wohin die Kippe fiel! Und so entdeckten sie mich. Mein Bruder blickte mich trium-

phierend an und sagte: »Da brauche ich ja gar nicht weit zu laufen, muss dir auf der Straße gar nicht folgen. Schon seit Jahren versuche ich, dich zu kriegen, jetzt hab ich dich!«

Zur Erklärung muss gesagt werden, dass sich für einen Bruder, wenn er seine Schwester bei etwas Verbotenem erwischt, die Gelegenheit für eine gemeine Erpressung bietet.

»Bitte, sag es den Eltern nicht, ich flehe dich an ...«

Ich fiel sogar vor ihm auf die Knie.

»Bitte, bitte!«

Er verriet meinen Eltern nichts, aber er machte mir das Leben mehr als einen Monat lang zur Hölle.

Er lümmelte sich auf dem Sofa und schnipste mit den Fingern:

»He, hol mir ein Glas Wasser!«, »He, bring mir meine Schuhe!«, »He, mach dies, mach das!«

Eines Tages hatte ich die Nase voll und antwortete ihm: »Einen Dreck tue ich!«

Was riskierte ich schon? Verprügelt zu werden? Daran war ich gewöhnt. Es würde ein bisschen gesalzener werden als sonst, mehr nicht.

»Mir ist es lieber, du verpfeifst mich, als dass ich dich wie eine Sklavin bediene. Du hast Lust zu petzen? Dann petze nur.«

»Das willst du wirklich?«

»Ja, mir ist es lieber, Papa zertrümmert mir den Schädel und bringt mich um, als dass ich hier weiter das gehorsame Hündchen spiele.«

Während ich das Geschirr abwusch, stritten wir uns noch immer. Selbstverständlich hätte mein Bruder mich lieber zur Sklavin als zur Gegnerin gehabt.

Meine Mutter hörte unser Gezeter.

»Was ist denn hier schon wieder los? Lass deine Schwester endlich mal ein bisschen in Ruhe! Ständig hackst du auf ihr herum!«

»Aber was glaubst du denn, Mama? Glaubst du etwa, dass deine Tochter ein braves Mädchen ist?«
»Nein, sie hat ihre Fehler. Aber lass meine Tochter in Ruhe!«
»Was? Deine Tochter, deine Tochter, immer deine Tochter! Deine Tochter raucht. Ist es das, was du hören willst? Deine Tochter raucht Zigaretten. Ich hab sie erwischt.«
Da dröhnte die Stimme meines Vaters dazwischen:
»Leila, komm mit ins Schlafzimmer! Und du auch! Alle beide!«
Ich hasse dieses Zimmer seit meiner frühesten Kindheit, seit sich die Tür zum ersten Mal hinter einem jungen Delinquenten schloss und er dort die Prügel bezog. Stets nahm mein Unglück in diesem verdammten Zimmer seinen Lauf, dem einzigen, das man abschließen konnte und das das Zimmer meiner Eltern war. Der Ort, an dem Konflikte geregelt wurden.
»Du rauchst?«
Mein Bruder stand auf der einen Seite von mir, mein Vater auf der anderen. Antwortete ich: »Ja, ich rauche«, dann setzte es Hiebe von meinem Vater, sagte ich »Nein«, schikanierte mich mein Bruder.
Und es fing mit Ohrfeigen an. Du rauchst? Klatsch! Du rauchst? Klatsch!
Ich antwortete nicht. Ich senkte nicht den Kopf und blickte meinem Vater direkt in die Augen, was ihn stets am meisten aufregt. Meine Brüder senkten den Blick, ich jedoch niemals. Die Schläge taten weh, aber mein Blick sagte ihm: »Schlag nur zu ... du kriegst mich nicht unter.«
Er verprügelte mich, bis ich ganz benommen und mir schon richtig schwindlig war. Bis ich schließlich, schon fast ohnmächtig, schrie:
»Ja, ich rauche, was soll's? Wollt ihr das hören? Ja, ich rauche, ich bin nicht so brav, wie ihr mich gerne hättet!«
Meine Mutter saß in der Küche, sie nahm einen kleinen

Krug Wasser, schüttete mir das Wasser ins Gesicht und schleuderte dann auch noch den Krug hinterher.
Und zum Schluss wurde ich richtig verdroschen. Sie schlugen mich wie verrückt, aber eigenartigerweise empfand ich keine Schmerzen.
In unserem Viertel beklagt sich niemand. Die von ihren Eltern oder Brüdern verprügelten Mädchen halten sich an das Gesetz des Schweigens, das gebietet die Familienehre. Am Ende gewöhnen sie sich so sehr daran, dass sie es für normal halten. Würde es eine von ihnen wagen, sich einer Sozialarbeiterin, einem Lehrer oder sonst irgendeiner Autoritätsperson gegenüber zu beklagen, wäre das eine Schande für sie. Und was die Polizei anbelangt, davon ist gar nicht erst die Rede. Die Mädchen ziehen dies nicht eine Sekunde in Erwägung, und ich war genau wie die anderen. Bei der geringsten Neigung, Gewalt in der Familie anzuzeigen, droht man uns im Voraus:
»Ich schwöre dir, falls du jemals mit irgendjemandem darüber redest, schneide ich dir die Gurgel durch und trinke dein Blut!«
Das ist die übliche Redewendung. Eine brutale Ausdrucksweise – selbst wenn das nach westlichen Maßstäben nur schwer vorstellbar ist –, aber wir glauben daran und sind überzeugt, dass sie uns genauso bedenkenlos die Gurgel durchschneiden würden wie einem Hammel am Festtag zum Ende des Ramadan.
Aus der Bagatelle der im Alter von achtzehn Jahren heimlich gerauchten Zigarette wurde also ein großes Drama gemacht. Und dabei war von den schädlichen Auswirkungen auf meine Lunge mit keinem Wort die Rede, ich war keine Raucherin im eigentlichen Sinne. Hin und wieder eine heimlich gerauchte Zigarette, mehr war es nicht. Für meine Familie ging es einzig und allein darum, dass ein Verbot eingehalten wurde. Ein Mädchen oder eine Frau, die zu rauchen wagt, wird in

die Kategorie der schlechten Mädchen eingestuft, jener, die in Nachtlokalen vor den Männern tanzen, anders ausgedrückt, sie galten als »Huren«.
Aber ich tat alles, um mich weiterhin über dieses Verbot hinwegzusetzen. Ich steckte in der Küche den Kopf sogar in den Müllschlucker, damit der Rauch abzog!
Ich weigerte mich, ihnen die totale Herrschaft über mich zu überlassen. Indem ich sie so zum Narren hielt, kompensierte ich einen wesentlich größeren Frust. Den Kopf im Müllschlucker, sagte ich mir: »Sie sind nebenan, ich rauche direkt vor ihrer Nase eine Zigarette, und sie merken es nicht. Sie halten sich für schlau, mir alles zu verbieten, aber ich schaffe es trotzdem!« Das war eine wirklich erbärmliche Revanche.
Am nächsten Tag kaufte ich mir gleich morgens zwei Packungen Zigaretten. Ich ging nur aus Protest nicht zum Unterricht, sondern unternahm einen Spaziergang zu meinem ehemaligen Gymnasium.
Nie trug ich meine Haare offen, aber an diesem Tag war meine rechte Gesichtshälfte bläulich unterlaufen, deshalb musste ich mir die Haare über die Wangen hängen lassen.
Mir ging es nicht gut. Meine Freunde fanden mich seltsam.
»Was hast du denn?«
»Nichts, nichts, ich hab gar nichts. Ich hab schlecht geschlafen, vielleicht krieg ich die Grippe.«
Ich war gekommen, weil ich das Bedürfnis verspürte, mich jemandem anzuvertrauen, aber bei der erstbesten Frage zog ich mich wie immer in mein Schneckenhaus zurück. Niemand wusste, dass ich mit dreizehn versucht hatte, mir das Leben zu nehmen, das wusste außer der Familie keiner.
Meine Freunde konnten mir nicht helfen. Ich war wie ein sentimentaler Reisender zurückgekommen, um den Duft des Abiturs, der aus eigenem Verschulden verlore-

nen Illusionen einzuatmen. Ich drehte mich in meinem Unglück im Kreis. Ich lebte beinahe davon.
Ich sagte »Tschüss« und versteckte mich am anderen Ende des riesigen Gymnasiums hinter der Treppe eines Gebäudes. Dort, ganz allein, fing ich zu rauchen an, eine Zigarette, dann noch eine, ich grübelte über mein Leben nach und führte wie gewöhnlich Selbstgespräche.
»Du weißt nicht, warum du überhaupt noch dableibst. Leila, du bist achtzehn Jahre alt, du bist erwachsen, du könntest abhauen, irgendwo anders leben. Du bist feige!«
Doch andererseits gab es da diese leise Stimme, die mir sagte:
»Aber wenn du fortgehst, dann reißt du die Brücken zu deiner Familie ein. Selbst wenn sie dir wehtun, sie sind trotzdem deine Familie. Du hast sonst niemanden als diese Familie.«
Den ganzen Vormittag überlegte ich hin und her – gehe ich, gehe ich nicht? Und ich rauchte aus Verzweiflung, bis ich husten musste.
Mein Freund Karim kam vorbei. Er war der Einzige, der herausfand, dass ich mich hier versteckte, weil es mir schlecht ging.
»Leila, was ist los mit dir?«
Ich zog mir die Haare ins Gesicht und hielt sie mit der Hand fest, damit er nichts sehen konnte.
»Nichts.«
»Nein, allein schon die Frisur, das bist gar nicht du.«
»Ich hatte Lust, die Haare offen zu tragen, weil sie ein bisschen Frischluft brauchen.«
»Hör auf, mich zum Narren zu halten!«
Er hielt meine Hand fest und schob die Haare zur Seite, um sich den Bluterguss anzusehen.
Da wurde ich ganz hysterisch und brüllte:
»Aber was soll ich deiner Meinung nach denn sagen? Dass mein Leben verpfuscht ist? Ich habe drei Möglich-

keiten: mich umzubringen, abzuhauen oder dieses beschissene Leben fortzuführen. Ich habe eine Kippe geraucht, das war alles, und mein Bruder hat mich dabei erwischt!«

»Hör mal, hast du gesehen, wie schlimm du zugerichtet bist? Und das wegen einer Kippe? Das ist nicht normal!«

»Aber was soll ich deiner Ansicht nach denn machen? Wenn ich mich beschwere, dann laufe ich Gefahr, dass sie meinen Eltern die Kleinen wegnehmen! Die Familie wird auseinander gerissen, steht unter der Kontrolle des Jugendamts – und die Schande!«

Ich wollte nichts Schlimmes anrichten. Ich wollte nicht die Ursache für das Auseinanderbrechen meiner Familie sein. Die Schande würde sowieso auf mich zurückfallen.

Auch meine Brüder mussten Schläge einstecken, aber weit weniger als ich. Zum Beispiel, wenn einer von ihnen betrunken nach Hause kam. Aber das war nicht das Gleiche. Ich wurde für jede Kleinigkeit geschlagen. Ob ich etwas vergaß, eine unwirsche Antwort gab oder mich verspätete – und ich tat nichts, um dies zu vermeiden.

»Mach bloß keine Dummheiten! Versprichst du mir das?«

»Nein, keine Sorge.«

Aber ich fasste den Entschluss, von zu Hause abzuhauen. Ich sagte es keinem, nicht einmal Karim. Doch ich wusste wirklich nicht, wo ich hin sollte. Ein Freund, der nicht aus unserem Viertel stammte, machte sich über eine Woche lang die Mühe, mir dreißig oder vierzig Kilometer von unserem Viertel entfernt ein Hotel zu suchen. Ich hatte ihm erzählt, dass ich einmal durchatmen müsse, dass ich es zu Hause nicht mehr aushielte, allerdings ohne in die Details zu gehen, und er hatte nicht versucht, mehr herauszubekommen. Im Unterbewussten fürchtete ich, dass mich ohnehin keiner verstehen würde, wenn ich anfinge, mich jemandem anzuvertrauen – es sei denn, ich würde ihm alles erzählen. Und dazu konnte ich mich nicht durchringen, das war einfach zu schwierig, deshalb wollte ich für immer den Mund halten, aber auch das war schwierig.

In dieser Woche der Flucht weinte ich fast die ganze Zeit. Ich aß nichts, denn ich hatte nichts mitgenommen. Nicht einmal meine Ausweispapiere, weil mein Vater sie aufbewahrte. Kurzum, ich hatte nichts, was es mir erlaubt hätte, wirklich zu fliehen. Weder Geld noch Papiere noch einen Zufluchtsort. Der Freund hatte seinen älteren Bruder gebeten, das Hotel für mich zu bezahlen, und das konnte nicht lange so gehen. Er war nett, er wollte mir helfen, aber leider wollte er eines Abends bei mir übernachten, und ich setzte mich sofort heftig zur Wehr. Um diese Art von Hilfe hatte ich ihn nicht gebeten. Das begriff er schließlich.

Am nächsten Morgen schnappte ich meine Siebensachen und kehrte schweren Herzens nach Hause zurück. Es gab keinen anderen Ausweg. Der Ausreißversuch war gescheitert.

Mein Vater, völlig bleich im Gesicht und außer sich vor Wut und Kränkung, schaute mich nicht einmal an noch richtete er ein Wort an mich. Für ihn war ich tot. Und deshalb sagte ich mir: »Wenn ich je den Mund aufmache, und sei es nur, um mich zu verteidigen, dann bringt er mich um.«

Meine Mutter bedachte mich mit allen erdenklichen Beschimpfungen:

»Wo warst du? Du bist nichts anderes als eine Hure! Einfach so abzuhauen! Eine ganze Woche auswärts zu übernachten! Keiner weiß, was du getan hast! Morgen gehst du zum Arzt.«

Am Ende hatte ich wie immer die Demütigung zu ertragen. Sie brachten mich mit achtzehn Jahren zum Arzt. Ich war erwachsen, dennoch musste ich die Untersu-

chung über mich ergehen lassen, damit sie beruhigt waren.
»Sie ist Jungfrau, machen Sie sich keine Sorgen!«
Trotzdem hatte ich das Gefühl, vergewaltigt worden zu sein. Man glaubte mir nicht, man verstand mich nicht. Das Einzige, was zählte, war diese blödsinnige Jungfräulichkeit. Keinerlei Respekt mir gegenüber. Und wenn jemand ihnen gesagt hätte: »Aber der Vater schlägt sie! Die Brüder schlagen sie, sie hat allen Grund zu fliehen ...«, dann hätten sie, Vater, Mutter und Brüder, im Chor geantwortet, da bin ich mir sicher: »Geschlagen? Hat sie das etwa erzählt? So eine Schande!«
Das soziale Verhalten, diese Besessenheit von der Jungfräulichkeit, das ist eine Frage, die mir die ganze Zeit durch den Kopf geht. Mit dieser Geschichte machen sie uns verrückt. Ich weiß keine Antwort darauf. Hätte ich eine, dann würde es mir vielleicht gelingen, ausgeglichen zu sein. Aber ich glaube, dass es darauf keine logische Antwort gibt. Es ist die traditionelle Weigerung, Frauen die Unabhängigkeit zu gewähren.
So ist es einfach, und man hat nichts zu sagen. Man muss parieren, dem ausgetretenen Pfad folgen. Eine Weiterentwicklung der Mentalität ist unmöglich. Der Vater oder die Brüder und später der Ehemann sind für diese Jungfräulichkeit verantwortlich. Der Körper der Frau gehört ihnen.
Und dieser Besitzanspruch bringt uns um den Verstand. Die Ehre der Väter wird an einer völlig ungeeigneten Sache festgemacht, aber sie weigern sich, das einzugestehen. Und sie stellen ihre Töchter ständig unter einen bestimmten Verdacht.
Sie durchsuchen ihren Kopf, ihre Sachen, ihre Schultasche, ihre Kleidertaschen und forschen nach irgendeinem persönlichen und verbotenen Gegenstand. Eine Packung Zigaretten? Das ist eine Hure! Eine Puderdose, Wimperntusche oder Lippenstift, ein roter Slip? Das ist

eine Hure! Ein Tampon? Sofort zum Arzt, gleich, ob das Mädchen bereits erwachsen ist oder nicht ... Die Pille? Prompt droht die Verstoßung!

»Sie«, das sind auch die Brüder, die Cousins, die Onkel, die Tanten, die Schwiegermütter ... Sie behandeln uns nicht einmal wie Objekte. Ein Objekt schätzt man, nicht aber eine Frau. Deshalb meine Wut, mein Aufbegehren. Von meinem eigenen Fall einmal abgesehen, ich weiß, dass wir zu Tausenden sind, die wir schweigen und leiden, weil sie wissen, dass wir ohne sie, außerhalb der Familie und der Gemeinschaft, nicht leben können, wenn wir nicht als »Hure« gelten wollen, wie sie sagen. Jene, die damit klarkommen, haben den Kontakt zu ihren Familien abgebrochen. Jene, die gesellschaftlich aufsteigen, eine Anstellung finden und Karriere machen, stammen aus fortschrittlicheren Kreisen. Dabei spielt es gar keine Rolle, ob es sich um die zweite oder dritte Generation von Einwandererkindern handelt, sondern es geht um Bildung, Kultur und die geistige Offenheit für die moderne Welt.

Mein Vater gab meiner Familie den Befehl, nicht mit mir zu reden.

»Dem Ersten, der mit ihr redet, brech ich alle Knochen!« Auch er sprach nicht mit mir. Ich existierte gar nicht. Dass mich meine Brüder ignorierten, war nicht weiter tragisch. Aber dass ich für meinen Vater Luft war, das war schlimmer als alles andere. Eineinhalb Monate herrschte dieses Schweigen. Ich habe die Tage gezählt. Meine Mutter sagte nur das Nötigste zu mir: »Tu dies, tu das.«

Doch ich kehrte nicht in die Schule zurück, sondern wurde ernsthaft krank.

Ich aß nichts mehr und hatte Bauchschmerzen. Man musste mich ins Krankenhaus bringen. Natürlich konnte ich in dieser Zeit meine Prüfungen nicht ablegen. Keiner verstand, was sich in meinem Körper abspielte. Ich wusste es sehr wohl. In meinem Kopf war alles blockiert, und mein Körper war es, der es zum Ausdruck brachte, indem er die wenige Nahrung verweigerte, die man mich hinunterzuschlucken zwang. Zu keiner Zeit stellte irgendjemand fest, dass ich depressiv und die Erkrankung psychosomatisch war, daher wurde ich mit Medikamenten, die überhaupt nichts nützten, nach Hause geschickt, allerdings war ich fest entschlossen, erneut krank zu werden.

Ich wollte wieder ins Krankenhaus, dort ging es mir besser, auch auf die Gefahr hin, die Ärzte wahnsinnig zu machen. In Wahrheit ging es darum, ihre Aufmerksamkeit zu erregen, zu sehen, ob jemand reagieren und verstehen würde, dass ich zu Hause in Gefahr war.

Da die Untersuchungen nichts ergaben, lautete die Diagnose, dass ich sicher an einer Blinddarmentzündung litt!

Sie rollten mich in den Operationstrakt des Krankenhauses hinunter und operierten mich, aber meinem Blinddarm ging es bestens ... Ich hatte eine kleine Zyste am Eierstock. Nichts Dringendes, aber da sie schon einmal dabei waren ...

Ich fühlte mich in diesem Zustand als Kranke wohl. Zwar war ich zutiefst deprimiert, aber mir war das in dieser Zeit nicht bewusst. Um weiter ihre Aufmerksamkeit zu erregen, dachte ich mir wie ein kleines Mädchen, das sich weigert, zur Schule zu gehen, immer neue verrückte Sachen aus. Zum Beispiel fabrizierte ich mir am Knöchel mit Methylenblau ein ordentliches Hämatom. Mein Vater brachte mich ins Krankenhaus; auf dem Röntgenbild war nichts zu sehen, es musste also eine Verstauchung sein! Ich bekam für drei Wochen einen Gips und war sehr zufrieden, da meine Brüder nun gezwungen waren, mich zu bedienen und sich selbst um alles zu kümmern.

Es musste immer eine Verletzung an den Beinen sein,

damit ich ihnen sagen konnte: »Ich kann nicht laufen, ich kann euch nicht mehr bedienen, ich bin zu gar nichts mehr zu gebrauchen, ihr müsst es also an meiner Stelle selbst tun ...« Dreimal musste ich mir diese »Verstauchung« am Knöchel beibringen.

Auch Bauchschmerzen waren ein hervorragender Vorwand. Vorausgesetzt, ich mimte glaubhaft, dass ich auch Fieber hatte! Wieder musste man sich um mich kümmern, und als ich in die Schule zurückkehrte, war mir die Prüfung piepegal. Ich wusste, dass mir nur ein jämmerlicher Punkt fehlte, um sie zu bestehen, aber die Sache war sowieso die Entscheidung meines Vaters gewesen, nicht meine.

Ständig schwelte der Konflikt mit meinem Vater – er war der Herr über mein Leben, über meine Zukunft. Dieser Gedanke verfolgte mich bis in meine Albträume.

Flucht ..., aber wohin?

Ich hatte nicht wirklich die Kraft dazu, er war es, der sie mir eines Tages gab.

Meine Eltern verließen gemeinsam das Haus. Ich sollte auf eine Tajine aufpassen und schaute mir unterdessen einen schönen Film im Fernsehen an. Natürlich vergaß ich den Kochtopf, und bald war die ganze Küche voller Qualm! Ich lüftete und putzte, so gut ich konnte, versuchte, die Tajine möglichst genau nachzukochen, doch der brenzlige Geruch hing in der ganzen Wohnung.

Angstvoll blickte ich auf die Uhr, denn mein Vater würde mich umbringen! Bevor er gegangen war, hatte er mehrfach wiederholt:

»Ich warne dich, hab ein Auge auf den Herd, und wenn etwas passiert ...«

Ich hörte die Schritte auf der Treppe und beschloss, alles auf eine Karte zu setzen und zu lügen. Schließlich hatte ich in etwa das gleiche Rezept nachgekocht wie meine Mutter, das gleiche Gemüse, das gleiche Fleisch verwendet ...

»Und, hast du auf das Essen aufgepasst?«, fragte er, dem Anschein nach ganz ruhig und gelassen.
»Ja ...«
»Bist du dir sicher, dass nichts passiert ist?«
»Nein, nein, was soll denn passiert sein?«
»Sicher?«
»Ja klar.«
Er packte mich an den Haaren und steckte meinen Kopf in den Topf.
»Riech! Willst du mich weiter zum Narren halten?«
Er nahm den Besenstiel und verdrosch mich damit, bis das Holz durchbrach. Und er brach mir meinen Unterarm.
Die ganze Nacht lag ich da und beklagte mich nicht. Mir tat alles weh, ich war von violetten Striemen überzogen, und mein war Arm seltsam verdreht.
Am nächsten Morgen ging ich in die Schule und sagte auch dort nichts, aber meine Lehrerin bemerkte, dass ich Schwierigkeiten mit dem Schreiben hatte.
»Was ist los mit dir?«
»Nichts, ich hab mir wehgetan.«
Sie wollte meinen Arm sehen, der um das Dreifache angeschwollen war. In der Krankenstation gab ich den gleichen offiziellen Grund an: Ich sei gestolpert und hingefallen ...
Die Krankenschwester rief meinen Vater an. In ihrer Gegenwart äußerte er sich überhaupt nicht, war nicht einmal beunruhigt, da er wusste, dass ich nichts sagen würde, aber auf dem Weg zum Krankenhaus drohte er mir: »Ich warne dich, falls dir gar nichts fehlt, dann breche ich dir beide Arme, und dieses Mal wirklich.«
Im Auto betete ich: »Lieber Gott, mach, dass sich die Krankenschwester nicht getäuscht hat, mach, dass mein Arm wirklich gebrochen ist!«
Der Ellenbogen war ausgekugelt, und ich bekam einen Gips. Und da beschloss ich, »wirklich abzuhauen«.

Schon als er mich schlug, sagte ich mir: »Schlag nur, schlag zu, es ist nämlich das letzte Mal.«
Zwei oder drei Tage brauchte ich, um meine Vorbereitungen zu treffen. Ich ging zu Martine, einer Erzieherin, die mich kannte. Ihr erklärte ich mein Vorhaben, von zu Hause fortzugehen, aber noch immer, ohne Details zu nennen. Sie war jedenfalls die einzige und auch die richtige Person, der ich mich offen hätte anvertrauen können, aber ich sagte ihr nicht einmal, dass mein Vater mich schlug.
»Ich habe die Schnauze voll«, heulte ich, »ich kann nicht mehr ... ich muss fort, ich bin erwachsen, ich werde noch verrückt und drehe völlig durch, aber dieses Mal unternehme ich keinen Selbstmordversuch.«
Sie verstand. Es war ihr Beruf, Dinge zu erraten, ohne den Mädchen allzu viele Fragen zu stellen, damit diese nicht auf stur schalteten. Und in der Folge hatte sie immer ein Auge auf mich und wollte mich unbedingt vor mir selbst und meinen Selbstmordgedanken retten. An jenem Tag fragte sie mich lediglich, ob ich wirklich bereit sei, ob ich Geld habe.
»Ich habe gar nichts, aber lieber lebe ich unter den Brücken als in dieser Baracke.«
»Aber wo willst du denn hin?«
Im Süden Frankreichs hatte ich eine Freundin, die mir einmal in den Ferien angeboten hatte, dass ich sie, wann immer ich wollte, besuchen kommen könne. Sie hatte ein Apartment, einen Freund, Arbeit – das war die einzige Tür, die sich für mich öffnen konnte.
Zunächst verbrachte ich eine Nacht auf dem Land in einem Wohnheim, in dem sich eine andere Sozialpädagogin um mich kümmerte, lange mit mir redete und mir entlocken wollte, was bei meinen Eltern nicht richtig lief und ob ich mir meiner Entscheidung wirklich sicher sei. Ich drückte mich die ganze Zeit nur sehr vage aus. Selbst fern von meinem Vater, den Arm im Gips,

wagte ich nicht, die Wahrheit auszusprechen. Sie ahnte, dass ich mich nach der ersten zu direkten Frage allein davonmachen würde. Geschlagen zu werden, ist dermaßen erniedrigend ... Dabei hätte ich reden, alles sagen müssen, anstatt mich hartnäckig in dieses destruktive Schweigen zu hüllen. Jetzt, im Nachhinein, sehe ich, wie verstockt und unreif ich trotz meiner Volljährigkeit, die ich ständig anführte, damals war. Man muss sich auf das Gespräch einlassen, das ist die einzige Lösungsmöglichkeit. Die einzige, will man seinen Fall nicht noch schlimmer machen und am Ende – wie ich – in der Falle sitzen. Aber damals funktionierte ich geistig wie eine Marionette, die nur einen einzigen Satz kennt: »Ich bin unglücklich.« Punkt. Ich hörte nicht auf die anderen, ich nahm die angebotene Hilfe nicht an und stürzte mich geradewegs in mein Unglück, und zwar in der Absicht, allein aus ihm herauszukommen, wozu ich jedoch absolut unfähig war.

Schließlich musste ich Kontakt zu einer Freundin aufnehmen, die mir Geld für den Flug leihen sollte. Sie erwartete mich in der Ankunftshalle des Flughafens. Ich hatte seit drei Tagen nichts gegessen, fast nicht geschlafen, ich besaß nur eine winzige Tasche, in der sich zwei Pullover und eine Jeans zum Wechseln sowie mein Personalausweis befanden, den ich meinem Vater entwendet hatte.

Zum ersten Mal in meinem Leben stieg ich in Paris in ein Flugzeug, denn in die Ferien nach Marokko waren wir immer mit dem Auto gefahren. Ich war erschöpft und hatte das Gefühl, einen Hindernislauf hinter mir zu haben. Genaue Pläne hatte ich nicht, wollte mich nur wie ein müder Schmetterling bei meiner Freundin niederlassen. Ich hatte sie in den Ferien kennen gelernt und wusste, dass auch andere Bekannte von uns in ihrem Viertel wohnten. So würde ich also nicht die kleine, in einer fremden Großstadt verlorene Nordafri-

kanerin sein, da ich zumindest diesen Halt hatte: Mina. Sie war zwanzig Jahre alt, Französin, aus Algerien stammend, emanzipiert und lebte mit ihrem Freund zusammen – ich hatte sie beide in den Ferien in Marokko getroffen. Mir kam es so vor, als seien die Mädchen im Süden Frankreichs mutiger als wir. Freier.
Und danach? Ich hatte keine Ahnung, wie es danach weitergehen sollte ... zuerst musste ich einmal durchatmen. Wieder Spaß am Leben finden und am Essen. Mich davon überzeugen, dass alles gut werden würde, auch wenn ich nicht wusste, wie.
Damals war ich zu naiv. Nie war ich außerhalb meiner Region unterwegs gewesen, nie irgendwo hingefahren außer nach Marokko, ich hatte nichts anderes gesehen als mein Wohnviertel und die Schule und hatte letztlich keinerlei Vorstellungen vom Leben der anderen Menschen. Ich war mir nicht im Klaren, wie sehr mich meine Eltern bevormundet und unselbständig gemacht hatten. Das war ihre Art und Weise, mich von der Außenwelt abzuschneiden, sodass ich am Ende nur unter ihrer Fuchtel existieren konnte. Wäre ich mir dessen bewusst gewesen, dann hätte ich vielleicht besser verstanden, warum ich so unglücklich war, und ich hätte nicht den Fehler begangen, auf gut Glück zu fliehen und naiv irgendwelchen Leuten zu vertrauen. Draußen, in dieser unbekannten Freiheit, war ich allen möglichen Gefahren ausgeliefert. Wie sehr, das sollte sich schon sehr bald erweisen.

Eine Fliege

Ich meinte, fest entschlossen zu sein, nie mehr zu meinen Eltern zurückzukehren.

Als Mina mich abholte, erzählte ich ihr von einem Ferienaufenthalt, und der Grund für meinen eingegipsten Arm war nach wie vor offiziell ein Unfall. Ich belog mich selbst und die anderen und hatte manchmal den Eindruck, eine gespaltene Persönlichkeit zu sein. Meistens verachtete ich mich zutiefst, weil ich zu feige war, mich der Realität zu stellen. Ich beneidete dieses Mädchen, das mit ihrem Freund zusammenlebte, ohne verheiratet zu sein, das mich bei sich aufnehmen konnte, ohne sich irgendjemandem gegenüber rechtfertigen zu müssen. Was hatte sie, was ich nicht hatte? Gewiss eine Charakterstärke, die mir fehlte. Sie gehörte zu jener Sorte von Mädchen, die für meinen Vater einen »schlechten Ruf« haben.

Jedenfalls führte sie zumindest ein selbstständiges Leben, und ich beneidete sie, wohl wissend, dass ich es ihr nie würde gleichtun können. Zum Glück, denn sehr rasch stellte sich Ernüchterung ein.

Gegen halb zehn am Abend kreuzte eine Gruppe von Typen bei ihr auf. Mina stellte mir einen von ihnen als ihren Freund vor, den ich schon in den Ferien kennen gelernt hatte, und drei andere, ein wenig Furcht einflößende Jungs. Schließlich tauchten noch zwei Mädchen und drei weitere Typen auf. Von Anfang an fühlte ich mich unwohl, aber da ich keine Spielverderberin sein wollte, beantwortete ich die Fragen so höflich, aber dennoch so vage wie möglich. Wieder log ich, diesmal aus Vorsicht, damit die erwähnten Details niemals jemandem, der mich kannte, zu Ohren kommen und so über das »arabische Telefon« bis zu meinen Eltern gelangen konnten. Dann spielte sich folgende Szene ab:

Ich erzähle, dass ich in Paris lebe – und ich kenne von

der Stadt kaum mehr als den Gare de Lyon und jetzt den Flughafen!

Die Gruppe macht es sich gemütlich und beginnt, Bier zu trinken und sich lautstark zu unterhalten. Ich bin diese Art von Zusammenkunft nicht gewohnt und habe plötzlich das Gefühl, in Gefahr zu sein. Die Jungen sehen ganz nach dem aus, was sie sind, nämlich »Großstadttypen« mit lockerem Gehabe und legerem Gang, um zu zeigen, dass sie »cool« sind und vor nichts Angst haben. Ich kenne das, die Jugendlichen aus meinem Viertel geben sich nach außen hin ebenso selbstsicher, aber diese hier scheinen mir einer Bande anzugehören. Bei mir zu Hause kennen mich alle Jungs, wir sind schließlich zusammen aufgewachsen, und ich hatte mit ihnen nie Probleme. Hier befinde ich mich auf unbekanntem Terrain. Ich beobachte sie genau und bleibe auf der Hut.

Einer von ihnen wendet sich direkt an mich.

»Und, was machst du hier?«

»Ich verbringe hier nur ein paar Ferientage ...«

Außer mir trinken alle. Ich dagegen habe in meinem ganzen Leben noch nie ein Glas Alkohol angerührt. Und ich bekomme allmählich eine Heidenangst, als ich sehe, dass sie vom Alkohol zu Joints übergehen. Mina ist sich durchaus bewusst, dass ich in dieser Umgebung völlig fehl am Platze und beunruhigt bin, aber ich meinerseits kapiere, dass sie hier nichts zu sagen hat und die Sauferei nicht stoppen kann, denn ihr Freund ist hier der Herr im Haus. Trotzdem versucht sie sanft, ihn zu zügeln.

»Hör zu, ich habe hier eine Freundin zu Besuch, ihr könntet ihr ein bisschen mehr Respekt entgegenbringen.«

Sogleich gibt er ihr mit dem Handrücken eine saftige Ohrfeige, ihre Wange läuft dunkelrot an, und sie schweigt. Allmählich habe ich wirklich Angst, aber ich lasse es mir nicht anmerken. Ich beobachte die anderen

weiter, bin auf der Hut. Einer der Burschen lacht hämisch.
»He, Mina, was hat deine Freundin denn? Die hat ja Angst ...«
Ich blicke ihm frech in die Augen, obwohl sich mir vor Angst der Magen zusammenkrampft.
»Überhaupt nicht! Wieso auch? Warum möchtest du, dass ich Angst habe? Was glaubst denn du? Ich komme aus Paris, sei unbesorgt, da sind die Straßen voll von so arroganten Typen wie du! Außerdem bist du ein Niemand!«
Zum Glück bin ich nicht auf den Mund gefallen und habe eine »große Klappe«. Aber mein Mundwerk hält sich besser als meine Knie, die allmählich weich werden. Ich flüchte mich in die Küche, um Mina bei der Zubereitung des Essens zu helfen. Die anderen lassen sich mit ihren Bierflaschen und ihren Joints auf dem Boden nieder und warten darauf, bedient zu werden. Ob frei oder nicht, Mina ist eindeutig in das gleiche System eingezwängt wie die anderen: die Männer zu bedienen, falls man diese Kerle als Männer bezeichnen kann. Da ich nicht einfach fortgehen kann, weil ich nicht wüsste, wohin, und mich auch nicht einfach schlafen legen kann, beschließe ich, mich ruhig vor den Fernseher zu setzen, während sich die anderen weiter voll laufen lassen. Und auf einmal höre ich hinter mir seltsame Geräusche. Zwei der Typen machen sich einen Spaß daraus, mit Pumpguns herumzuhantieren. Da gerate ich in Panik. Schließlich kenne ich Mina gar nicht richtig, ich hatte bisher nur in den Ferien Kontakt mit ihr. Und bis zu diesem Zeitpunkt hätte ich sie niemals mit einer solch verrückten Atmosphäre – Alkohol, Joints und Waffen – in Verbindung gebracht. Mir schwant, dass sie unter den Einfluss eines üblen Typen geraten ist, der sie schlägt, ihr Angst einjagt und sie damit kontrolliert. Sie meinte es gut, als sie mich hier bei sich aufnahm, aber ganz offensichtlich lebt sie unter

ständiger Bedrohung. Sie arbeitet nicht, sondern bezieht Arbeitslosengeld. Sie hat mir erzählt, dass ihr Freund sie finanziell unterstützt, aber es ist unverkennbar, dass dieser Typ unsaubere Geschäfte macht – wahrscheinlich dealt er – und sich mit seiner Gaunerbande bei ihr versteckt. Pumpguns habe ich bislang ausschließlich im Kino gesehen. Ich beginne, innerlich zu zittern, während ich mich zwinge, diesen Idioten gegenüber ruhig zu bleiben. Einer von ihnen will sich aufspielen und fuchtelt mir mit dem Verschluss der Waffe vor der Nase herum. Ich biete ihm die Stirn:

»Mach schon, drück ab ... Das beeindruckt mich gar nicht.«

»Ha, ihr, die Pariser! Weißt du, wie du daherredest?«

»Ich rede korrekt.«

Er hat kapiert, dass ich mich nicht einschüchtern lasse, und lässt die Waffe sinken. Aber der andere mustert mich mit überheblichem Blick, als wolle er sagen: »Die nehme ich mir, diese Pariserin ...«

Ich hätte es nicht zugelassen, dass er mich auch nur anfasst, aber wie sollte ich hier bloß unbeschadet wieder herauskommen?

»Leila«, sagte ich zu mir, »es sieht schlecht aus für dich; in dieser verdammten Zweizimmerwohnung sind zehn Typen, die mit ihren zwei Pumpguns herumspielen, sie haben sich Joints reingezogen, sie haben sich voll laufen lassen, überall liegen Flaschen herum, eine wahre Müllhalde. Da ziehe ich doch das Unglück bei meinen Eltern vor. Aber wie soll ich es nur anstellen? Soll ich mich aus dem Staub machen? Meine Tasche liegt auf der anderen Seite des Zimmers, wenn ich versuche, sie an mich zu nehmen, stellt sich dieser Idiot mir sicher in den Weg ...«

Um mich zu beruhigen, atmete ich tief durch, rückte ein Stück zurück und zwang mich, in Richtung Fernseher zu schauen, damit der Typ mich in Ruhe ließ, aber als ich den Kopf drehte, bemerkte ich ein Paar auf dem Boden, das vor den Augen der anderen voll in Aktion war. So etwas hätte ich mir bis dahin nicht einmal vorstellen können. Ich dumme Gans lief vor Scham und Angst rot an. Der Qualm der Joints stach mir in die Nase, der Biergeruch schlug mir auf den Magen. Ich fühlte mich, umgeben von dieser Gaunerbande, der widerwärtigen Szene ausgeliefert. Das Mädchen machte ganz offensichtlich freiwillig mit, aber was würde geschehen, wenn dieser Typ da neben mir sich auf mich stürzen würde, um mich zu vergewaltigen? Verstört und zu Tode erschreckt, begann ich lautlos zu beten.

»Mein Gott, wo bin ich da nur hineingeraten? Ich bitte dich, hilf mir!«

Unauffällig behielt ich die Tür im Auge, die zweifach abgeschlossen worden war, aber der Schlüssel steckte nicht.

Nur zwei Meter von mir entfernt hatte sich das schamlose Paar gerade voneinander gelöst, aber das Mädchen blieb auf dem Boden liegen, und ein anderer der Typen machte sich an ihr zu schaffen!

Welch ein Horror! Verschwand ich nicht augenblicklich, dann stürzten sich die anderen gewiss gleich auf mich. Deshalb stand ich langsam auf und sagte so natürlich wie möglich:

»Ich muss mal auf die Toilette ...«

Meine Hände zitterten, als ich die Tür zu dem winzigen Badezimmer öffnete, dann den Riegel von innen vorlegte und ein Badezimmerschränkchen vor die Tür schob.

Auf die Gefahr hin, hier zu krepieren, denn lieber wollte ich in diesem Badezimmer draufgehen, als mich von ihnen missbrauchen zu lassen.

Durch die geschlossene Tür war eine widerwärtig vulgäre Stimme zu vernehmen:

»Oje! ... die andere, die hat Schiss ... He! Meine Schöne! Mach die Tür auf, mach die Tür auf!«

Gott hatte mich hierher geführt, um mich zu bestrafen, davon war ich überzeugt. Auf der Toilette sitzend, das Gesicht in den Händen vergraben, flehte ich ihn an.
»Du machst das, um mich zu bestrafen, aber das ist in Ordnung, ich habe verstanden, ich schwöre dir, dass ich kapiert habe, aber hilf mir, hilf mir, aus diesem Schlamassel herauszukommen.«

Die winzige Wohnung in der fünften Etage hatte keinen anderen Ausgang als die Tür, die auf einen breiten Hausflur führte. Ich saß in einem riesigen Wohnblock mit Hunderten von Sozialwohnungen in der Falle. Natürlich hatte das Wohnzimmer ein Fenster, aber ich würde mich höchstens im äußersten Notfall überwinden können, dort hinauszuklettern, um mich hinunterzustürzen und fünf Etagen tiefer zu sterben.
Ich hatte schon daran gedacht, bevor ich mich in diesem Kabuff einschloss, hatte hinuntergeblickt und mir gesagt: »Was soll's, wenn der Typ mich angreift, dann springe ich ...«
Was mir solch panische Angst einjagte, waren nicht etwa die Pumpguns, sondern die drohende Vergewaltigung. Sollte ich das, was ich seit Jahren bewahrte, nämlich meine unantastbare Jungfräulichkeit, auf diese Weise verlieren, dann wäre das der absolute Horror, und mir bliebe nichts als der Selbstmord. Ich war von zu Hause geflohen, hatte meinen Vater verlassen, um hier zu landen? Er hatte also doch Recht gehabt, die Welt war voller Gefahren, und Gott ließ mich im Stich, weil ich ein böses Mädchen war ...
Jetzt, auf dem Boden kauernd, den Rücken gegen den Schrank gepresst, um meinen Zufluchtsort noch zusätzlich zu sichern, weinte ich leise in mich hinein. Vor Angst wie gelähmt.
»Komm schon, mach die Tür auf ... sei unbesorgt, keiner tut dir was ...«

Ich antwortete nicht. Kein einziges Mal hörten diese Typen meine Stimme. Ich würde hier sterben, in aller Stille, aber ich würde keinem diese Tür aufmachen. Schließlich hörte ich Minas Stimme, wahrscheinlich hatte ihr Freund sie geschickt:
»Leila, komm schon, alles ist gut ... mach dir keine Sorgen, komm raus.«
Ihr antwortete ich:
»Nein, Mina, ich schwör dir, ich komme nicht raus.«
»Komm zum Essen, wenigstens einen Bissen.«
»Ich schwör dir, ich gehe hier nicht raus.«
Zwei Nächte und einen Tag blieb ich in diesem Bad. Zwei lange Nächte und einen endlosen Tag, in denen sie weder duschen noch auf die Toilette gehen konnten. Sie hätten die Türe einschlagen können, aber das taten sie Gott sei Dank nicht. Ich war in dieser ersten Nacht bereits ein paar Stunden eingesperrt und verbrachte die Zeit mal auf dem Fliesenboden, mal auf der Toilette sitzend. Hin und wieder drehte ich den Wasserhahn auf, um mir das Gesicht zu kühlen, so sehr heulte ich aus Verzweiflung und Angst. Schließlich schlief ich auf den Fliesen neben dem Schrank ein, vom Lauschen nach verdächtigen Geräuschen, Schritten und Lachen erschöpft. Immer wieder schreckte ich hoch und hörte Wortfetzen, Minas Stimme:
»Ihr seid nicht nett ...«
Und gleich darauf das Geräusch von Ohrfeigen, die sie als Antwort kassierte. Das Wohnzimmer war nur durch eine recht dünne Wand vom Bad getrennt. Ich hätte jede Ohrfeige zählen können, die sie versetzt bekam, als sie versuchte, mich vor dieser Bande Verrückter zu retten. Schließlich hörte ich deutlich die Stimme von Minas Freund, der ihr befahl:
»Gib mir den Wohnungsschlüssel!«
»Die Tür ist bereits abgeschlossen!«
»Hm ... gib mir den Schlüssel, ich trau der Sache nicht.«

Sie hatten Angst, mir könnte mit Minas Hilfe die Flucht gelingen und ich könnte sie in Schwierigkeiten bringen, da ich gesehen hatte, dass sie im Besitz von Waffen waren.
Dieses Mal wusste ich wirklich keinen Ausweg mehr. Ich hatte mir überlegt, dass ich mich in der Nacht leise in Richtung Wohnungstür schleichen und versuchen könnte, sie aufzuschließen. Das konnte ich jetzt vergessen. Ich saß in der Falle und war verurteilt, in diesem Badezimmer zu sterben. Eine wahrlich winzige Badewanne, ein Waschbecken, ein Handtuch, schmutzige Wäsche in einer Ecke, eine Toilettenschüssel und ich, die wie ein Hund vor der Tür lag. Ich wartete, lauschte und hoffte, es möge endlich Stille einkehren. Aber sie feierten die ganze Nacht ununterbrochen weiter, es dämmerte bereits, und sie machten noch immer Krach, soffen, rauchten – von dem anderen, das ich zum Glück nicht mehr mit ansehen musste, ganz zu schweigen.
Und plötzlich herrschte mich eine Männerstimme an, und der Typ donnerte gegen die Tür.
»Komm schon, mach auf! Es ist gut, komm da raus! Sei unbesorgt, hab keine Angst.«
Ich antwortete nicht, aber im Geiste schrie ich: »Nein, nein, niemals.«
In meinem Leben hatte ich schon oft Angst gehabt, jedoch noch nie so große. Irgendwann wurden sie richtig aggressiv, und eine andere unangenehme Stimme brüllte:
»Jetzt ist gut! Komm raus da, verdammt! Was bildest du dir eigentlich ein? Hältst du uns für Idioten?«
Ich schwieg; selbst als Mina mich wieder zu überreden versuchte, machte ich den Mund nicht auf. Ich vermutete, dass die anderen sie dazu aufgefordert hatten. Alle möglichen Gedanken schossen mir durch den Kopf: Ich war die Zeugin, die es aus dem Weg zu räumen galt, ich hatte die Waffen und die Joints gesehen, die Typen wür-

den mich umbringen, sobald ich mich von der Stelle rührte. Meine einzige Möglichkeit war, hartnäckig zu schweigen. Ich schaffte es nicht mehr, richtig nachzudenken und vernünftig zu überlegen, nur ein Gedanke ging mir durch den Kopf: »Das ist dein Ende, verrichte deine Gebete, du bist verloren, so gut wie tot.«
Es war wie eine Wahnvorstellung: Dass ich so gut wie tot war, gleich, was geschehen sollte. Dass sie mich vergewaltigen würden und mein Leben zu Ende war. Dass sie mich angreifen oder mich einfach umbringen würden – wie auch immer, ich war verloren.
Ich sehe mich noch heute auf dieser Toilette sitzen und unaufhörlich weinen, mir das Gesicht mit Wasser kühlen und wieder weiter weinen. In diesem fensterlosen Kabuff bekam ich aus Angst, wegen der aus Hilflosigkeit vergossenen Tränen und wegen des Sauerstoffmangels allmählich keine Luft mehr.
Auch den folgenden Tag verbrachte ich in diesem Badezimmer. In der Nacht hatte ich so viel geweint, dass ich am Morgen völlig erschöpft einschlief. Dann, als ich wieder aufwachte, wurde mir klar, dass die Fete weiterging und die Typen noch immer high waren. Eine Nacht, ein Tag und noch eine Nacht eingesperrt, ohne Essen und bereit zu sterben. Allmählich wurde ich ganz steif, und ich brachte keinen Ton mehr hervor. Selbst wenn die Feuerwehr vor der Tür gestanden hätte, hätte ich nicht um Hilfe schreien können.
Das Mädchen, das in dieser Kammer hockte, das war nicht mehr ich. Eine andere war das Opfer dieses Albtraums. Und ich musste unbedingt aufwachen, denn das alles konnte doch gar nicht wahr sein. In Gedanken schimpfte ich mich aus, da ich merkwürdigerweise den Mund gar nicht mehr aufbrachte, als sei ich vor Angst verstummt.
»Warum hast du das nur getan? Du bist wirklich eine dumme Gans, du bist echt blöd. Mein Vater hat Recht,

wenn er mich wie eine Idiotin und einen Nichtsnutz behandelt ... ich bin eine Idiotin.«
Ich hielt sogar den Atem an, um keinen Laut von mir zu geben. Auf der anderen Seite befanden sich potenzielle Mörder mit ihren Waffen. Eine seit Donnerstagabend vom Bier betrunkene und bekiffte Bande.
Am Samstagmorgen beschloss ich, obwohl ich erschöpft war und wackelig auf den Beinen stand, die Flucht zu wagen, weil ich im Wohnzimmer keinen Lärm mehr hörte. Deshalb vermutete ich, dass sie endlich vor Müdigkeit umgefallen waren. Das war der Augenblick, alles auf eine Karte zu setzen.
Langsam schob ich den Schrank zur Seite, gerade so viel, dass ich die Tür einen Spalt breit öffnen und vorsichtig hinausspähen konnte. Tatsächlich schliefen alle, außer Mina, die in der kleinen Küche war. Sie bemerkte mich und gab mir ein Zeichen, dass ich mich nicht vom Fleck rühren sollte. Auf Zehenspitzen kam sie zu mir ins Badezimmer geschlichen und schloss vorsichtig die Tür.
»Rühr dich nicht von der Stelle, ich suche den Schlüssel. Ich sage ihnen, dass ich rausmuss, um etwas einzukaufen ...«
Sie schlich wieder hinaus, wartete, bis ich die Türe hinter ihr geschlossen hatte, dann hörte ich deutlich, wie sie mit ihrem Freund sprach:
»He, wach auf, gib mir die Schlüssel! Ich gehe Croissants fürs Frühstück holen. Es ist gar nichts mehr zum Essen da.«
Er murmelte etwas Unverständliches. Dann wurde es wieder still. Als ich die Tür meines Gefängnisses öffnete, erwartete sie mich an der Wohnungstür. Bei der ersten Schlüsselumdrehung war ich hinter ihr, und ich machte mich davon, rannte wie eine Verrückte auf meinen Strümpfen diesen langen Flur entlang. Ich hatte nicht einmal Zeit gehabt, meine Schuhe, meinen Mantel und meine Tasche mit meinen Ausweispapieren, dem Geld

und den Kleidungsstücken zum Wechseln zu holen. Die Tasche lag im Wohnzimmer, und ich wollte kein Risiko eingehen. Mina verließ die Wohnung mit mir und holte mich beim Fahrstuhl ein. Dort brach sie in Tränen aus.
»Leila, es tut mir so Leid, ich wollte dich nicht in eine solche Scheiße hineinreiten.«
»Ist das immer so? Sag mir, Mina, lebst du wirklich so?«
Sie antwortete nicht. Das war nicht mehr die Mina, die ich in den Ferien in der Sonne kennen gelernt hatte, zusammen mit ihrem marokkanischen Freund, allem Anschein nach von jedem familiären Zwang befreit. Sie hatte an diesen Typen geglaubt, und war einem gefährlichen kleinen Dealer und seiner Bande von Kiffern auf den Leim gegangen.
Im Erdgeschoss des Wohnblocks verabschiedeten wir uns voneinander. Sie wollte wirklich Croissants für diese jämmerlichen Typen holen, und ich wusste nicht, wo ich hin sollte, denn ich kannte mich in der Stadt nicht aus. Zudem hatte ich meine Sachen nicht mehr, mein Geld, meinen Ausweis, aber immerhin hatte ich meine Haut gerettet. Ich lief nicht weit, denn fürs Erste war ich glücklich, an der frischen Luft zu sein, deshalb setzte ich mich unweit des Wohnblocks auf eine Bank. In dem Viertel waren viele Leute unterwegs, deshalb hätte es, falls sie kommen sollten, um mich gewaltsam zu holen, ausgereicht, um Hilfe zu schreien. Aber ich blickte mich ratlos um. Hätte ich bloß mein Adressbuch von zu Hause mitgenommen, dann hätte ich andere Bekannte in dieser Stadt anrufen können. Zum Beispiel Rachid oder seine Cousinen Naïma und Mona. Rachid war ein anständiger Typ; er war geschieden und kümmerte sich regelmäßig um seinen Sohn, und er arbeitete. Auf seine Hilfe hätte ich zählen können. Verzweifelt betrachtete ich die Telefonzelle nur wenige Meter von mir entfernt. Ich hatte nicht nur keine einzige Telefonnummer bei mir, sondern auch keinen Centime noch eine Telefonkarte.

Seit etwa zehn Minuten saß ich da, den Blick auf diese Telefonzelle geheftet, ärgerte mich, dass ich dieses verdammte Adressbuch vergessen hatte, und murmelte vor mich hin:

»Käme doch nur jemand hier vorbei, den ich kenne. Du bist wirklich zu blöd, mein armes Mädchen, du hast in dieser Stadt überhaupt keine Chance ... Sie ist riesig, diese Stadt ... Hier bist du völlig aufgeschmissen ... Hilf mir, Gott ... Gib, dass jemand hier vorbeikommt ...«

Plötzlich sah ich die Silhouette eines jungen Mannes, der in diese Telefonzelle trat. Ich wollte meinen Augen nicht trauen. Rachid? War das wirklich Rachid? Wie peinlich, wenn ich mich auf diesen jungen Mann stürzte, und es war doch ein Fremder ... Aber er war es, und ich würde ihn mir nicht durch die Lappen gehen lassen ...

Ich ging auf die Telefonzelle zu und mit gesenktem Kopf um sie herum: Es war Rachid! Die Chance hatte eins zu einer Million gestanden, hier einen Bekannten zu treffen, und ausgerechnet er läuft mir über den Weg! Danke, Gott! Ich habe einen Schutzengel!

»Aber was machst du denn da?«

»Ich war bei Mina.«

»Bei wem?«

»Bei Mina.«

»Du bist ja verrückt! Warum hast du mich nicht angerufen?«

»Ich habe eine schreckliche Geschichte hinter mir ...«

»Bei ihr ist das nicht verwunderlich. Hol deine Sachen, dann gehen wir.«

»Ich habe keine Sachen mehr, alles ist noch da oben.«

»Setz dich in mein Auto und warte auf mich, ich gehe rauf und hole deine Sachen. Sag mir, wie sie aussehen ...«

Es dauerte nur ein paar Minuten, denn er beeilte sich sehr. Als Rachid die Wohnung betrat, wurden die anderen fuchsteufelswild. Aber er kannte sie vom Hörensa-

gen, schließlich wohnte er im gleichen Viertel. Er sagte ganz gelassen, dass er gekommen sei, um Leilas Sachen zu holen.
»Wie hat sie es geschafft fortzugehen?«
»Warum? Hat es da ein Problem gegeben?«
»Hm, eine Tussi war da, eine aus Paris. Mina hat ihr die Tür aufgemacht, deshalb hab ich ihr eine gescheuert. Sie hätte sie nicht gehen lassen dürfen ...«
»Sie ist meine Cousine.«
»Deine Cousine? Mina! Warum hast du uns nicht gesagt, dass das seine Cousine ist?«
Augenblicklich änderte sich der Tonfall. Die Cousine eines jungen Mannes zu sein, der im Viertel bekannt ist und respektiert wird, bedeutet, unter seinem Schutz zu stehen. Keiner rührt sie an, das gehört sich einfach nicht, es sei denn, Rache ist im Spiel. Als Unbekannte war ich lediglich eine »Kleine«, an die man sich heranmachen kann, und ernsthaft in Gefahr. Mina konnte nichts für mich tun. Nur ein Mann, der vorgab, zu meiner Familie zu gehören, konnte die Angelegenheit regeln. Immer die Männer. Nur sie können Schutz bieten. Aber in diesem speziellen Fall war ich damit durchaus einverstanden. Rachid war ebenfalls eine Ferienbekanntschaft, aber er hatte nichts mit diesem Haufen von Verrückten zu tun, außer dass er im selben Viertel wohnte. Ein Getto, eine Ansammlung von identischen, monströsen Wohntürmen, ein Labyrinth seelenloser Straßen, aus denen ich allein niemals herausgekommen wäre.
Mein Viertel zu Hause war mit diesem hier gar nicht zu vergleichen. Man kann es nicht als Getto bezeichnen.
Rachid holte also meine Sachen und brachte mich zu Freunden von ihm, doch während der Fahrt stauchte er mich ordentlich zusammen.
»Das war absolut leichtsinnig von dir, zu diesem Mädchen zu gehen! Die sind berüchtigt! Warum hast du mich

nicht angerufen? Und was machst du überhaupt hier?«
»Ich wollte ein paar Ferientage hier verbringen, das ist alles. Ich wusste nicht, dass Mina so lebt ...«
»Jetzt weißt du es!«

Schließlich fand ich bei normalen Leuten Unterschlupf, und zwar bei Rachids Schwestern. Mädchen, die keine großen Probleme hatten und mit ihren anständigen Freunden zusammenlebten. Sie alle arbeiteten, hatten Gelegenheitsjobs, die keine großen Zukunftsaussichten, aber die Möglichkeit boten, sich auf ehrliche Weise über Wasser zu halten. Trotz meiner gegenteiligen Behauptung wurde ihnen natürlich klar, dass ich nicht im Urlaub war – mit meinem Gips, meiner traurigen Miene und den Tränen, die ich ständig vergoss. Vor allem Rachid, den ich besser kannte, bemerkte es. Nach zwei Wochen schaute er mir tief in die Augen.
»Rufst du deine Eltern nicht an?«
»Nein, doch, mach dir keine Sorgen, ich hab sie angerufen.«
»Leila, du bist nicht im Urlaub! Jetzt sag mir die Wahrheit. Was wolltest du denn bei Mina? Bei ihr verbringt man doch nicht die Ferien!«
Ich wollte nicht eingestehen, dass ich mich eigentlich eher zufällig entschlossen hatte, Mina anzurufen, vor allem aber aus dem Grund, weil sie nicht aus Marokko stammt, und somit keiner von meiner Familie herausfinden konnte, wo ich mich aufhielt.
Deshalb fing ich zu weinen an – das erspart einem das Sprechen. Er ließ es gut sein.
»Ist in Ordnung, lassen wir das Thema vorläufig, komm, wir machen alle zusammen einen Ausflug, das bringt dich auf andere Gedanken.«
Ich hatte keinen Appetit mehr und magerte ab. Falls meine Eltern darunter litten, keine Nachrichten von mir zu haben – ich glaube, dass ich viel mehr litt als sie. Ich

weinte fast die ganze Zeit. Meine Freunde sahen, dass irgendwas nicht in Ordnung war, und ich konnte meine Lage nicht länger vor ihnen geheim halten – das Wort »Ausreißerin« stand mir ja buchstäblich auf die Stirn geschrieben. Da ich noch immer nicht redete, ließen sie nicht locker. Abwechselnd nahmen sich mich ins Gebet: »Leila, du leidest, aber deine Eltern leiden sicher ebenfalls. Du musst sie unbedingt anrufen. Was ist denn los?«
»Ich habe die Nase voll, das ist alles.«
»Und wir haben die Nase voll, dich dauernd weinen zu sehen. Wir tun, was wir können, aber es führt zu nichts. Du musst sie anrufen.«
»Jetzt nicht ...«
Schließlich zwangen mich Rachid und sein Bruder, mit ihnen hinunter zur Telefonzelle zu gehen, wo sie mir eine Telefonkarte in die Hand drückten und mich in die Kabine drängten.
»Du kommst da erst wieder raus, wenn du deine Eltern angerufen und sie und dein Gewissen beruhigt hast.«
Und ich schrie ihnen nach. Ich hatte immer Angst vor meinen Eltern, und jetzt umso mehr, als ich seit mehr als zwei Wochen verschwunden war, ohne ihnen ein Lebenszeichen zu schicken. Was konnte ich meinem Vater sagen? Er würde mich so oder so verfluchen. Und meiner Mutter? Sie würde mich anflehen, nach Hause zurückzukehren.
Andererseits tat es mir Leid, ihnen Sorgen zu bereiten. Ich hatte geglaubt, weit geflohen zu sein, als ich bei einer Algerierin Zuflucht suchte! Wie dumm von mir: Die Gemeinschaft war immer da und präsent, und meine Freunde wussten genau, dass ein Mädchen ohne abgeschlossene Ausbildung und ohne familiären Schutz nicht einmal mit achtzehn Jahren einfach fortgehen kann, ohne Schaden zu nehmen. Ich fühlte mich wie eine von Panik erfasste Fliege, die unter einem Glas gefangen ist. Sie kämpft um ihre Freiheit, versucht zu

einem vermeintlichen Ausgang über ihr hinaufzuklettern, rutscht an der Glaswand ab und fällt wieder hinunter. Und ich, die Fliege, saß in dieser Telefonzelle in der Klemme.

Rachid und sein Bruder wollten nur mein Bestes. Sie hatten Recht, ich war wie so viele andere Mädchen nicht in der Lage, aus dem Elternhaus zu fliehen. Allerdings kannten sie meine Geschichte nicht, weil ich noch immer nicht darüber sprach. Und selbst wenn ich mich ihnen anvertraut hätte, hätten sie mir wahrscheinlich geantwortet: »Ja, du hast einiges mitgemacht, aber das ist nicht so schlimm, sie sind immerhin deine Eltern ...«

Es war für sie keine ausreichende Erklärung, wenn ich einfach nur immer wieder brüllte: »Ich habe die Nase voll!«

Schon mit dreizehn hatte ich nach meinem Selbstmordversuch gesagt: »Ich habe die Schnauze voll.« Das habe ich übrigens schon viele hundert Mal wiederholt. Zu mehr hat es nicht gereicht.

Meine beiden Freunde blockierten also in der Gewissheit, mir einen Gefallen zu tun, was sie ja bereits getan hatten, indem sie mich bei sich aufnahmen, hartnäckig die Tür der Telefonzelle und wimmelten ungerührt alle Leute ab, die telefonieren wollten.

»Besetzt! Probier es doch woanders ...«

Fast drei Stunden hielten sie mich gefangen. Ich setzte mich auf den Boden, sie hockten sich auf der anderen Seite auf die Erde. Nach einer Weile schwankte ich zwischen Lachen und Weinen.

»Macht die Tür auf, seid so nett ...«

»Nein.«

»Gut. Ich habe es hier ja gemütlich, habe zwei Leibwächter und bin absolut sicher.«

»Das bezweifle ich, wir können dich die ganze Nacht hier drinlassen, die Tür blockieren und irgendwo Party

machen ... Jedenfalls ist es besser als in Minas Badezimmer, zumindest kannst du hier hinausschauen ...«
Indem sie mir Witze erzählten und ich mal in wildes Gelächter und dann wieder in Tränen ausbrach, schafften sie es, dass ich schließlich die Hand auf den Telefonhörer legte.
Die Angst raubte mir den Atem. Was sollte ich bloß sagen? Das einzig Beruhigende war die Gewissheit, dass mein Vater zu dieser Uhrzeit nicht zu Hause sein würde. Es gibt kein Leben ohne Familie, ohne Sippe, die Eltern oder den Schutz eines Mannes. In Europa hat eine weiße Französin, eine Schweizerin oder Belgierin von achtzehn Jahren, die von zu Hause ausreißt, andere Möglichkeiten, es gibt Wohnheime, es reicht aus, wenn sie sich an die Polizei wendet und sagt, dass ihr Vater oder ihr Bruder sie schlägt – sie hat die Möglichkeit, ohne allzu große Komplexe und Gewissensbisse aus ihrem Elternhaus auszubrechen. Bei uns, jedenfalls in der marokkanischen Gemeinschaft, ziehen die Mädchen keine Sekunde in Erwägung, ihre Familie an den Pranger zu stellen. Das ist eine Schande, die den anderen unbegreiflich ist. Und diese Schande zermürbt uns, wir verhalten uns feige, wir schlagen ungeschickt um uns, und am Ende geben wir klein bei, weil es keine andere Zuflucht gibt. Ich war wieder am Ausgangspunkt angekommen.
Ich panzerte mich gegen meine Panik, betrachtete das blaue Telefon und brachte es zuerst doch nicht über mich, den Hörer abzunehmen. Dreimal versuchte ich, die Nummer zu wählen. Das erste Mal ließ ich es ein Mal läuten, dann legte ich auf. Beim zweiten Mal wartete ich zwei Klingeltöne ab, bis ich aufhängte. Und beim dritten Mal hörte ich die Stimme meiner Mutter.
»Hallo, hallo? Leila, bist du das?«
Ich war wie erstarrt. Sie hatte sofort an mich gedacht.
»Hallo, Leila, mein Kind, ich bitte dich, rede mit mir. Sag

mir, dass du es bist, sag mir, dass du noch lebst. Leila?«
Ich weinte, und sie hörte mich schluchzen. Schließlich stieß ich hervor:
»Ja, Mama, ich bin's.«
»Wo bist du, wo nur? Sag es mir, damit ich wenigstens beruhigt bin!«
»Mach dir keine Sorgen, mir geht es gut, ich bin in einer Familie, es geht schon.«
Nachdem ich versprochen hatte, wieder anzurufen, hängte ich schnell ein.
Meine Freunde hielten mir triumphierend die Tür auf: Sie hatten gewonnen. Und ich war tatsächlich erleichtert, dass ich meine Mutter beruhigt hatte. Aber ich war mir noch unsicher, ob ich nach Hause zurückkehren sollte. Ich vermutete, dass mein Vater wütend war, weil ich meinen Aufenthaltsort nicht preisgegeben hatte und sie sich alle möglichen schlimmen Dinge ausgemalt hatten – das Schlimmste war natürlich, dass ein Mann an meiner Seite sein könnte. Ich dachte an die Lügen, die mein Vater, um seine Autorität nicht aufs Spiel zu setzen, im Viertel erzählt haben musste, um meine Abwesenheit zu erklären und damit »seine« Ehre und »meinen« Ruf zu retten. Dieses Schuldgefühl, das mich stets verfolgte, spürte ich fern von ihm umso stärker.
Wahrscheinlich würde ich von alleine wieder nach Hause zurückkommen wie ein geprügelter Hund. Mein Vater würde mir die Tür aufmachen, aber moralisch würde er mich draußen auf dem Fußabtreter stehen lassen.
Kein psychologisches Gespür, keine Zärtlichkeit, sondern nur die Tradition. Diese verfluchte autoritäre Tradition, die die Aufmüpfigen zum Schweigen verdammt. Er würde mir Mangel an Respekt, das Ausreißen, schandbares Verhalten und Gott weiß, was noch alles, vorwerfen.
Ich fühlte mich schlecht, eigenartigerweise am Rande

eines hysterischen Anfalls. Um nicht mehr zu weinen, musste ich lachen, und ich brach grundlos in übertriebenes Gekicher aus und redete zu laut. Da die Mädchen meinten, ich sei nun erleichtert, beschlossen sie, mich zum Feiern mit in die Stadt zu nehmen. Eine ganz harmlose Feier, die darin bestand, in einem Café im Zentrum der Stadt eine Cola zu trinken.

Es muss gegen zehn Uhr abends gewesen sein. Alles ging bis zu dem Augenblick gut, als ich beim Vorbeigehen an der Terrasse eines Cafés zunächst ein sehr komisches Mädchen bemerkte, vulgär, stark geschminkt, mit extrem kurzem Rock und fast nacktem Busen. Noch nie hatte ich Prostituierte gesehen. Für mich war das absolutes Neuland! Meine Freundinnen dagegen waren nicht so schockiert:

»Reg dich nicht auf, da drüben ist das Nuttenviertel ...«

Ich weiß nicht, warum ich dermaßen schockiert war. Aber bevor ich Zeit hatte, mich mit ihnen darüber zu unterhalten, überholte uns ein Mann, der mir im Vorbeigehen einen Klaps auf den Hintern gab! Und auch meiner Freundin. Ich brüllte los! Und sofort zitterte ich am ganzen Leib und kippte schließlich um. Im Krankenhaus kam ich wieder zu mir.

Der Arzt stellte mir viele Fragen. Ich hatte eine Spontanblutung, meine Regel hatte mit einem Mal und außer der Reihe eingesetzt.

»Hatten Sie früher schon einmal Probleme dieser Art?»

»Nein.«

»Ist alles in Ordnung? Erzählen Sie mir ein bisschen von Ihrem Leben ...«

»Ich bin auf Urlaub hier, es gibt nichts zu erzählen.«

»Wissen Sie, dass diese Dinge nervöse Ursachen haben? Sind Sie sicher, dass alles in Ordnung ist? Kein Stress? Haben Sie nie an Spasmophilie, Epilepsie oder Tetanie gelitten?«

»Nein, noch nie. Mir geht es sehr gut.«

»Das glaube ich Ihnen nicht ... Haben Sie in letzter Zeit Gewicht verloren? Viel?«
»Nein, nicht allzu viel.«
Das war eine Lüge, denn ich war richtiggehend abgemagert, ich aß nicht, ich schlief schlecht, das war mit dem geschulten Auge eines Arztes wahrscheinlich zu erkennen. Außerdem kippt man nicht einfach um, bloß weil ein Idiot einem auf den Hintern klatscht oder weil man zum ersten Mal in seinem Leben eine Hure sieht ... Und dennoch ... bei mir war es der Fall. Für einen Studenten der Psychiatrie hätte ich ein fantastisches Studienobjekt abgegeben.
Ich kam auf das eigentliche Problem nicht zu sprechen und nutzte die Gelegenheit nicht, endlich um Hilfe zu rufen. Nichts. Irgendwo tief in mir, in einer tiefen Windung meines Gehirns, ahnte ich, dass dieses erzwungene Schweigen über mein chaotisches Leben – meine traumatische Kindheit, die Prügel, meinen Vater –, dass dieses Schweigen meine Gedanken vergiftete und mein Körper sich nach Kräften bemühte, von Zeit zu Zeit um Hilfe zu schreien. Aber ich war noch nicht so weit, dass ich mir das klar machen konnte. Paradoxerweise hielt ich mich in Gesellschaft anderer nur dadurch aufrecht, dass ich mein Unglück verschwieg. Hätte ich geredet, wäre ich zusammengebrochen.
Ich stellte keinen Zusammenhang her zwischen der Angst vor Vergewaltigung, der Sorge um meine Jungfräulichkeit, dem Anblick einer Prostituierten und der Beleidigung durch den Klaps auf den Hintern! Hätte jemand mir das erklären wollen, dann hätte ich ihm ins Gesicht gelacht. Über meine missglückten Abenteuer konnte ich noch immer lachen. Nur nicht über die schlimmsten, die ich verschwieg. Hysterisch, ich? Also wirklich!
»Alles ist in Ordnung ... ich bin in Ferien hier.«
Ich lächele den Arzt nett an, kichere mit der Freundin

herum, und schon kriege ich wieder die Kurve. Aber ich konnte nicht mehr, und ich hatte Angst, dass mir noch etwas Schlimmes zustoßen könnte.
Wieder rief ich meine Mutter an und sagte ihr, dass ich nach Hause zurückwollte, aber keinen Sou mehr in der Tasche hatte. Sie erkundigte sich nach einer Adresse, an die sie das Geld schicken konnte, und schließlich saß ich im Flugzeug – gedemütigt durch diesen neuerlichen Fehlschlag. Meine Versuche, die Freiheit zu erlangen, nahmen stets ein wahrlich jämmerliches Ende.
Ich dachte, fern von zu Hause hätte ich die Hölle kennen gelernt, aber als ich in den Kreis der Familie zurückkehrte, gelangte ich direkt in den Schlund der nächsten. Ich weiß nicht, ob mein Vater in diesem Augenblick daran dachte, mich zu verheiraten. Der Gedanke ging ihm gewiss durch den Kopf, allerdings musste zuerst überprüft werden, ob ich noch immer Jungfrau war. Noch im selben Jahr würde ich meinen neunzehnten Geburtstag feiern, ich hatte seine Erwartungen, Buchhalterin zu werden, enttäuscht, ich hatte ihn auf der ganzen Linie enttäuscht, deshalb erwog er sicher, mich auf die eine oder andere Weise loszuwerden. Aber ich hätte nie an eine arrangierte Hochzeit gedacht, ich war zu sehr beschäftigt mit meinem Unglück und meinem Leid, und als ich nach Hause zurückkam, kehrte ich in den Knast zurück, und das beschäftigte mich gedanklich schon mehr als genug. Meine Mutter schloss mich in die Arme.
»Gott sei Dank, dass du gesund und wohlbehalten bist.«
Mein Vater war noch nicht von der Arbeit zurückgekehrt. Meine Brüder schwiegen. Daraus schloss ich, dass das Familienoberhaupt wie gewöhnlich in Bezug auf mich Anweisungen gegeben hatte: keine Fragen zu stellen, nicht mit mir zu reden.
Als er nach Hause kam, sagte ich ihm Guten Tag, aber er antwortete nicht. Wieder war ich Luft für ihn. Damit

brachte er mich noch um. Mir wäre es lieber gewesen, er hätte mich geschlagen, als dass er mich ignorierte. Er konnte sich wohl gar nicht vorstellen, wie weh er mir damit tat.

Der Lieblingssatz meines Vaters, wenn es um mich ging, lautete:

»Lieber hätte ich hundert Jungs als ein Mädchen aufzuziehen!«

Die Prüfung der Berufsfachschule hatte ich nicht bestanden. Aber mein Vater ließ nicht locker, er wollte unbedingt, dass ich sie freiwillig wiederholte.

»Mist«, dachte ich, »die bestehe ich nie!« Laut sagte ich: »Klar, die bestehe ich am Ende der Ferien. Ich habe mich erkundigt. Mach dir keine Sorgen, die Anmeldung findet im September statt.« Wieder machte ich Ausflüchte. Ständig lügt man, um sich ein bisschen Freiheit zu verschaffen. Man ist sogar bereit, auf den Koran zu schwören. Gott möge mir verzeihen – ich schwor tausendfach. Ich zog es vor, zu lügen und zu schwören, damit man mir wenigstens ein bisschen Glauben schenkte und ich nicht wieder Dresche bezog.

Ich hatte also versprochen, zu dieser Prüfung zu erscheinen. Und zugleich fühlte ich mich außer Stande, zu Hause zu bleiben. Ich brauchte unbedingt einen Job, egal welchen. Selbst der allerschlechteste würde mir etwas Luft zum Atmen und finanzielle Unabhängigkeit garantieren. Deshalb meldete ich mich bei Agenturen, die Zeitarbeit vermittelten. Ich bedrängte sie am Telefon und tauchte aus Angst, man könnte mich vergessen, zwei Mal täglich dort auf. Manchmal rief ich so früh an, dass die Angestellten noch nicht einmal Zeit gehabt hatten, ihren Computer einzuschalten. Ich wollte die Erste bei der ersten sich bietenden Stelle sein.

Auch auf die Gefahr hin, irgendwo erwischt zu werden: Ich hielt es zu Hause einfach nicht mehr aus. Schließlich fand ich eine Arbeit, in einer Fabrik am Fließband.

Nichts Großartiges – mein Vater hätte mich lieber in einem Büro eingesperrt, denn das entsprach seiner Vorstellung von Erfolg. Ich dagegen hatte keine Pläne mehr, und meine Zukunft war mir schnurzegal, das Wichtigste war, durchzuhalten und mich tagtäglich gegen ihn zur Wehr zu setzen. Jetzt brachte ich einen nicht unwesentlichen Lohn nach Hause, und er konnte mir in der Zeit, in der ich darauf wartete, die Prüfung der Berufsfachschule freiwillig abzulegen, nicht verbieten, arbeiten zu gehen.

Ich hatte das große Glück, dass man mir schon bald anbot, nachts zu arbeiten, von einundzwanzig Uhr bis fünf Uhr morgens, womit ich meinen Lohn verdoppeln konnte. Sofort sagte ich zu. Aber wie sollte ich es fertig bringen, dass meine Eltern dies akzeptierten? Ein Mädchen, das nachts arbeitet!

Zuerst nahm ich mir meine Mutter vor:

»Ich sag es dir gleich, morgen arbeite ich von neun Uhr abends bis fünf in der Früh, sonst feuern sie mich!«

Wieder eine Lüge.

»Aber damit wird dein Vater gar nicht einverstanden sein!«

»Ich muss die Nachtschicht übernehmen, sonst verliere ich meine Stelle an einen anderen.«

Natürlich murrte mein Vater. Ein Mädchen ist nicht nachts alleine unterwegs!

»Du bringst mich einfach abends mit dem Auto hin und holst mich um fünf Uhr früh wieder ab! So siehst du wenigstens, dass ich arbeite und nicht in einem Nachtclub herumhänge.«

Nun ... in diesem Viertel am Stadtrand gab es tatsächlich einen Nachtclub, und ich hatte noch nie den Fuß in diese Art von Lokal gesetzt. Ich hatte Lust dazu. Nur um mir das einmal anzusehen und mich wieder über ein Verbot hinwegzusetzen. Am Anfang fuhr mich mein Vater gewissenhaft zur Arbeit und holte mich wieder ab, aber ich wusste, dass er es eines Tages satt haben würde und ich bezüglich der Überstunden lügen könnte, um zumindest ein oder zwei Mal mit Freundinnen diesen »verruchten« Ort aufzusuchen.

Notgedrungen schlief ich tagsüber. Das hinderte jedoch keinen daran, mir häusliche Aufgaben aufzutragen. Meine Brüder gingen in dem Zimmer ein und aus, sie nahmen auf meinen Schlaf keinerlei Rücksicht, ich hörte sie schreien und Türen schlagen, was mich manchmal auf die Palme trieb. Wir schliefen zu viert in einem Zimmer, drei Brüder also in »meinem«, deshalb war es war natürlich unmöglich, sich zurückzuziehen. Die meisten Mädchen meines Alters hatten mit neunzehn ihr eigenes Zimmer, ihre eigene Kommode und ihre wenn auch begrenzte Intimsphäre.

Ich dagegen musste stets Eindringlinge ertragen. Sie durchsuchten meine Schultasche, meine Handtasche, meinen Kopf, und jetzt nahmen sie auch keinerlei Rücksicht auf mein Schlafbedürfnis.

Deshalb tat ich, auch wenn ich wach war, als schliefe ich. Um sechs Uhr morgens ging ich ins Bett, sie standen um sieben auf, um zur Schule zu gehen, am Wochenende um zehn Uhr, dann konnte ich hoffen, ein wenig Schlaf zu finden. Am schlimmsten waren die Wochenenden und die Ferien. Ich machte auch am Wochenende Überstunden, um mehr zu verdienen, aber insbesondere, um weniger zu Hause zu sein.

Während meiner Zeit in der Schule beziehungsweise auf dem Gymnasium kannten meine Eltern meinen Stundenplan genau, aber ich log sie an: Manchmal fiel der Nachmittagsunterricht aus, und der Stundenplan wurde in Wahrheit nicht immer eingehalten. So verschaffte ich mir Freiräume.

Jetzt log ich auch hinsichtlich meines Gehalts. Einen Teil gab ich meinem Vater, aber ich verriet ihm nicht, wie viel ich insgesamt verdiente. Meine Lohnzettel ver-

steckte ich wohlweislich in meinem Spind in der Fabrik. Allerdings bewahrte mein Vater, da ich nun ja notgedrungen ein Girokonto hatte, meine Bankkarte zu Hause auf.
»Du brauchst deine Karte bei der Arbeit nicht!«
Er kannte meine Geheimzahl, und da er schon bald in Geldnot war, bediente er sich von meinem Konto. Mein älterer Bruder ebenfalls. Er benutzte sogar ohne mein Einverständnis meine Karte, um ein Geschenk für eine Freundin zu kaufen!
Da ich wie eine Besessene arbeitete, verdiente ich zwölfhundert Francs im Monat, aber trotz meiner Bemühungen gelang es mir nie, tausend Francs auf die Seite zu legen. Ich hätte den Führerschein machen und versuchen können, mir ein kleines Auto zu kaufen, aber das hätte niemals mir allein gehört. Sofort wären meine Brüder damit herumgefahren. Deshalb gab ich die Idee schnell wieder auf.
Mein zwanzigster Geburtstag rückte näher. Ich lebte weiter mein scheinbar ruhiges Leben, und schließlich gelang es mir dank der Hilfe eines Freundes – er gehörte zu jener Sorte, die man als »große Brüder« bezeichnet –, mit meiner Freundin Souria in die Diskothek zu gehen.
Wir konnten ihm als Begleitung vertrauen: Sobald wir nicht mehr als seine Schwestern galten, kümmerte er sich nicht mehr um uns!
Mir gefiel es dort überhaupt nicht. Der Krach, der Zigarettenrauch, und außerdem waren die meisten Leute betrunken. Diese Umgebung sagte mir nicht zu. Ich war enttäuscht und fühlte mich unwohl. Wir blieben sitzen wie zwei Landpomeranzen, die in der Stadt das Nachtvolk bestaunen. Souria ist schön, blond mit einem hellen Teint. Sie sieht überhaupt nicht wie ein Mädchen aus dem Maghreb aus, und ich sage ihr immer, dass sie Glück hat, denn ihr Äußeres ermöglicht es ihr, in die Stadt zu ent-

fliehen. Wer sie nicht kennt, hält sie für eine »echte Französin« und lässt sie in Ruhe. An diesem Abend wurde sie dennoch angebaggert, und wir kicherten viel.
Ich tanzte nicht, fühlte mich außer Stande, mich den musternden Blicken der anderen auszusetzen. Auch Souria weigerte sich zu tanzen. Wir hatten vielmehr das Gefühl, in einem Zoo zu sein, in dem sich unbekannte und wilde Tiere bewegten. Aber wir waren da gewesen! Wir hatten es getan!
Auf dem Heimweg fürchtete ich wieder, es könnte etwas passieren, zum Beispiel ein Unfall, und die Polizei könnte meine Eltern verständigen ...
Das war einer Freundin passiert, die fern von zu Hause studierte. Sie hatte behauptet, dass sie für Klausuren lernen müsse und deshalb am Wochenende des Ramadan nicht nach Hause kommen könne. An diesem Schicksalsabend ging sie in eine Disko. Auf dem Heimweg hatte sie einen Autounfall und starb noch an der Unfallstelle. Ich musste an sie denken: Sollte ich nicht wie sie bei einem Unfall umkommen, wie würde ich mich herausreden? Wie sollte ich mich rechtfertigen?
Ständig das Risiko, der Hindernislauf und immer wieder die Lügen. Zum Beispiel hatte Souria zur gleichen Zeit wie ich den Entschluss gefasst, sich Ohrlöcher stechen zu lassen.
Für die Familie gehört ein Ohrloch zur Tradition. Alle kleinen Mädchen, deren Eltern aus dem Maghreb stammen, tragen fast von Geburt an Ohrringe. Das Abenteuer bestand dieses Mal allerdings darin, dass wir zwei Löcher mehr in jedem Ohrläppchen haben wollten. Damit wir auf jeder Seite drei Ohrringe tragen konnten. Zwei Wochen redeten wir davon, bis wir uns schließlich durchrangen. Drei Ohrlöcher, das ist Piercing, also etwas für schlechte Mädchen, genau wie Zigaretten und Diskotheken.
Schließlich fiel unser Entschluss. Alleine hätten wir es

sicher nicht gewagt. Als wir erst einmal beim Piercer waren, schworen wir uns gegenseitig, nicht am Ende doch noch zu kneifen.

»Du kneifst wirklich nicht?«

»Ich schwöre! Bei meinem Leben! Beim Koran!«

Schon das Stechen des zweiten Lochs war unerträglich, das dritte einfach schrecklich. Mit glühenden Ohren und ganz rot im Gesicht kamen wir heraus, von nervösen Lachkrämpfen geschüttelt. Ich wusste, dass ich Prügel beziehen würde, sollte mein Vater dahinterkommen.

»Du weißt, dass wir Dresche kriegen, und du kicherst!«

»Was soll ich denn sonst tun? Soll ich schon im Voraus heulen? Wir haben eine Dummheit gemacht, dazu muss man stehen, da muss man durch.«

Mit glühend heißen Ohren setzten wir uns mitten in unserem Wohnviertel auf eine Bank, beobachteten die Passanten und bogen uns vor lachen.

»Schau dir diesen Typen an, der hält sich für schön, dieser Dorftrottel ...«

Dieses Piercing war eine schlimme Provokation, und ich hatte Angst, aber jedes Mal, wenn ich Angst hatte, bekam ich Lachkrämpfe und steckte die anderen damit an, so auch Souria. Das war ein notwendiges Abreagieren unseres eingeengten Daseins.

Aber natürlich mussten wir nach Hause zurück. Und dort hatten wir beide weniger zu lachen, auch wenn wir uns darüber noch lustig machten.

»Adieu, Souria, wir sehen uns in der anderen Welt wieder, vielleicht da oben ...«

Mir gelang es, meine Ohren länger zu verbergen als Souria. Ich band mir ein Kopftuch um, was ich normalerweise nie tat. Meine Mutter stellte keine Fragen, sie dachte wohl, ich mache es ihr einfach nach. Souria ließ sich schon nach zwei Tagen von ihrer Mutter erwischen! Sie wurde an den Haaren gerissen und mit Fußtritten traktiert.

»Was bildest du dir ein? Was soll das heißen, drei Ohrlöcher zu haben? Du hättest dich gleich bis zur Nase stechen lassen sollen!«

Natürlich beschimpfte sie ihre Tochter als Hure. Und Souria rief mich an, um mir zu berichten.

Meine Mutter ging ans Telefon. In diesen Fällen ist es sehr wichtig, das einzuhalten, was wir untereinander »das Protokoll« nennen, denn man darf die Mutter der Freundin keinesfalls kränken, sonst könnte man Gefahr laufen, sich nicht mehr mit ihr treffen zu dürfen. Vor allem die Begrüßung ist von großer Bedeutung.

»Hallo? Geht es Ihnen gut? Und den Kindern, geht es denen auch gut? ... Was macht die Gesundheit? Und wie geht es der Großmutter in Marokko? Sagen sie ihr doch schöne Grüße und auch den Brüdern und der ganzen Familie ...« Das Übliche eben, bis mir meine Mutter endlich den Hörer weiterreichte.

»Bei dir haben sie es also noch nicht bemerkt? Schwör mir auf die Gesundheit deiner Mutter, dass du dich noch nicht hast erwischen lassen! Wie hast du das nur angestellt?«

»Ich habe mir ein Kopftuch umgebunden.«

»Ach, ja?«

Auf diese Idee war sie gar nicht gekommen. Allerdings musste man die Ohrstecker mindestens einen Monat in den Ohren lassen, bis das Loch verheilt war.

Und dann wurde auch ich eines Tages erwischt. Ich band mir das Kopftuch nicht mehr um, sondern beschränkte mich darauf, meine Ohren mit meinen Haaren zu verdecken. Ich war gerade im Begriff, das Essen zu servieren. Mein Vater musterte mich.

»Was hast du denn da an den Ohren?«

»Nichts ...«

»Schieb die Haare zur Seite.«

Meine Mutter stieß laute Schreie aus, aber seltsamerweise kassierte ich dieses Mal keine Prügel.

»Mein armes Mädchen, es ist einfach zum Verzweifeln mit dir.«
Ich brachte meinen Lohn nach Hause, ich bezahlte die Miete, ich zögerte nie, ihnen weiteres Geld zu geben. Ich erkaufte mir meinen Frieden, und auch wenn ich hin und wieder Ohrfeigen kassierte, Schläge bekam ich inzwischen seltener, und der Besenstiel blieb im Schrank. Souria dagegen bekam richtig »eine aufs Dach« wie als Teenager. Sie wurde sogar von ihren Schwestern geschlagen, vorbildliche Mädchen, die sich nicht einmal auf dem Balkon zeigten und bis zur Hochzeit rein wie Schnee blieben. Sie verstanden nicht, warum Souria so ganz anders war als der Rest der Familie.
Ich kleidete mich möglichst unauffällig, ich schminkte mich nicht zu stark, sondern immer sehr dezent. Souria war das genaue Gegenteil von mir. Groß, schlank, blond, blaue Augen, immer geschminkt. Hautenge Jeans. Sie war sehr hübsch und kokett, und das machte ihr das Leben in ihrem Elternhaus zur Hölle, ermöglichte ihr jedoch außerhalb große Bewegungsfreiheit.
In dieser Zeit waren wir drei unzertrennliche Freundinnen gleichen Alters: Leila, Souria und Nadia.
Eines Tages verschwand Nadia unvermittelt von zu Hause. Ihre Eltern waren »Hadj«, das heißt, dass sie die Pilgerfahrt nach Mekka gemacht hatten. Nadia stammte aus einer Familie mit vier Söhnen und drei Töchtern. Die erste unterwarf sich und fügte sich in eine Zwangsehe mit einem Marokkaner, und heute läuft sie verschleiert herum. Ihre Eltern hatten einmal ein Foto von ihr entdeckt, das sie im Badeanzug im Schwimmbad zeigte – eine »Schande«, die zu dieser Zwangsehe führte. Die zweite Tochter hatte einen Freund. Sie knutschten in aller Öffentlichkeit herum und wollten heiraten. Aber es gab Streit zwischen den Eltern! Die Mutter des Jungen sagte zur Mutter des Mädchens:
»Mein Sohn wird deine Tochter niemals heiraten, weil

sie ein Flittchen ist und sich mit ihm in aller Öffentlichkeit trifft!«

Und die Mutter des Mädchens gab zurück:

»Dein Sohn hat bereits mit ihr geschlafen, er muss sie in jedem Fall heiraten!«

Nadia verschwand einfach. Eines Tages sah ich sie wieder, sie hatte ihre Freiheit erlangt, aber zu welchem Preis! Sie war nicht verheiratet, hatte ein Kind und jeden Kontakt zu ihrer Familie abgebrochen.

Wir Mädchen unterhielten uns häufig über diese Geschichten von Zwangsehen:

»Hast du mitbekommen, dass Khadîdja einen Jungen aus Marokko geheiratet hat, den sie gar nicht kennt? Gerade sie, die doch immer gesagt hat, sie würde nie einen Marokkaner heiraten, hat es am Ende erwischt!«

»Ich lasse das jedenfalls nie, niemals mit mir machen, das kann ich euch sagen!«

»Stell dir das einmal vor! Mit einem dir unbekannten Typen zu schlafen, ausgerechnet du, die du deine Jungfräulichkeit wie eine Verrückte hütest!«

»Nie im Leben ... Ich haue ab, denn das würde ich nicht überleben!«

Wir unterhielten uns darüber wie kleine Mädchen. Für uns hatten Zwangsehen ebenso wie die Fernsehserie »Die Feuer der Liebe« etwas Lächerliches. Das war unsere Art und Weise, von der Realität abzulenken, indem wir uns gegenseitig aufstachelten.

Es war Sommer geworden. Ich konnte nicht in Urlaub fahren, da ich den ganzen Monat arbeiten musste. Doch ich spendierte das Geld für die Reise, da mein Vater blank war, aber ich blieb nicht allein zu Hause zurück. Zwei meiner Brüder blieben da, um auf mich aufzupassen! Der Älteste, der noch immer zu Hause wohnte, und jener, der für meine Eltern lange als »Überwachungskamera« fungierte, und der mich regelmäßig kontrollierte:

»Hauch mich an! Du hast geraucht!«

Eines Tages ertappte ich ihn dabei, wie er, der immer so tat, als könne er kein Wässerlein trüben, in der Toilette rauchte. Er hatte sogar Geschmack an Joints gefunden. Doch für meine Eltern war und blieb er der brave Bruder.
»Und, hauchst du mir jetzt ins Gesicht?«
»Ja, ich rauche, na und?«
»Und gar nichts! Ich sag dir eins: Wenn ich es mir einmal erlauben kann, dann gehe ich auf den Balkon, um eine Zigarette zu rauchen, und ich schwöre dir, wenn du mich verpetzt und sie mich umbringen, dann stirbst du mit mir!«
Von diesem Augenblick an wurden wir Komplizen. Er ging mit mir in jenem Jahr sogar in die Disko. Dieses letzte Jahr der Freiheit nutzte ich aus und genoss das Leben ein wenig. Ich war die Kamikazefliegerin der Familie, ich musste alles bis zum Letzten ausprobieren und das Leben auskosten. Für eine junge Französin meines Alters war das allerdings recht wenig: drei Löcher in den Ohrläppchen, ein Trip zum Meer, ein paar Diskobesuche, wo ich weder flirtete noch tanzte, und einen Ausflug auf den Jahrmarkt, was unser Vater ebenfalls verboten hatte. Ach, wie toll war die Achterbahn! Darauf fühlte ich mich vollkommen frei, ich schwebte! Warum nur verbot man uns solche Dinge? Das war mir ein Rätsel.
Obwohl ich arbeiten musste, genoss ich diese Ferien ohne meine Eltern, als wären es die letzten Tage meines Lebens. Alleinige Herrin über die Fernbedienung des Fernsehers zu sein, selbst das bedeutete für mich Freiheit. Das einzige Mal, dass ich ganz alleine hatte fernsehen können, war an jenem Abend gewesen, als die Tajine verbrannte ...
Das Gefühl der Freiheit berauschte mich. Ich ging sogar so weit, dass ich mir die Haare schneiden lassen wollte. Souria war skeptisch:
»Hast du denn keine Angst?«

»Ich werde Prügel beziehen, aber wenn sie erst einmal ab sind ... ankleben kann ich sie mir schließlich nicht mehr!«

Ich leistete mir den Luxus, zu einem renommierten Friseur zu gehen, und blätterte ein kleines Vermögen hin. Und ich erkannte mich nicht wieder. Mit halblangen, glatten Haaren sah ich mit einem Schlag wie ein richtiges Mädchen aus.

Aber bei der Rückkehr meiner Eltern kassierte ich Schläge von meinem Vater, und meine Mutter riss mich an den Haaren und kreischte entsetzt herum.

Die Tradition schreibt im Allgemeinen vor, dass man vermeidet, die Haare offen zu tragen, deshalb band ich sie, auch nachdem sie geschnitten waren, zusammen. In den Vierteln sieht man mitunter Mädchen mit kurzen Haaren, aber die Mütter sind dagegen:

»Schau dir die an, die sieht ja aus wie ein Mann!«

Die Frisur repräsentiert die Frau, und der weibliche Körper ist an sich etwas Negatives ... Nie trug ich ein Kopftuch – nur das eine Mal, als es darum ging, meine Ohrlöcher zu verbergen –, und ich verstehe die Mädchen nicht, die es jetzt tragen, wenn schon ihre Mütter es nicht oder nicht mehr umbinden. Das Ganze ist paradox. Man muss lange Haare haben, sie aber zusammenbinden oder verstecken! Und wenn man sie sich schneiden lässt, dann muss man eine bestimmte vorgegebene Länge einhalten. Dass ich sie mir schließlich wieder wachsen ließ, hatte jedoch absolut nichts mit Gehorsam zu tun, sondern mit der Tatsache, dass mich der Friseur zu viel Geld kostete!

In jenem Sommer, als ich zwanzig war, schien alles gut zu gehen, aber merkwürdigerweise sagte ich zu Souria:

»Ich habe ein ungutes Gefühl.«

»In welcher Hinsicht?«

Ehrlich, ich wusste es nicht.

Es war eine undefinierbare Vorahnung. Vielleicht die

Tatsache, dass ich vorübergehende Freiheit genoss, und diese mit der Rückkehr meiner Eltern vorbei sein würde. Ich war zwanzig Jahre alt ... hatte Arbeit, ich dachte jedenfalls im Traum nicht ans Heiraten, keiner sprach darüber, und ich würde mich wie versprochen nicht dazu zwingen lassen!

Eines Tages rief mein Vater aus Marokko an und sagte schließlich:

»Ich gebe dir jetzt deine Mutter.«

Und nachdem dem Protokoll Genüge getan war und die Fragen nach dem Wohlergehen der ganzen Familie gestellt waren, erzählte sie:

»Leila, mein Kind! Du errätst nie, wer uns besucht hat!«

»Keine Ahnung. Seit eurer Ankunft kommen sie sicher wieder in Scharen und leben einen ganzen Monat auf eure Kosten.«

»Dein Onkel ist gekommen! Und auch dein Cousin.«

»Welcher Cousin?«

»Abdel!«

»Ach, der ...«

Ich kannte ihn lediglich dem Namen nach, und er war mir völlig schnuppe.

»Aber er ist nicht allein gekommen.«

»Ach ...«

»Er hatte einen Freund dabei, der in Spanien wohnt. Moussa.«

»Ja, und?«

»Er ist ein netter Junge ...«

Noch immer ahnte ich nicht, was kommen würde.

»Leila, du weißt, dass du das Alter zum Heiraten hast. Es gibt eine ganze Anzahl von Anwärtern, die um deine Hand anhalten.«

»Hör zu, Mama, ich falle dir lieber gleich ins Wort. Anwärter, die aufkreuzen, während ich nicht da bin, und die ich noch nie gesehen habe, kommen gar nicht in Betracht. Nicht für mich. Außerdem bin ich zu jung, ich habe gerade erst angefangen zu arbeiten, ich habe keine gesicherte Position. Meine Antwort lautet Nein!«

»Ja, ja, ist schon gut ...«

Da unten waren Dinge im Gange, von denen ich keine Ahnung hatte. Aber seltsamerweise stellte ich keine Verbindung zwischen meiner unguten Vorahnung und diesem Gespräch her. Ich konnte mir nicht vorstellen, dass meine Eltern so weit gehen würden. Ich war Französin, in Frankreich geboren, ich war inzwischen im Besitz meines Personalausweises. Seit zwei Jahren war ich volljährig, ich arbeitete, ich hoffte, eines Tages den Mut zu haben, mir eine kleine Wohnung zu suchen und dort allein zu leben – nicht weit von meiner Familie entfernt, aber allein.

Und ich war genau die ideale Beute auf dem Markt der marokkanischen Junggesellen, die davon träumten, sich in Frankreich niederzulassen. Einem Markt, dessen Größe ich noch nicht erahnte. Eine richtiggehende, absolut legale Organisation.

Dieses Mal war ich nicht mehr die Fliege, die unter einem Glas gefangen war: Die Fliege hing in einem tödlichen Spinnennetz fest.

Das Ende der Liebesgeschichten ...

Als ich etwa fünfzehn Jahre alt war, begann meine Mutter, mich zu Hochzeitsfeiern mitzunehmen, und zwar mit den immer gleichen Anweisungen:
»Ich warne dich! Es gibt für dich keinerlei Anlass, dich von deinem Platz zu entfernen! Du bleibst neben mir sitzen! Ich möchte nicht, dass du tanzt, ich möchte dieses nicht, ich möchte jenes nicht ...«
Hochzeitsfeierlichkeiten sind eine Gelegenheit, heiratsfähige Mädchen in Augenschein zu nehmen.
Das Ganze spielt sich zwischen den Müttern und Schwiegermüttern ab. In der Regel befinden sich die Väter auf der anderen Seite eines Vorhangs, lassen die Blicke schweifen und geben bedeutungsschwere Kommentare ab:
»Schau dir diese da an! Seit Beginn des Festes ist sie unterwegs und versucht, sich zur Schau zu stellen!«
»Schau dir die Tochter von Moulay an, die sitzt brav bei ihrer Mutter ...«
Das ist ein kostenloser Katalog. Auf der einen Seite die schlechten Mädchen, auf der anderen die braven, die man heiraten kann.
Ich hätte das böse Mädchen geben und mich »zur Schau stellen« können, wie sie sagen, um zu vermeiden, dass man mich mit einem x-Beliebigen verheiratet. Hätte ich es nur geahnt ...
Aber einerseits hätte ich Schläge kassiert und andererseits hegte ich keinerlei Argwohn. Ganz davon zu schweigen, dass es nicht meinem Wesen entspricht, mich »zur Schau zu stellen«. Mit meinen Freundinnen alberte ich ausgelassen herum, aber in Gesellschaft war ich eher schüchtern und zurückhaltend.
Eine marokkanische Hochzeit ist etwas sehr Schönes. Sie ist großartig, aber gelegentlich kommt auch die Kehrseite der Medaille zum Vorschein. Die Sache wird

im Wesentlichen zwischen den Frauen ausgemauschelt. Es gibt mehr oder weniger gewiefte Kupplerinnen – Tanten oder entfernte Cousinen, die als eine Art Vermittlerinnen fungieren. Wenn in Marokko ein junger Mann heiraten will, weil er Papiere braucht, und er keinen direkten Kontakt zu den Familien in Frankreich hat, dann wendet er sich an eine solche Vermittlerin, damit sie ihm dort ein Mädchen aus guter Familie sucht.

Die immer unbekümmerte Souria hielt bei Hochzeiten stets mehr nach Jungen Ausschau als ich. Sie hätte mir gern einen Freund wie den ihren besorgt.

»Ich schwöre dir, hier gibt es ›gut aussehende Typen‹ ...«

»Wie schön für dich.«

»Hör auf! Du musst auch mal an dich selbst denken.«

Ein Freund meines Bruders sprach mich an. Meine Mutter kannte ihn, ich konnte also zwei Minuten stehen bleiben und mich mit ihm unterhalten, ohne unangenehm aufzufallen. Ein anderer Junge gesellte sich zu uns und mischte sich in unser Gespräch ein. Er war hübsch, aber ich hatte ihn noch nie gesehen. Man darf grundsätzlich nicht mit Jungen sprechen, die die Familie nicht kennt.

Meine Mutter blickte bereits in meine Richtung. Ich bemühte mich, nur mit diesem Freund zu reden, und hielt den Kopf entschlossen ihm zugewandt. Aber der andere blieb hartnäckig.

»Du arbeitest also in der Nacht?«

»Ja.«

»Und deine Familie akzeptiert, dass du nachts arbeitest?«

»Vorläufig ja. Dadurch bekomme ich mehr Lohn, und ich habe meine Ruhe, dadurch kann ich tagsüber ...«

»Du bist nicht verheiratet?«

»Nein, ich bin nicht verheiratet.«

Ich spürte bereits, wie meine Mutter mich mit ihrem

Blick durchbohrte, deshalb beendete ich die Unterhaltung.
»War nett, dich kennen zu lernen. Ich heiße Kader.«
»Ich heiße Leila.«
Seine Art, mich inmitten all der Leute direkt anzusprechen, stellte mich vor ein gewaltiges Problem.
Denn in Anwesenheit der Eltern oder der Gemeinschaft gehört es sich, den Blick zu senken und davonzueilen. Ich hätte ihn einfach, ohne zu antworten, stehen lassen müssen. Die Mädchen in der Küche sahen mich bereits prüfend an. Außerdem hatte ich mich mit zwei Jungen gleichzeitig unterhalten, und mein »Ruf« war ohnehin schon in Gefahr, weil ich ja rauchte. Und das hier grenzte an Unverschämtheit.
Der Freund meines Bruders versuchte mich zu beruhigen:
»Mach dir keine Sorgen, das ist mein Cousin.«
Und zu Kader sagte er:
»Das ist die Schwester eines sehr guten Freundes von mir, aus einer sehr guten Familie.«
Stets muss die Herkunft, die Familie genau angegeben werden – das Etikett, das Warenzeichen. Eine »gute Familie«, das wird sofort erwähnt. Übersetzt: »Kann man heiraten.«
Falls nicht, sagt man gar nichts – Verschlüsselung durch Schweigen. Übersetzt: »Schlag dir etwas Ernstes aus dem Kopf.« Möglicher Untertitel: »Du kannst es ja mal probieren ...«
Abdou mochte mich und respektierte mich als die Schwester seines besten Freundes. Er wusste auch, dass ich eine große Klappe hatte, aber nicht mit Jungen ausging.
Unwissentlich verhielt ich mich klug. Aber wenn ich die Jungen abwies, so nicht etwa, um meinen Eltern Recht zu geben. Ich war diejenige, die sich nicht selbst in eine Situation bringen wollte, die noch mehr Probleme he-

raufbeschwören konnte, als ich ohnehin schon hatte. Und was meine Jungfräulichkeit anbelangte, so war dies die einzige Möglichkeit, sie zu bewahren. Ich hatte zu große Angst davor, mich in irgendeinen Jungen zu verlieben, mich hinreißen zu lassen und mich ihm auf die Gefahr hinzugeben, dass es böse enden könnte. Würde ich es so weit kommen lassen, dann hätten meine Eltern gewonnen: Ich wäre tatsächlich eine Hure. Und außerdem war ich noch nicht so weit. Ich hatte mich in meiner Kindheit nicht entwickeln können. Prinzipiell misstraute ich allen Jungs, für mich waren sie alle gleich ... das heißt niederträchtig und gefährlich.

Ich verbot es mir also, mich zu verlieben. Man konnte mich weder heiraten noch mit mir ausgehen.

Abdou erwähnte unsere Familienverhältnisse, damit sein Cousin wusste, mit wem er sich da unterhielt. Schnell zog ich mich zurück, aber meine Mutter sprach mich an:

»Leila! Mit wem hast du da drüben geredet?«

»Mit Abdou! Du kennst ihn doch!«

»Ja, aber der andere, wer ist das?«

»Sein Cousin. Ich habe mit Abdou geredet, Mama, nicht mit dem anderen.«

Sie warf mir einen argwöhnischen Blick zu.

»Setz dich hin und rühr dich nicht mehr von der Stelle.«

Bei Hochzeiten muss man sich hinsetzen und warten, bis alles vorüber ist.

Ich setzte mich also und beobachtete das Mädchen, das einem jungen Mann versprochen war, damit sie ihm zu seinen »Papieren« verhalf. Alle wussten das. Das musste die vierte Hochzeit dieser Art sein, an der ich teilnahm. Eine Formalität, die trotzdem irgendwie traurig ist. Zum Glück gibt es auch die anderen, die glücklichen Hochzeiten. Aber ich bin mir nicht sicher, ob diese in der Überzahl sind.

Kader hatte mir gegenüber Position bezogen, und ich ig-

norierte ihn ostentativ, obwohl mich Souria immer wieder mit dem Ellenbogen anstieß.
»Das ist heute Abend der hübscheste Typ im Saal, und er hat es auf dich abgesehen. Ich schwöre es! Er starrt dich unentwegt an.«
Wie schön der Typ war, interessierte mich nicht. Allerdings ruhten die Blicke aller Mädchen auf ihm.
Es war ziemlich unangenehm, die ganze Zeit eine gleichgültige Haltung anzunehmen. Ich wollte insbesondere nicht, dass sich unsere Blicke trafen, denn er durfte sich nicht einbilden, ich sei an ihm interessiert.
Ich verstehe wirklich nicht, warum ich dermaßen unnachgiebig war. Einerseits träumte ich ja davon, einen netten Jungen kennen zu lernen und mich Hals über Kopf in ihn zu verlieben, und klammerte mich an diese Hoffnung. Ich wartete darauf, dass wie durch ein Wunder ein Mann vor mir auftauchen und mir völlig den Kopf verdrehen würde. Andererseits zwang ich mich, Jungen gegenüber eine demonstrativ abweisende Haltung zu bewahren. Kader war unhöflich gewesen.
Mein Vater war schon gegangen, und wir kannten von den Anwesenden nur Abdou gut. Er war folglich der Einzige, der vertrauenswürdig genug war, uns nach Hause zu fahren. Meine Mutter schickte mich also los, ihn zu suchen, aber er antwortete freundlich:
»Ich muss erst meine Mutter und meine Schwester nach Hause bringen. Wartet zehn Minuten oder eine Viertelstunde, dann bin ich wieder zurück!«
Da packte Kader die Gelegenheit beim Schopf und bot sich als unser Chauffeur an. Ich wollte gerade davongehen, um meiner Mutter diesen Vorschlag zu unterbreiten, als Abdou noch hinzufügte:
»Mach dir keine Sorgen, er ist mein Cousin, er bringt euch sicher nach Hause.«
Es wunderte mich nicht, dass meine Mutter den Vorschlag annahm: Als »Cousin des besten Freundes mei-

nes ältesten Bruders« verdiente Kader vollkommenes Vertrauen.
So erfuhr er, wo ich wohnte. Und ein paar Tage später sprach mich Abdou auf dem Markt an:
»Leila, Leila, ich muss mit dir reden, ich suche dich schon eine ganze Weile. Mein Cousin Kader hat sich in dich verknallt. Eigentlich sollte ich dir das nicht erzählen, aber er möchte sich unbedingt mit dir treffen!«
Ich war völlig verblüfft.
»Abdou, was erlaubst du dir? Du hast die Stirn, mir zu sagen, dass sich dein Cousin in mich verknallt hat. Was soll der Unsinn? Für wen hältst du mich?«
»Warte! Ich hab ihm gesagt, dass du aus einer guten Familie kommst, er wird dich respektieren!«
»Das wird sich zeigen.«
Er gab mir seine Telefonnummer und sagte zu mir:
»Ruf ihn an.«
Souria war ganz aus dem Häuschen.
»Und, was hast du vor?«
»Ich rufe ihn nicht an.«
»Du rufst nicht an? Warum denn nicht? Hast du dir den Typen angeschaut? Er hat eine Arbeitsstelle, er ist süß. Leila, was kostet es dich, wenn du mit ihm einen Kaffee trinken gehst? Zusammen einen Kaffee zu trinken, das bedeutet doch nicht, dass er sich auf dich stürzt und dich gleich küsst!«
»Ich traue den Kerlen nicht. Du weißt, was das Wort Vertrauen bedeutet? Wenn du zu leichtfertig damit umgehst, Souria, dann sitzt du in der Patsche und kommst nur unter großen Schwierigkeiten wieder heraus.«
»Hör auf! Du hast ja bloß Schiss!«
Schließlich gelang es ihr, mich zu überreden.
Ich wollte mich gerne auf dieses Abenteuer einlassen, aber ihretwegen, um ihr zu beweisen, dass ich keine Angst hatte. Andererseits wünschte ich mir, dass er einen Fauxpas begehen, irgendetwas tun würde, was es

mir ermöglichte, den Verehrer für immer zum Teufel zu jagen. Es ging also darum, meine Freundin zum Schweigen zu bringen, nach dem Motto: »Siehst du, ich hatte Recht, er ist ein Idiot.«
Doch nicht ich rief ihn am folgenden Tag an, sondern er mich. Er hatte seinen Cousin so lange bearbeitet, bis dieser ihm meine Nummer zusammen mit Hinweisen für das Protokoll gegeben hatte, das er einhalten müsste, falls er zufällig meine Mutter am Apparat haben sollte.
»Guten Tag, Madame. Hier ist die Firma X, ich hätte gerne unsere Zeitarbeitnehmerin, Fräulein Leila Z., gesprochen.«
Als meine Mutter mir den Hörer gab, hörte ich ihn wie aus der Pistole geschossen sagen:
»Hallo, hier ist Kader ... ich würde dich gerne treffen. Können wir zusammen einen Kaffee trinken?«
Ich schwieg eine Weile und versicherte mich zuerst, dass meine Mutter sich auf dem Treppenabsatz mit der Nachbarin unterhielt, dann sagte ich ihm, es sei zu spät, ich müsse bald zur Arbeit gehen ...
»Hör bitte auf, das kannst du einem anderen weismachen! Du fängst um neun Uhr an; jetzt ist es drei Uhr am Nachmittag, du willst mir doch nicht sagen, dass du so lange brauchst?«
»Ich muss mich noch ausruhen und möchte schlafen ... ich bin spät ins Bett ...«
»Jedenfalls weiß ich, wo du wohnst, und wenn du nicht willst, dass ich komme und vor deinem Haus auf dich warte, dann sag Ja!«
Schließlich sagte ich zu, mich mit ihm auf neutralem Terrain zu treffen. In einem Lokal, das fast ausschließlich von »echten« Franzosen frequentiert wurde ...
Aber um ihn abzuschrecken, kreuzte ich wie eine Pennerin gekleidet dort auf. In einem alten Jogginganzug, alten Sportschuhen, einem alten Pulli und ungeschminkt, wegen des Schlafmangels mit Ringen unter

den Augen und völlig kaputt, als ob ich ihm im Voraus sagen wollte: »Ist es das, was du sehen wolltest? Gib dir keine Mühe ...«
Stets hatte ich diesen verbissenen Wunsch, mich abzuwerten, diesen krankhaften Selbstekel, auch wenn der Junge charmant war und es keinen Grund gab, mich nicht mit ihm zu treffen. Wegen dieser destruktiven Einstellung war mein ganzes Liebesleben im Eimer.
Ich sagte mir: »Er wird verduften oder irgendetwas Unverzeihliches tun, etwas sagen, was es mir ermöglicht, ihm eine zu knallen und unversehrt abzuhauen.«
Ich war einfach unfähig, einem Mann ins Gesicht zu blicken, ohne mich in Gefahr zu wähnen.
Doch leider verhielt er sich tadellos. Ich hatte nicht das Geringste auszusetzen, er beging keinerlei Fauxpas. Wir unterhielten uns über die Arbeit, bis er schließlich fragte:
»Wie machst du es, wenn du eines Tages heiratest? Nur wenige Männer würden akzeptieren, dass ihre Frau nachts arbeitet ...«
»Und du, würdest du es akzeptieren?«
»Nein. Ich wäre am Abend nicht gern allein. Das Gleiche wäre es ja auch bei ihr, sie wäre tagsüber allein ... Das endet in der Regel mit einer Scheidung.«
»Ich fühle mich mit der jetzigen Situation jedenfalls wohl. Ich brauche keinen Ehemann.«
Nach einer Weile stellte ich überrascht fest, dass ich mich angeregt mit ihm unterhielt. Mir gefiel, wie er über Frauen dachte. Für ihn war es wichtig, sie zu respektieren, denn gäbe es keine Frauen, dann sähe es schlecht aus auf der Welt ...
Das war der erste Junge, der so mit mir redete. Als wir uns verabschiedeten, war ich wieder auf der Hut ... Falls er zudringlich wird, knalle ich ihm eine. Aber nein, er wurde gar nicht zudringlich, er sagte lediglich: »Bis bald, hoffentlich, bis sehr bald?« Mit Betonung auf »sehr«.

Auch nach etwa zehn Verabredungen verhielt er sich noch immer korrekt, kam immer pünktlich, hatte immer Zeit und war liebenswert und gut aussehend. Wir genossen unsere kleine Liebelei und gingen in den Parks spazieren. Das war schön. Eine kleine harmlose und nette Liebesgeschichte. Wir trafen uns immer vor dem Haus meiner Freundin Souria, und ich schaffte es, abends rechtzeitig aufzubrechen, um ihn kurz zu sehen oder sogar mit ihm zusammen zu Abend zu essen. Doch er hatte schon Pläne für die Zukunft.
»Bist du dir darüber im Klaren? In einiger Zeit ... stell dir vor, wir beide mit unseren zwei Kindern in meinem Auto auf dem Weg in die Ferien nach Marokko.«
Ich schaffte es nicht, mir die Zukunft auszumalen. Die Vorstellung, einen Ehemann und Kinder zu haben, jagte mir panische Angst ein.
»Warte mal, langsam, du siehst mich also bereits mit zwei Kindern? Falls das so ist, dann klappt das nicht mit uns.«
»Warum bist du bloß immer so negativ?«
Immer wenn ich mit ihm zusammen war, pochte mein Herz schneller, und es bestand stets die Gefahr, dass ich schwach werden und eine Dummheit machen könnte. Deshalb war ich streng mit ihm. Nur ein einziges Mal hätte er beinahe ein Rendezvous verpasst.
»Ich kann mich nicht mit dir treffen, meine Mutter braucht mich ...«
Ich bekam einen völlig überzogenen Wutanfall. Ich wollte ihn zum Äußersten drängen, absolute Gewissheit seiner Zuneigung haben. Und ihn außerdem dominieren.
»Hör zu, es ist ganz einfach, ich kann nicht mehr lange bei Souria bleiben, ihre Eltern gehen bald fort und werden sich fragen, was ich hier mache. Wenn du also nicht zur verabredeten Zeit unten bist, dann such dir lieber eine andere. Dann ist Schluss.«
Und ich legte auf.

Souria blieb der Mund offen stehen. Ihrer Meinung nach war ich dumm. Ich verhielt mich wie ein zickiger Teenager, und insgeheim fühlte ich mich nicht wohl, auch wenn ich Souria versicherte, dass es mir völlig egal sei, ob er kommt oder nicht. Für mich war die Liebe wie ein Grabenkampf, aus dem ich als Siegerin hervorgehen musste.

Aber ich machte mich nicht mehr wie ein Clown, dem sein eigenes Unglück gleichgültig ist, über diese Dinge lustig. An jenem Abend spähte ich besorgt durch das große Fenster, das auf den Parkplatz hinausging, auf dem wir uns immer trafen. Insgeheim betete ich: »Mein Gott, gib, dass er kommt, das würde mich zum Schweigen bringen!«

Ein Auto hupte, und mir klopfte das Herz bis zum Hals. Souria sagte:

»Geh schon!«

»Aber das ist er bestimmt nicht! Er wird nicht fünfzig Kilometer fahren und seine Mutter im Stich lassen, um sich mit mir zu treffen!«

Aber er war es! Deshalb stürzte ich zur Tür, und Souria rief mir nach:

»Armes Ding! Du weißt genau, dass du verliebt bist!«

Das wollte ich nicht wahrhaben, ich wollte mir die Vorstellung bewahren, ein Spiel zu spielen und eine Schlacht gegen die Männer im Allgemeinen gewonnen zu haben, indem ich diesen einen zwang, mir zu gehorchen.

Erst später wurde mir bewusst, wie sehr die Liebesgeschichten zwischen Mädchen und Jungen arabischer Herkunft von den ständigen Lügen verdorben werden. Diese verstohlenen, vor den Eltern geheim gehaltenen Treffen, diese Trickserei, die nur durch die Mithilfe von Freunden und Freundinnen oder des Cousins gelingt, der im Bilde ist, aber nichts sagt, weil es sich nicht um seine Schwester handelt. Wir errichten in den Wohn-

vierteln eine Art arabisches Dorf aus früheren Zeiten, in dem die Beziehungen zwischen den Menschen durch ein wahres Labyrinth von Geheimniskrämerei und nicht offen Ausgesprochenem bestimmt werden. Das alles führt zu einem absoluten Mangel an Ehrlichkeit sich selbst gegenüber. Wer bin ich? Was will ich? Wie sieht meine eigene Identität aus? Ich gehöre einem Vater, der mich nicht lieb hat, wie könnte ich da in der Lage sein, selbst zu lieben und insbesondere mir dies einzugestehen? Wie soll man in einer Gesellschaft, die den Liebestrieb ächtet, diesen Trieb kontrollieren, ohne in einem Meer von Frustrationen zu ertrinken?
Manche meiner französischen Freundinnen verstehen das alles, weil sie mit uns aufgewachsen sind. Aber die anderen haben den Eindruck, wir leben auf einem anderen Planeten und weigern uns, uns weiterzuentwickeln.
An einem Nachmittag ins Stadtzentrum oder in die Bibliothek zu gehen, ist nichts Außergewöhnliches. Auch nicht, sich mit seinem Freund zu treffen. Nun, für sie ist das möglich, uns ist es verboten. Sie kennen unsere Schwierigkeiten insofern ein wenig, als sie so manches davon mitbekommen. Aber sie können nicht hinter die Kulissen schauen und wissen nicht, was sich in den Wohnungen tatsächlich abspielt.
Die anderen, jene, die auf dem Land in Einfamilienhäusern leben, welche uns im Vergleich zu unseren Sozialwohnungen luxuriös erscheinen, verstehen es überhaupt nicht. Sie halten all diese Verbote für nichtig. Und falls sie zu verstehen versuchen, dann sind wir diejenigen, die sie in die Schranken weisen:
»Ist gut, lass das Thema, das kannst du sowieso nicht verstehen.«
Weil man sich schämt, so zu leben. Selbst gegenüber den engsten Freundinnen verspürt man diese Scham. Wir tragen sie in allen Schattierungen mit uns herum. Wir

schämen uns für unsere Lebensbedingungen, dafür, dass wir unseren Körper verstecken, für unser Verliebtsein. Während die anderen aus der Jungfräulichkeit keine Staatsaffäre machen, erfüllt uns der flüchtigste Kuss mit tiefen Schuldgefühlen. Die kleinste Liebesgeste des anderen wird als Angriff auf die vorgeschriebene Sittlichkeit interpretiert.

An jenem Abend war ich keine verliebte Französin. Kader kam, also trug ich den Sieg davon. Als junges arabisches Mädchen war ich stolz darauf. Hätte ich auf mein Herz gehört, es hätte mir etwas ganz anderes gesagt.

Ich kehrte an jenem Abend als Jungfrau nach Hause zurück. Ich wusste, dass ich nicht schwach werden würde.

Am folgenden Tag hörte ich nichts von Souria. Normalerweise rief sie mich nach unseren Rendezvous am nächsten Tag an, um sich nach den Details zu erkundigen. Deshalb beschloss ich, bei ihrer Mutter anzurufen.

»Sie ist im Augenblick nicht da.«

Am Sonntag um drei Uhr nachmittags war sie nicht da? Sie hatte nicht bei mir vorbeigeschaut, sie hatte nicht angerufen, das war merkwürdig. Am späten Nachmittag war sie noch immer nicht zu Hause. Aber ich wollte ihre Mutter nicht unhöflich ausfragen.

Doch am Abend rief ich, weil ich mir inzwischen wirklich Sorgen machte, noch einmal an.

»Nein, Leila, sie ist nicht da, sie ist nämlich zu einer ihrer Schwestern gefahren.«

Das war die Bestätigung, dass etwas passiert sein musste. Souria verstand sich nicht mit ihren Schwestern, die zu streng und verbohrt waren. In gravierenden Fällen schickt man die Mädchen immer fort, natürlich in ein strenges Umfeld. Der Tonfall der Mutter ließ klar erkennen, dass ich nicht wieder anrufen sollte. Drei Tage später unternahm ich einen neuen Versuch. Doch Souria war noch immer nicht zu Hause, und ich erhielt natürlich keinerlei Erklärung.

Ich versuchte, mit ihrem Freund Kontakt aufzunehmen, aber da niemand ans Telefon ging, beschloss ich, ihn im Eingang seines Wohnblocks abzupassen.
Er kam auf mich zugestürzt:
»Leila, hast du irgendwelche Nachrichten von Souria?«
»Nein, ehrlich nicht!«
»Du bist nicht im Bilde, was sich am letzten Samstag abgespielt hat? Obwohl du bei ihr warst?«
»Ja, am Anfang, aber dann bin ich doch gegangen. Warum? Was ist passiert?«
»Wir beide haben eine Dummheit gemacht.«
Sofort dachte ich, dass sie wohl mit ihm geschlafen hatte und ihre Eltern dahinter gekommen waren. Aber das war es nicht einmal!
»Du warst gerade gegangen, ich bin unten am Haus vorbeigekommen, und da sie ganz allein war, hat sie gesagt, ich soll doch für fünf Minuten heraufkommen. Aber die fünf Minuten sind wie im Flug vergangen, und einer ihrer Brüder ist aufgekreuzt.»
»Hat sie dir vorgeschlagen heraufzukommen? Oder hast du darauf bestanden?«
»Nein. Sie war es! Sie hat vorgeschlagen, dass ich heraufkommen soll!«
»Und du bist bei ihr in der Wohnung ihrer Eltern geblieben, nur ihr beide?«
»Fünf Minuten ... Wir haben nichts Schlimmes getan! Aber ihr Bruder ist aufgetaucht, deshalb habe ich mich im hinteren Zimmer hinter einer Tür versteckt. Doch Souria ist derart in Panik gewesen, dass er Verdacht geschöpft hat. Er hat mich entdeckt, und wir haben uns geprügelt. Ich hab versucht, ihm zu erklären, dass ich seine Schwester heiraten will, aber er hat mich hinausgeworfen! Und ich weiß nicht, wo sie ist!«
Da war sie wieder, die Schande. Die Tatsache, in Abwesenheit der Familie fünf Minuten bei seiner Verlobten zu sein und dort allein mit ihr erwischt zu werden. Meine

Freundin war ein großes Risiko eingegangen. Selbst ich hätte das niemals getan. Ein Mädchen entscheidet nicht selbst, einem männlichen Wesen die Tür aufzumachen. Nur der Vater oder der Bruder haben das Recht, den Besuch eines fremden Mannes zu gestatten.

Nach gut zwei Wochen tauchte Souria völlig abgemagert wieder auf. Ihr Vater hatte sie fünf Tage an ihr Bett gefesselt, auf dem Bauch liegend, die Füße und Hände an die Bettpfosten gebunden. Sie musste wie ein Hund essen, es war ihr unmöglich, sich zu bewegen und sich umzudrehen, sie kauerte sich zum Essen hin, und nahm praktisch keine Nahrung zu sich. Wenn sie darum bat, auf die Toilette gehen zu dürfen, wurde sie von ihrer Mutter beschimpft:

»Piss dich doch voll, das wird dir gut tun ...«

Sourias Eltern stammen aus einer Region in Marokko, in der manche Eltern ihre Tochter der Ehre wegen umbringen. Selbstverständlich untersagten sie ihrem Freund, sich ihr zu nähern, ja sogar, sie anzusehen. Eine Hochzeit kam gar nicht in Frage.

Sie hatten nicht nur beide die Ehre verletzt, der junge Mann war – und das machte sie Sache noch schlimmer – zudem kabylisch und Algerier.

Außerdem hatte Sourias Mutter ihre Gründe, ihn zurückzuweisen, absolut lächerliche Gründe, die aber dennoch zählten.

Die Schwester von Sourias Freund hatte geheiratet, und Sourias Mutter hatte die Kuchen für die Hochzeit gebacken, da sich die beiden Mütter kannten. Und ihre jetzige Ablehnung war auf die Tatsache zurückzuführen, dass diese Familie sie angeblich zum Narren gehalten hatte.

»Sie haben mich gebeten, die Kuchen zu machen! Nur aus dem Grund, damit ihr Sohn meiner Tochter begegnet! Und alle wussten Bescheid, nur ich nicht!«

Das war gar nicht der Fall gewesen. Souria hatte sich

schon zuvor in den Jungen verguckt, dessen Familie überhaupt nichts von dieser Beziehung wusste. Und die beiden waren wirklich ineinander verliebt.
Die weit gravierendere Schande: Die Tatsache, dass Souria die Stirn hatte, einen Jungen in die Wohnung ihrer Eltern zu lassen, schürte Zweifel an ihrer Jungfräulichkeit. Ein Mädchen, das so etwas tut, begeht eine schwere Sünde. Es ist nicht »halal«, sondern »halam«, einen Mann in die Wohnung zu lassen. Halal ist das Erlaubte, dem Gesetz Gemäße, halam ist das Unerlaubte, eine Sünde. Souria war also ein sündiges Mädchen.
Nach ihrer Befreiung lag Souria »ihrer Mutter in den Ohren«. Das bedeutet in der Sprache unseres Viertels, dass sie ihre Mutter so lange nervte, bis sie ihr schließlich verzieh. Zumal Souria, wie ich, als Zeitarbeitnehmerin arbeitete und ihr den ganzen Lohn überließ. Und die Gemüter beruhigten sich.
Doch seitdem gab Souria sehr Acht, denn ihre Brüder spionierten ihr ständig nach. Einer von ihnen war wirklich verrückt, sodass selbst ich vor ihm Angst hatte, denn hätte er mich bei irgendetwas angeblich Unerlaubtem ertappt, zum Beispiel beim Rauchen oder einem Gespräch mit einem Unbekannten, dann hätte er Souria den Umgang mit mir verboten. Er hat mich aber nie erwischt! Doch um meine Freundschaft mit Souria zu retten, verdoppelte ich die Zahl der Menschen, vor denen ich mich in Acht nehmen musste. Ging ich in den Tabakladen und sah dort ihren Bruder, dann kam ich stets mit einer »Briefmarke für drei Francs« wieder heraus.
Das Ende meiner Beziehung zu Kader wurde von dieser Unmöglichkeit, selbst im Alter von zwanzig Jahren direkt mit einem Jungen sprechen zu können, herbeigeführt. Eines Tages bat er mich nämlich, ihn zu einer bestimmten Uhrzeit bei sich zu Hause anzurufen.
»Einverstanden, aber sieh zu, dass du da bist, denn ich will nicht, dass ein anderer drangeht.«

Leider kam seine Schwester an den Apparat. In Panik legte ich sofort wieder auf, wutentbrannt, weil ich seinetwegen Gefahr lief, erwischt zu werden. Trotzdem wählte ich die Nummer erneut und sagte höflich auf Arabisch: »Guten Tag, entschuldigen Sie die Störung, könnte ich bitte Kader sprechen?«
»Darf ich fragen, wer meinen Bruder sprechen möchte?«
»Nun, ich bin nur eine Arbeitskollegin. Ich brauche eine Auskunft von ihm bezüglich der Arbeit ... ist er nicht da?«
In diesem Augenblick hörte ich im Hintergrund die Stimme der Mutter:
»Wer ist diese Hure, die Kader sprechen will? Wer ist diese Nutte, die hinter meinem Sohn her ist?«
Sie kam ans Telefon und brüllte:
»Was bildest du dir eigentlich ein? Etwa dass mein Sohn dich heiratet?«
Ich legte mitten in ihren Beschimpfungen auf. Sie kannte mich nicht, und ich konnte mich ihr nicht vorstellen, da ich eine Fremde war ... Ich war lediglich eine weibliche Stimme, die darum bat, ihren Sohn zu sprechen! Deshalb war es für sie normal, mich einfach als Hure zu beschimpfen. Ein Mädchen ruft einen Jungen nicht an, das ist halam!
Wutschäumend stand ich in der Telefonzelle. Seine Schwester kannte mich nicht, und sie redete mit mir wie mit einem Hund. Seine Mutter wusste nichts über mich und behandelte mich wie eine Hure! Und dieser Junge tat so, als liebe er mich und wolle mich heiraten? Mit mir Kinder haben? Und mit mir nach Marokko in die Ferien fahren?
So kam es zum Bruch. Zwei Familien, die fünfzig Kilometer voneinander entfernt lebten und die sich nicht kannten? Es war unnötig, darauf zu bestehen, die Hindernisse aus dem Weg zu räumen: Wir würden es nie schaffen, dass sie dieser Hochzeit zustimmten. Außerdem stammte ich nicht aus seiner Region. Seine Mutter

hatte mich bereits abgestempelt, und mein Vater würde mich niemals fünfzig Kilometer entfernt leben lassen ... Ob verliebt oder nicht ...

Ich ahnte, dass Kader anrufen würde, und ging nicht an den Apparat, das überließ ich meinem Vater. Ich wusste, dass Kader auflegen würde, sobald er seine Stimme hörte. Aber er blieb hartnäckig, das Telefon klingelte alle zehn Minuten, und mein Vater hatte bald die Nase voll. Er schaute mich böse an.

»Ist egal! Ich wüsste nicht, wer mich außer Souria anrufen sollte. Vielleicht ist es ein Mädchen, das einen meiner Brüder sprechen will! Wieso sollen die Anrufe für mich sein?«

Heimlich zog ich den Telefonstecker heraus. In der folgenden Nacht konnte ich nicht schlafen.

Als am nächsten Morgen das Telefon läutete, war mein Vater schon gegangen. Ich sagte zu meiner Mutter:

»Lass nur, das muss Souria sein.«

Ich schloss mich ins Esszimmer ein.

»Aber was ist denn los? Ich versuche seit gestern, dich zu erreichen!«

»Es ist aus. Lass mich in Ruhe, ich habe keine Lust mehr, mich mit dir zu treffen.«

»Das kannst du mit mir nicht machen! Ich bin nicht derjenige, der unhöflich zu dir war, das ist meine Mutter ... Ich pfeife auf meine Mutter und meine Schwestern! Lass das Thema, die zählen doch gar nicht ... nur weil ich der einzige Sohn bin, versuchen sie, mich zu beschützen! Ich habe meiner Mutter gehörig die Meinung gesagt und ihr klar gemacht, dass sie nicht das Recht hat, so mit dir zu reden, dass du ein Mädchen aus sehr guter Familie bist. Meine Schwestern sollen sich ihr Leben gestalten, wie sie wollen. Ich führe das meine und mit wem ich will!«

»Kader ... versteh doch, wir haben noch nichts in den Kochtopf getan, und schon brennt es an. Würden wir heiraten, dann hätte ich das alles auszubaden ...«

Er hatte fünf Schwestern und seine Mutter am Hals. Also fünf potenzielle Schwägerinnen und eine mürrische und besitzergreifende Schwiegermutter. Das würde niemals funktionieren, es war besser, Schluss zu machen, bevor ich mich noch mehr in ihn verliebte, um dann am Ende von seiner ganzen Familie abgelehnt zu werden.
»Ich möchte mit dir zusammenleben! Vergiss die Familie!«
»Kader, vergiss lieber mich ... Lass mich in Ruhe.«
Bis in den Sommer hinein, als meine Eltern nach Marokko reisten, versuchte er, sich mit mir zu treffen. Er wollte, dass wir ein Wochenende zusammen verbringen, um eingehend über alles zu reden. Ich weigerte mich. Ein Wochenende allein mit ihm, selbst viele Kilometer von zu Hause entfernt, das war viel zu riskant, außerdem hätte ich schwach werden können. Aber es war hart, sehr hart ... Ich war traurig, und hin und wieder sagte ich mir: »Leila, du bist feige ... Du hättest mit den Eltern darüber reden müssen, ihnen sagen müssen, dass er der Mann ist, mit dem du zusammenleben willst. Du hättest ihn ihnen aufdrängen, dich durchsetzen müssen – er hat doch den Eindruck gemacht, als ob er es wirklich ehrlich meinen würde!«
Doch ein Mal, ein einziges Mal, hatte ich versucht, mit meiner Mutter über ihn zu reden, und sie hatte geantwortet: »Er stammt aus dieser Region? Das ist nicht gut, meine Liebe!«
Weder er noch ich hatten die Wahl. Es sei denn, wir wollten zwei Familien auf einmal zerstören und am Ende ganz allein dastehen, was die große Mehrheit von uns nicht wagt.
Meine Romanze in meinem einundzwanzigsten Lebensjahr dauerte nur ein paar Monate. Danach schlug mein Herz für keinen mehr.
Und weil ich das, was ich für unmöglich hielt, zurückgewiesen hatte, war ich, die Fliege, am Ende im schlimmsten aller Spinnennetze gefangen.

Ein Ehemann?

Die Familie war aus den Ferien zurückgekehrt, und keiner hatte mir noch einmal irgendetwas von Heiratswilligen erzählt, die sich angeblich vor der Tür unseres Hauses in Marokko gedrängt hatten. Nun, die »Sache« war schon zuvor geregelt worden. Meine Mutter sagte mir einfach, dass wir bald Besuch bekommen würden. Und mein Vater fügte hinzu, dass wir ihn sehr korrekt empfangen müssten.

Ich lebte und arbeitete weiter, ohne dieser Geschichte über einen Besucher große Bedeutung beizumessen, und als es Herbst wurde, ahnte ich noch immer nichts.

Eines Sonntagabends tauchte er auf.

In dieser Zeit war gerade die »Verlobte« eines meiner Brüder von ihren Eltern aufgrund ihrer Beziehung zu einem Moslem aus dem Haus geworfen worden. Mein Vater nahm sie, ohne zu murren, bei uns auf – ich wagte nicht, mir seine Reaktion vorzustellen, falls ich um das Gleiche gebeten hätte. Undenkbar! Ein Junge kann sich mit einer Nichtmoslemin zusammentun, niemals ein Mädchen mit einem Nichtmoslem!

Übrigens hatte Melissa beschlossen, zu unserem Glauben überzutreten, sie unterwarf sich, passte sich den Familienregeln an und hatte mit allen zusammen die Ferien in Marokko verbracht. Zum ersten Mal in meinem Leben hatte ich eine Freundin im Haus, sie schlief anstandshalber mit mir in einem Zimmer, da sie und mein Bruder noch nicht verheiratet waren. Wir alle, insbesondere ich, hatten Melissa als Familienmitglied ins Herz geschlossen. Zusammen erledigten wir die Haushaltspflichten und lachten viel miteinander.

Eines Tages im Spätherbst läutete also das Telefon, und eine männliche Stimme bat, meinen Vater sprechen zu dürfen.

»Papa, das ist für dich, ein gewisser Moussa.«

Meine Mutter war auf einmal ungewöhnlich aufgeregt.
»Moussa, Moussa? Bist du sicher, dass er sich mit Moussa gemeldet hat? Das ist nämlich der Mann, der aus Marokko kommt.«
Dieser Moussa kündigte seine Ankunft mit dem Abendzug an, und meine Mutter wollte mich sogleich in die Küche schicken, um den Empfang dieses offenbar sehr geschätzten Besuchers vorzubereiten.
»Moussa, das ist der junge Mann, der in diesem Sommer um deine Hand angehalten hat.«
»Ach so? ...«
Nach außen gab ich mich gleichgültig, geriet aber ernsthaft in Panik. Bis dahin waren die Heiratsanträge, die man mir gegenüber erwähnt hatte, nicht von Interesse gewesen. Ich war zu jung gewesen oder er hatte den Vorstellungen meiner Eltern nicht entsprochen, und ich hatte kaum Notiz davon genommen. Dieses Mal jedoch sagte mir mein Gefühl, dass die Sache gefährlicher war als gewöhnlich. Ich legte mich schlafen, als gäbe es nichts Besonderes, aber ich zitterte und war von einer unheilvollen Unruhe erfüllt.
Warum unternahm er diese Reise? Hatten sich meine Eltern mit ihm geeinigt, ohne mir etwas davon zu sagen? Wollte er mich aus der Nähe in Augenschein nehmen? Sich der Qualität der Ware versichern? Sollte dies der Fall sein, dann würde ich mich anstrengen, ihn abzuschrecken. Ich lag bereits im Bett, als meine Mutter nach mir rief:
»Leila! Komm und hilf mir! Wir müssen ihn begrüßen.«
»Nein, ich helfe dir nicht.«
»Komm sofort her, Leila! Du musst mir helfen!«
»Nein, ich bin müde, ich muss morgen zur Arbeit, also nein.«
Schimpfend tat meine Mutter, was getan werden musste – sie wollte meinen Vater vor der Ankunft des Fremden nicht reizen. Eine gute Ehefrau belästigt ihren

Mann nicht mit Küchenangelegenheiten, das gehört sich nicht. Sie bereitete also allein ein königliches Festmahl vor, dessen Duftschwaden mir in die Nase stiegen, während ich mich, obwohl zunehmend beunruhigt, Melissa gegenüber aufspielte:
»Das ist mir völlig schnuppe! Ich schlafe!«
Gegen Mitternacht brach mein Vater auf, um ihn vom Bahnhof abzuholen, und meine Mutter schüttelte mich wach.
»Steh auf, steh auf! Du musst dich anziehen, dich frisieren, du musst ihn begrüßen!«
Ich drehte mich, nach außen hin noch immer gleichgültig, ganz langsam um.
»Nein, tut mir Leid! Er braucht mich nicht zu sehen, und ich ihn auch nicht! Also nein.«
Dieses Mal brüllte sie aber los.
»Du stehst sofort auf! Und beeil dich! Dein Vater kommt gleich mit ihm! Ich warne dich, Leila ... Du kriegst Prügel, wenn du nicht angezogen bist, um ihn zu begrüßen!«
Ich hatte meine Mutter noch nie so unter Stress gesehen. Sie vergaß sogar, mich an den Haaren zu reißen, weil sie davoneilte, um sich selbst umzuziehen. Ich schrie ihr hinterher:
»Nein!«
Freundlich mischte sich Melissa ein:
»Leila, warum tust du es nicht einfach? Du schaust ihn dir an, alle sind beruhigt, und dann sagst du einfach: ›Nein, ich will ihn nicht heiraten ...‹«
»Du hast ja keine Ahnung! Du kennst sie nicht ... Sobald ich mich darauf einlasse, ihn zu sehen, dann ist es vorbei!«
»Aber nein ... Was du immer erzählst!«
»Ich weiß es! Wenn er mich sieht und mich haben will, dann bin ich verloren.«
Melissa ist Französin, auch wenn sie sich entschlossen hat, das zu vergessen und meinen Bruder zu heiraten ...

Kein Mitglied ihrer Familie hätte sie jemals gezwungen, einen Fremden zu heiraten. Zugegeben, ihr Vater hatte sie vor die Wahl gestellt: ihre Familie oder mein Bruder ... Sie hatte sich für meinen Bruder entschieden und war bei uns gelandet. Aber zumindest hatte sie diese Wahlmöglichkeit gehabt ...

Die würde ich nicht haben. Eher würde mich mein Vater einsperren! Ich weiß, wie solche Dinge für Mädchen wie mich ausgehen. Ich war zwanzig Jahre alt, war zwei Mal ausgerissen, ich war aufmüpfig, wollte gerne ausgehen, ich rauchte, ich arbeitete nachts, ich hatte einen Selbstmordversuch unternommen ... ich war nicht die perfekte Tochter, von der meine Eltern geträumt hatten. Sie würden nicht das Risiko eingehen, dass der Heiratswillige seine Meinung ändert, sie wollten mich »an den Mann bringen«, bevor ich noch auf die Idee kam, auf meine Jungfräulichkeit zu pfeifen!

Während ich traurig versuchte, standhaft zu bleiben, und mein Kopfkissen umklammerte, begrüßte meine Mutter den Ankömmling mit einem in diesem Fall dreifach gesteigerten Protokoll.

»Seien Sie willkommen, treten Sie doch ein, dieses Haus ist das Ihre« und so weiter.

Immer wieder sagte ich mir wie ein Mantra vor: »Leila, wenn du dich zeigst, ist es um dich geschehen.«

Ich hatte keinerlei Vertrauen in meine Fähigkeit, Nein zu sagen. Vor allem wusste ich, dass meine Eltern und der Ehekandidat, sollte ich mich zeigen, dieses protokollarische Erscheinen als Zustimmung betrachten würden und es danach unheimlich schwierig sein würde, Nein zu sagen.

»Leila, komm und mach den Tee!«

Ich kochte vor ohnmächtiger Wut. »Du bereitest den Tee zu, du bringst ihn ihm auf einem Silbertablett.« Das symbolische Bild des unterwürfigen und wohlerzogenen jungen Mädchens, das bereit ist, den erstbesten

Schwachkopf, den man ihr vorsetzt, zu bedienen, weil die Familie es so beschlossen hat.
Mein ganzes Leben lang hatte ich das für die Männer getan. Aber dieses Mal hatte ich den Eindruck, mich an einen Mann zu verkaufen, den ich nicht einmal kennen lernen wollte. Meine Vorahnungen bewahrheiteten sich. Meine ganze Kindheit und Jugend kamen mir hoch. Ich war geboren worden, um zu leiden, das würde niemals ein Ende nehmen, ich würde niemals meine Ruhe haben und mein Leben führen können, ohne dass sie sich mit dieser beschissenen Jungfräulichkeit beschäftigten! Ich hatte nicht die Absicht, sie zu verschleudern, ich hatte Lust, ihnen entgegen zu schreien: »Sie ist da! Wenn ich könnte, würde ich sie mit einer roten Ampel versehen! Die wird an dem Tag auf Grün umspringen, an dem ich es will! Im Moment ist das nicht der Fall!«
Aber wie sollte ich ihnen das begreiflich machen? Wie ihnen sagen: »Macht euch keine Sorgen, es ist da, dieses Hymen, und es bleibt da! Seht ihr denn nicht, dass ich von klein auf bedrängt wurde? Dass ich überhaupt keine Lust habe, mich mit einem Mann einzulassen? Und schon gar nicht mit einem Fremden! Lasst mich in Ruhe, lasst mir Zeit zu träumen, zu lieben und meine Wahl zu treffen!«
Für diese Art von Argumentation waren meine Eltern völlig unzugänglich. Die Erziehung einer Tochter hatte nur ein Ziel: Sie zu verheiraten! Aufgabe der Eltern ist, sie zur Ehe zu führen. Sobald sie einmal verheiratet ist, geht sie in die Verantwortung des Ehemanns über. Der Vater hat seine Last los, er hat seine Pflicht getan.
Nicht einmal mit Geld hatte ich mir meine Freiheit erkaufen können. Ich hatte geglaubt, meinen Lohn als Schutz gegen die Ehe einzusetzen, aber das hatte nicht funktioniert.
Melissa forderte mich auf:
»Geh schon, das ist doch nicht so schlimm.«

Sie befürchtete vor allem, mein Vater könnte mich vor allen ohrfeigen. Schließlich stimmte ich zu, aber bevor ich mich in die Höhle des Löwen stürzte, wollte ich wissen, wie der »andere« aussah.

»Melissa, sei so nett, geh ins Wohnzimmer und schau, wie er aussieht.«

»Unter welchem Vorwand soll ich denn hineingehen?«

»Na, geh auf den Balkon und hol ein Wäschestück, das dort zum Trocknen hängt, egal was, und schau ihn dir durch das große Fenster an ...«

»Du bist verrückt, weißt du, wie lange das dauert? Deine Mutter wird mich fragen, was ich da mache!«

»Bitte!«

Pech gehabt, das Fenster war beschlagen, und Melissa konnte bis auf den Rücken meiner Mutter nichts sehen. Sie kam lachend zurück.

»Sie sitzt ihm gegenüber, da ist nichts zu machen! Hör zu, du überlegst jetzt nicht mehr lange, du gehst hinein, du schaust ihn an, er schaut dich an, und deine Entscheidung ist gefallen: Nein!«

Ich stimmte also zu, den protokollgemäßen Tee zuzubereiten, mit dem ich im Wohnzimmer erscheinen würde. Mit diebischem Vergnügen bemühte ich mich, ihn so bitter wie möglich werden zu lassen, indem ich dreimal so viel Schwarztee als Pfefferminze und nicht genügend Zucker hineintat. Ich war stolz auf meine List. Er würde sich sagen: »Die kann ja nicht einmal Tee machen!« Ein Minuspunkt für mich.

Meine Mutter hatte mich gezwungen, eine Gandoura anzuziehen, sie wollte, dass ich mich frisierte und mich schminkte, aber ich hatte mich geweigert und meine zerzausten Haare einfach zusammengebunden.

Melissa schaute mich an und lachte.

»Dieser Tee ist wirklich scheußlich ...«

Bevor ich mit meinem Tablett, den Gläsern, der Teekanne und den Keksen das Wohnzimmer betrat, ging ich aus unerfindlichem Grund hin und schaute mir seine Schuhe genau an. Wie alle Besucher hatte er sie neben der Eingangstür im Flur gelassen. Und aus meiner Entscheidung, die ja schon im Voraus getroffen war, wurde ein gewaltiges Nein. Niemals.

Es waren kleine, altmodische Schnürschuhe, schwarz, aus Leder mit einer Art Gittermuster, kleinen falschen Löchern obendrauf. Abscheulich! Mein Vater, der viel älter war als er, hatte im Vergleich zu »diesen Dingern« einen richtig guten Geschmack! Er hatte keinerlei Klasse, dieser Anwärter! Auf einen Blick konnte ich erkennen, mit welcher Art von Typen man mich verheiraten wollte!

Auf der Stelle kehrte ich mit meinem Tablett mitsamt dem schlechten Tee in die Küche zurück.

»Melissa, es ist völlig unmöglich! Hast du seine Treter gesehen?«

»Meine Güte, du bist einfach unmöglich! Du hast dir seine Schuhe angeschaut?«

Sie lachte, bis ihr die Tränen kamen, mir jedoch war nicht zum Lachen zu Mute.

»Das ist kein Kerl für mich. Das steht eindeutig fest.«

»Aber wie willst du das wissen, du hast ihn noch nicht einmal gesehen! Nur seine Schuhe!«

»Diese Schuhe sagen mir schon alles. Ich bin sicher, dass er aussieht wie seine Treter!«

»Es kostet dich nichts, ihn dir anzuschauen! Beruhige dich, beurteile ihn nicht nach seinen Schuhen, das wäre doch Wahnsinn!«

»Mir gefallen seine Schuhe nicht, also wird auch er mir nicht gefallen!«

Ich war verstockt. Diese verdammten Schuhe hatten mir einen Schock versetzt. Dieser Typ war ein Bauer, das verrieten seine staubigen, altmodischen, ausgetretenen, idiotischen Latschen!

»Melissa, sie haben einen absoluten Hinterwäldler aus

dem hintersten Kaff ausgesucht! Solche Schuhe sagen doch schon alles – sie wollen mir einen Typen andrehen, der in so was herumläuft?«
Ich fühlte mich bereits dadurch gedemütigt, dass ich diese Inszenierung aus einer anderen Zeit ertragen musste, aber das war noch schlimmer, ich war herabgewürdigt. Und trotzdem ... hätte ich Luxusschuhe gesehen, vielleicht von Dior, dann hätte ich gedacht, man würde mich wie eine Hure an einen Typen mit viel Knete verkaufen! Hätte ich Sportschuhe gesehen, wäre der Junge unter die Kategorie »arbeitsloser Asozialer aus der Vorstadt« gefallen, der nur darauf aus ist, mir mein Geld abzunehmen, um damit durch die Cafés zu ziehen. Es gab keinen Männerschuh, der mir zusagen konnte, da ich nicht heiraten wollte. Der Traummann, in den ich mich vielleicht eines Tages verlieben würde, hatte keine Schuhe! Sie waren ebenso irreal wie er selbst.
Oder aber es war ein Prinz, der immer barfuß lief.
Diesen da, diesen Fremden, der sich wie ein Kuckuck hier eingenistet hatte, konnte ich mir anhand seiner Schuhe vorstellen. Mein schlimmster Albtraum war wahr geworden, diese Schuhe sagten es mir.
Und meine Eltern hatten dieses Paar Treter mit der üblichen Katzbuckelei empfangen, um mir das Leben definitiv zur Hölle zu machen!
Ich ahnte den ganzen Wirbel voraus, der auf mich zukommen würde, den wochenlangen Ärger, die Auseinandersetzungen und den Streit, bis es mir gelingen würde, Nein zu sagen. So schnell würden sie in dieser Sache nicht klein beigeben. Würde ich von diesem Strudel mitgerissen, dann wäre es um mich geschehen – ich wollte Nein und nochmals Nein sagen ... und ich würde es doch nicht schaffen!
Ich trug also das Tablett hinein. Ich hätte die Teekanne auf ihn kippen können, als er mich ansah, aber ich hob

nicht einmal den Blick, sagte mit abgewandtem Kopf Guten Tag, berührte kaum seine Hand, lächelte nicht und ging sofort wieder hinaus.
Meine Mutter folgte mir wütend in die Küche:
»Du treibst es zu weit, du hättest dich zumindest hinsetzen können ...«
»Neben wen hätte ich mich denn setzen sollen?«
»Hast du ihn dir wenigstens angeschaut?«
»Ich habe keine Lust, ihn mir anzuschauen, ich will ihn nicht sehen! Hat er mich gesehen? War es das, was ihr wolltet? Dann ist ja gut. Ich will ihn jedenfalls nicht sehen.«
Und ich schaute ihn an diesem Abend tatsächlich nicht an. Für einen Araber war das grundsätzlich demütigend. Ich wollte ihn vor den Kopf stoßen. Ihm wortlos klar machen: »Hau ab, verschwinde, du bist nicht gut genug für mich!«
Aber er verschwand nicht. Ganz im Gegenteil. Und die Katastrophe nahm erschreckende Ausmaße an. Er war eigens aus Marokko angereist, alles war also bereits zuvor abgemacht worden.
Ich weinte in unserem Zimmer in Anwesenheit von Melissa, die mich einfach nicht verstehen konnte.
»Scheiße, ich habe die Schnauze voll! Ich will nicht heiraten, ich will einfach nicht heiraten.«
»Mach dir keine Sorgen, Leila, deine Eltern haben begriffen, dass du dagegen bist, also wird es zu keiner Hochzeit kommen.«
»Du kapierst gar nichts, du bist Französin und viel zu naiv ... Du konntest dich für meinen Bruder entscheiden, indem du deine Familie fallen gelassen hast, aber ich, ich könnte meine Familie niemals verlassen. Wo sollte ich denn hin?«
Sie versuchte, die ganze Geschichte als Scherz hinzustellen und mich aufzuheitern:
»Hast du wenigstens sein Gesicht gesehen?«

»Nein, was geht mich denn sein Gesicht an? Ich habe seine Schuhe gesehen, das reicht mir!«
Ich versteifte mich auf diese symbolische Schuhgeschichte. Jedes Mal, wenn ich davon erzählte, mussten die anderen lachen wie Melissa. »Aschenputtel sucht die Schuhe des Prinzen!«
Ich selbst konnte bis zum Ende des Albtraums, der fünf Jahre andauerte, nicht darüber lachen.
In dieser Nacht wälzte ich mich im Bett herum und führte Selbstgespräche wie eine Irre:
»Das ist unglaublich, ich glaub es einfach nicht, ich kann es nicht fassen ...«
Schließlich sprach ich ein Gebet und flehte Gott um Hilfe an. Aber er hatte nicht einmal den Anrufbeantworter eingeschaltet, er war nicht da, hatte keine Botschaft für mich.
Als ich am nächsten Morgen aufstand, war ich gelassener. Ich hatte beschlossen, dass ich mich, da er ja einige Zeit hier bleiben würde, einschließen könnte, um nicht Gefahr zu laufen, ihm zu begegnen.
Bevor ich das Zimmer verließ, schickte ich Melissa vor, damit sie nachsah, ob die Luft rein war.
»Schau, ob er im Flur ist ...«
Auf diese Weise gelang es mir, ihm in der eigenen Wohnung zwei Wochen aus dem Weg zu gehen. Aber Melissa bedrängte mich:
»Schau ihn dir doch wenigstens einmal an! Und sag ihm ein für allemal Nein! Du stellst dich vor ihn und sagst ihm ohne Umschweife: Ich möchte dich nicht heiraten, und jetzt hau ab!«
Warum nicht? Warum war ich unfähig, diesem Typen gegenüberzutreten? Ich konnte ihm nicht ewig aus dem Weg gehen! Zweifellos hegte ich insgeheim die Hoffnung, dass meine Eltern aufgeben würden. Dass sie mich wenigstens so lieb hatten, dass sie meine Haltung begriffen. Im Grunde waren sie für sein Kommen ver-

antwortlich, sie waren diejenigen, die ihn wieder nach Hause hätten schicken müssen. Ich hoffte ... ich hoffte insgeheim.
Ich tat, als ginge ich zur Arbeit, obwohl ich zu jener Zeit gerade keine Anstellung hatte. Und ich hatte mich nur deshalb in einer Fahrschule angemeldet, um auch die übrige Zeit nicht zu Hause zu sein.
Nach zwei Wochen kam meine Mutter als Botschafterin und wollte feierlich mit mir reden:
»Dein Vater regt sich allmählich auf, du musst mit Moussa reden, er ist kein Hund, es gehört sich, dass du ihm Bedeutung beimisst, und es gehört sich, dass ihr euch einigt.«
»Worüber sollen wir uns denn einigen? Und warum?«
»Leila, dein Vater wird das nicht lange hinnehmen!«
Auch meine Brüder waren mir keine große Hilfe.
»Du hast keine Wahl. Man kann einen Mann nicht einfach warten lassen, bis das Fräulein die Güte hat, mit ihm zu reden! Das gehört sich nicht!«
Und schließlich sagte mein Vater zu mir auf Arabisch, was ein Zeichen war, dass er es ernst meinte:
»Hör zu, meine Liebe, dass das klar ist: Moussa ist jetzt seit zwei Wochen da, und seit zwei Wochen gehst du ihm aus dem Weg, seit zwei Wochen wartet er. Du wirst mir jetzt den Gefallen tun und ins Wohnzimmer gehen, dich zu ihm setzen und dich mit ihm einigen.«
An diesem Tag blieb mir keine andere Wahl. Ich konnte nicht einmal verduften, denn er hätte mich nicht aus der Wohnung gelassen. Auch eine Flucht konnte ich nicht mehr in Erwägung ziehen – ich hatte keine Arbeit mehr und hätte nicht gewusst, wo ich hinsollte –, und selbst wenn ich zu fliehen versucht hätte, hätten sie mich dieses Mal aufgespürt, da sie unentwegt ein Auge auf mich hatten. Ich wusste, dass ich unter ständiger Beobachtung stand. Die übliche »Kamera« funktionierte rund um die Uhr. Deshalb bemühte ich mich, so gut ich konnte,

wie ein »Flittchen« auszusehen, das man unmöglich heiraten kann.
Ich hielt den Blick gesenkt oder abgewandt, als wäre er gar nicht im Zimmer, betrachtete die Grünpflanzen meiner Mutter und sagte zehn Minuten, eine Viertelstunde lang kein Wort.
»Und, wie geht's, Leila?«
» ... «
»Du weißt, warum ich da bin?«
» ... «
»Schau mich wenigstens an! Schau mich an!«
Ich platzte schier vor Wut, vor Hass, vor Ekel und hatte ungeheure Lust, ihn zu beleidigen: »Hau ab, verdufte, verschwinde aus meinem Leben, ich will dich nicht anschauen, verzieh dich!«
Aber hätte ich das getan, wäre das mein Todesurteil gewesen. Mein Vater hätte mich sicher zu Tode geprügelt, jedenfalls so, wie noch nie in meinem Leben. Und was folgen würde, stand ebenfalls fest: Prügel, Hausarrest, Prügel – er würde es schaffen, und ich würde einlenken, sofern ich mich nicht zuvor umbrachte. Wenn mein Vater in Rage geriet, wusste ich nie, wie weit er gehen würde. Und in diesem Moment hatte ich schreckliche Angst, ich könnte es herausfinden. Das war in diesem Augenblick der entscheidende Kampf, er hatte die Waffe der Autorität, die er bedingungslos einsetzte, und ich hatte nichts zu meiner Verteidigung. Abgesehen von der Hoffnung, diesen Anwärter für immer abzuschrecken, sodass er seinen Antrag zurückzog. Und auch in diesem Fall würden mir die Prügel nicht erspart bleiben. Ich hätte Schande über die Familie gebracht, die Ehre meines Vaters mit Füßen getreten.
Meine Mutter war mir ins Wohnzimmer gefolgt. Ich musste ihn also ansehen, denn sie war hereingekommen, um zu überwachen, wie ich mich ihm gegenüber verhielt. Sie setzte sich hin, als gäbe es nichts Besonde-

res, ganz locker und leger, als wolle sie sagen: »Mach schon, rede mit ihm, damit er deine Stimme hört.«
»Und, Leila, was hast du ihm denn erzählt?«
Als wären dieser Typ und ich die besten Kumpel!
»Nichts Besonderes.«
Er saß leicht nach vorn gebeugt da, ich sah, dass er ein bisschen rundlich war, größer als ich. Man sah ihm sein Alter von fünfunddreißig Jahren deutlich an. Ich fand ihn hässlich, und vor allem dumm, weil er ein Mädchen heiraten wollte, das er noch nie gesehen hatte, und an dieser Absicht festhielt, obwohl meine ganze Haltung Nein sagte.
Eigentlich hätte er in seinem Stolz verletzt sein müssen. Hätte ich mich gegenüber einem jungen Mann aus unserem Viertel so verhalten, wäre er sicher sehr wütend geworden. Bei ihm hatte ich jedoch den Eindruck, gegen eine Wand anzurennen.
Später dachte ich gründlich darüber nach ... Dieser Typ folgte einerseits der »Tradition«: Selbst wenn sich ein Mädchen widersetzt, ist nicht sie es, die zählt, sondern der Vater. Vor allem aber wollte er in Frankreich heiraten, um die französische Staatsbürgerschaft zu erlangen.
Er war reiferen Alters, groß, breit gebaut und eigentlich doch gar nicht so hässlich. Allerdings altmodisch, aber er kam schließlich aus einem marokkanischen Kaff ... das sind mildernde Umstände. Und nicht er war es, der mich zwingen konnte, ihn zu akzeptieren, sondern mein Vater! Moussa war mit seinem Einverständnis hier, er wollte mich mit dem Segen meines Vaters heiraten. Das hätte ich ihm nicht einmal persönlich übel nehmen dürfen. Dieser Typ hatte das getan, was regelmäßig Hunderte tun. Er hatte sich in Marokko der Familie vorgestellt und einfach um die Hand einer »französischen Marokkanerin« angehalten.
Es ist schrecklich, jemanden nicht ganz normal anspre-

chen und ihm einfach sagen zu können: »Hör zu, bitte tu mir das nicht an, ich weiß, dass dies so üblich ist, ich weiß, dass man so um die Hand eines Mädchens anhält, aber nicht um mich ... sei so nett!«

Aber so kann man nicht mit dem vom Vater ausgewählten Ehekandidaten sprechen. Man wird so lange gegen eine Wand geschlagen, bis man nachgibt.

Wenn ich heute daran zurückdenke, mache ich mir Vorwürfe und könnte mich ohrfeigen. Ich sage mir: »Leila, du bist wirklich zu feige! Du hättest in diesem Augenblick im Wohnzimmer Nein sagen müssen, auch auf die Gefahr hin, dass du zusammengeschlagen wirst. Du hättest aus dem Fenster springen oder flüchten können! Du hättest Arbeit finden können, denn du hast ja immer gearbeitet. Das hättest du dir zumindest ersparen und einen Mann heiraten können, den du liebst. Anstatt gedemütigt und als bedeutungsloses Objekt behandelt zu werden, das von der Hand des Vaters in die eines Fremden weitergereicht wird.« Das war schlicht und einfach eine Vergewaltigung, und mein Vater verlangte, dass ich sie über mich ergehen lasse.

In diesem Augenblick hasste ich die ganze Welt. Ich hasste diesen Brauch! Warum nur war ich als Mädchen geboren? Warum nicht als Junge? Ich wollte gerne arabisch sein, Gottes Gesetze befolgen, aber als Junge! Wäre ich ein Junge gewesen, dann hätte ich diesen Albtraum nicht durchmachen müssen. Und ich hätte niemals eine Frau gezwungen, mich zu heiraten!

Ich spürte das Spinnennetz, das um mich gesponnen wurde. Und es gab nicht nur eine Spinne, die mich verzehren wollte, sondern eine ganze Sippe, die Familie, die Verwandtschaft, das Wohnviertel, die Gemeinschaft – sie alle lagen nur auf der Lauer, um Fliegen wie mich zu fangen. Sie würden mich lähmen, mit ihren Fäden umwickeln, mich in eine Mumie verwandeln, die dieser Typ in der Hochzeitsnacht in aller Ruhe verschlingen würde.

Es war einfach zu schwierig, den Entschluss zu fassen, davonzurennen, die Tür aufzureißen und sich zu sagen: Ich lasse alles zurück, meine Familie, meine Papiere, mein Leben. Wo gehe ich hin? Soll ich zur Polizei? Das interessiert die nicht. Und es gab, soweit ich wusste, in der Nachbarschaft keine einzige Familie, die den Mut aufgebracht hätte, mich aufzunehmen. Es gab keine Sozialarbeiterin, die mich unter ihre Fittiche hätte nehmen können. Das war eine Privatangelegenheit, da zuckten alle nur die Achseln!

Ich war Französin und volljährig: Wenn ich mich zu dieser Ehe zwingen ließ, dann war das meine Schuld. Keiner hatte es bis dahin offen ausgesprochen, aber ich vermutete, dass dieser Typ mich nur deshalb wollte, damit er mit den vorschriftsmäßigen Papieren in Frankreich leben konnte. Und das Ganze war normal, üblich, ja schon fast zur Tradition geworden – warum auch nicht? Er hatte meinen Eltern gesagt, er würde sich nach meinen Wünschen richten ... in Spanien, Italien oder Frankreich leben: eine heuchlerische Art und Weise, meine Eltern glauben zu machen, er wolle mich nicht nur deshalb heiraten, um in den Besitz der französischen Staatsbürgerschaft zu gelangen! Zudem ein Signal, um ihnen zu sagen: »Ich werde sie nicht verstoßen ...« In den Augen meines Vaters wäre nichts schlimmer, als eine verstoßene Tochter. Da wäre es noch besser, sie würde eine alte Jungfer.

Manche Typen heiraten, vollziehen die Ehe, und sobald sie ihre Papiere haben, machen sie sich aus dem Staub. Er dagegen ... ich hatte nicht den Eindruck, dass er das so einfach tun würde. Und den Schaden hätte ich sowieso.

Hasserfüllt saß ich ihm gegenüber. Ich hasste mich und meine Eltern. Das war das Ende meines Lebens als junge westliche Frau, ich wurde Opfer einer Tradition, die einfach die neuen Möglichkeiten nutzt, welche sich

den Männern bieten: eine Frau = Papiere = soziale Sicherheit = Sozialhilfe!
Die ganze Kindheit hindurch versucht man, der alten Tradition der von den Familien arrangierten Hochzeiten zu entkommen, man lauscht den Berichten der anderen wie Legenden aus uralten Zeiten, und am Ende fällt man ihr selbst zum Opfer; falls nötig, wird mit Fußtritten nachgeholfen! Weil sich das Spiel geändert hat. Das ist der Rückfall in den Konformismus. Es geht darum, untereinander zu heiraten, möglichst unter Angehörigen des gleichen Stammes.
Unmittelbar nach dieser Unterredung rief mich mein Vater in sein Zimmer. Er ließ sich auf keine Diskussion, keinen Kompromiss ein.
»Er und kein anderer, du hast keine Wahl.«
Ich hielt die Luft an, die Angst verschlug mir den Atem. Meine Brüder stießen ins gleiche Horn.
»Leila, du musst Ja sagen, er ist ein guter Kerl, du hättest dir keinen besseren aussuchen können. Dir bleibt keine andere Wahl ...«
Und der Cousin, der sich als Kuppler betätigt hatte, rief aus Marokko an. Auch andere Verwandte, von denen ich manche gar nicht kannte, meldeten sich aus allen Winkeln Frankreichs. Das Telefon läutete unentwegt, und alle Anrufer hatten nur eines mitzuteilen: »Das ist eine gute Partie.«
Mein Vater, der mich schließlich gut kannte, setzte auf meine sensible Seite. Trotz allem, was man mir angetan hat, liebe ich meine Familie. Hätte ich mich von dieser Wurzel befreien, dieses Band durchtrennen wollen, ich hätte es nicht geschafft, und ich schaffe es auch heute noch immer nicht. Trotz des Hasses, der nicht einmal ein echter Hass ist ... mein Vater ist schließlich mein Vater. Und meine Mutter ist meine Mutter. Ich bin nicht mit diesem Hass im Herzen auf die Welt gekommen. Ich war noch jung, aber mit zwanzig Jahren hatte ich den Ein-

druck, ich sei doppelt so alt. Denn ein Mädchen von zwanzig Jahren hat Freunde, geht aus, isst im Restaurant, geht ins Kino, flirtet, falls sie noch nicht verheiratet ist, studiert, geht auf Reisen und verliebt sich. Ich dagegen hatte nach einer Jugend der Frustrationen nur das Recht, im Spinnennetz gefangen zu sein.
Der zukünftige Ehemann lebte bei meinen Eltern bei freier Kost und Logis. Er rührte keinen Sou seiner Ersparnisse an und schob eine ruhige Kugel, während er darauf wartete, endlich seine französischen Papiere und den Rest zu bekommen.
Von ohnmächtiger Wut gepackt änderte ich die Taktik. Obwohl ich mich sonst nie schminkte, kleisterte ich mir jetzt das Gesicht wie eine »Hure« zu. Eine verzweifelte Gegenattacke mit aggressiv rotem Lippenstift, extrem viel schwarzem Kajal, Wimperntusche, die mir die Augen verklebte, und drei Schichten Make-up. Ich machte all das, was ich an meiner Freundin Souria immer wieder auszusetzen hatte, zu meinem neuen Look, einschließlich enger Miniröcke, offener Haare, einer Föhnfrisur und drei Ohrringen an jeder Seite.
Ich ritt mich aber nur tiefer hinein, denn ich gefiel ihm immer mehr. Er betrachtete mich nicht einmal als Hure. Selbst der Zigarettenrauch veranlasste ihn nicht zum Rückzug. Ich rauchte in der Eingangshalle des Gebäudes, ging hinauf, um ihm den Geruch in die Nase steigen zu lassen, rauchte unten die nächste Zigarette und so weiter ... Nichts zu machen.
Eines Tages schlug er einen gemeinsamen Restaurantbesuch vor, damit wir uns besser kennen lernten. Ich sagte: »Nein, danke, ich habe einiges zu erledigen.« Darauf schlug er vor, gemeinsam etwas trinken, zum Bowling oder irgendwohin auszugehen, wohin ich wollte. »Nein, danke, ich habe zu arbeiten.«
Mit Tränen in den Augen hatte ich zu meinem Vater gesagt: »Tu, was du für mich für das Beste hältst.« Und

hoffte, das würde ihn nachdenklich stimmen. Hätte er mich geliebt, dann hätte er diesen Typen nach Hause geschickt.

Ein paar Sekunden verstrichen, und ich schöpfte Hoffnung ... Aber er packte mich an der Schulter: »Er und kein anderer, meine Liebe, mach dir keine Sorgen, alles wird gut.«

Dieses eine Mal beugte ich mich wirklich seinem Willen und tat ihm den Gefallen, ihm mein Leben, meine Zukunft in die Hand zu legen. Er wusste nicht, wie sehr er mich damit zerstörte. Er war davon überzeugt, in meinem Sinne zu handeln, zu meinem Schutz und der Ehre, dieser verfluchten Ehre!

Dieser fremde Mann machte sich mit dem Segen meines Vaters bis Ende Oktober in unserer Wohnung breit. Eines Tages lief ich ihm im Stadtzentrum über den Weg. Ich war in Begleitung von Souria, und er lud uns und einen meiner Brüder in ein Café ein. Ich weigerte mich, mich dort mit ihm zu zeigen, und als Souria mich fragte, wer dieser Typ denn sei, antwortete ich:

»Ein Freund meines Bruders ... nichts weiter.«

Ich schämte mich, meiner besten Freundin die Wahrheit zu sagen. Ich mit meiner großen Klappe, die geschworen hatte »mit mir niemals ...«. Noch immer hoffte ich auf irgendein Wunder. Dass er die Meinung änderte, dass sein Zug entgleiste – so etwas kommt schließlich vor.

Melissa hatte sich die Mühe gemacht, sich mit ihm zu unterhalten, und sie versuchte, mich zu trösten.

»Leila, er ist ganz nett, vielleicht wirst du ja glücklich mit ihm.«

Schließlich reiste er ab, denn es war geplant, die marokkanische Hochzeit im kommenden Frühjahr zu organisieren, dann für die »Hochzeit der Papiere« nach Frankreich zurückzukehren. Ich würde nicht die Erste sein, die mit rot geweinten Augen vor den Bürgermeis-

ter trat. Die Leute lassen sich nicht täuschen, das ist ein funktionierendes System.
Vielleicht würde mir ja etwas einfallen, um den Kopf noch rechtzeitig aus der Schlinge zu ziehen.
Mir ging alles Mögliche durch den Kopf, was ich unternehmen könnte, um dieser Ehe zu entkommen. Zum Beispiel einen Mann zu finden und ihn sofort zu heiraten ... Aber natürlich war ich nicht in der Lage, einen solchen Plan auszuhecken und meinem Vater diese Schande anzutun. Was sonst? Dem Erstbesten meine Jungfräulichkeit anzubieten, und es dann der Familie zu beichten? Das schon gar nicht. Dann wäre der Rest meines Lebens im Eimer. Und selbst wenn ich mich verlieben würde, würde mich sicher keiner mehr haben wollen.
Ständig kreisten meine Gedanken um dieses Thema. Die Fliege kämpfte wie besessen Tag und Nacht. Kaum waren seit seiner Abreise zehn Tage vergangen, da rief er schon meinen Vater an:
»Ich habe mir überlegt, je früher wir den moslemischen Trauschein haben, um so besser, zumindest hätten wir unsere Ruhe und könnten die Verlobung feiern.«
Mein Vater fand, dass er es ein bisschen schnell anging. Allerdings war das lediglich eine Frage der Finanzen. Doch Moussa scheute keine Kosten:
»Ich bezahle die Reise, ich hole Sie in Frankreich ab, Sie kommen alle mit mir nach Marokko, wir feiern die moslemische Hochzeit, und damit wird in den Augen der Leute, wenn sie mich mit ihr zusammen sehen, alles korrekt sein, da sie dann offiziell meine Frau ist!«
Ich bekam die Unterhaltung mit, denn das Telefon stand im Flur. Mein Vater machte sich nicht einmal die Mühe, mir die Details zu erklären.
»Bereite dich vor, du fährst nach Marokko, wir reisen in zwei Wochen mit deiner Mutter!«
»Ach, und warum?«
»Ihr werdet eure Hochzeit besiegeln.«

»Warte mal, Papa, er hat gesagt, das würde im Frühling stattfinden! Warum solche Eile? Und meine Brüder kommen nicht mit?«
»Je schneller wir es hinter uns haben, desto besser ist es für alle, dann haben wir unsere Ruhe!«
In der Zeit zwischen diesem Anruf und der Abfahrt nach Marokko weinte ich fast ununterbrochen. Zwei Wochen ... wie sollte ich in zwei Wochen einen Ausweg finden?
Mit meinem Verhalten hatte ich die Sache nur verschlimmert. Der Zukünftige musste sich wohl gesagt haben: »Wenn ich die nicht ganz schnell festnagle, dann geht sie mir durch die Lappen ...«
Im Handumdrehen kam er nach Frankreich zurück, und alle fuhren in der Familienkiste los. Er vorn, neben meinem Vater. Meine Mutter und einer meiner Brüder auf der Mittelbank. Und ich allein ganz hinten, so weit von ihm entfernt wie nur möglich.
Die ganze Strecke durch Frankreich und Spanien schlief ich. Man konnte mir kein einziges Wort entlocken, und ich aß nichts. Ich sehnte einen Unfall herbei, durch den wir in die andere Welt gelangen würden, denn dort würde ich zumindest nicht mehr leiden. Oder dass ich diesen Unfall als Einzige überlebe ... Beziehungsweise dass er als Einziger umkommt! Dann würden die Familien ihn beweinen, und ich würde kein Wort mehr über ihn hören. Schon vor der Hochzeit Witwe! Allmählich drehte ich durch, nichts von dem, was ich mir vom Leben erwünschte, war mir jemals vergönnt. Weder die Liebe meines Vaters und der Respekt der Männer noch der Märchenprinz, auf den ich wartete, jener, der mit mir an einem anderen Ort leben, alles mit mir teilen und mir erlauben würde, meine Familie in den Ferien einzuladen – und die übrige Zeit würden wir einfach leben! Ich wollte, dass Gott sich an meiner Stelle um alles kümmerte, dass er gütig mein Schicksal bestimmte, dass ich

mich nicht mehr schuldig, gefangen und ungeliebt fühlen müsste, hin und her gestoßen wie ein bedeutungsloser Korken auf dem Wasser. Aber trotz all meiner Gebete gab mir Gott kein Zeichen.
Abgesehen von meinem Schweigen schien die Stimmung im Auto normal zu sein. Mein Vater verstand sich gut mit Moussa. Meine Mutter war begeistert und stolz. Ich sagte gar nichts, aber das beunruhigte sie nicht. Als wir in Algeciras auf die Fähre fuhren, glaubte »Monsieur Moussa«, alles sei gut, alles sei bestens, dass er mich bald küssen könne, dass wir bald die unsterblich Verliebten geben könnten ... Mehrmals schlug er mir mit verliebtem Blick einen Spaziergang über das Deck vor!
»Nein, nein, wir sind noch nicht verheiratet!«
Die nach der Tradition unmissverständliche Abwehr, die so viel hieß wie: »Du bleibst mir von der Pelle, du rührst mich nicht an! Die kurze Zeit, die mir noch bleibt, möchte ich meine Ruhe haben.«
Ich ließ nicht einmal zu, dass er sich an Deck neben mich setzte, obwohl ein Platz frei war. Blitzschnell schnappte ich meinen kleinen Bruder, der mir buchstäblich in die Arme fiel, und drückte ihn auf den Platz zu meiner Rechten.
»Da sitzt schon jemand, da ist besetzt, das ist der Platz meines Bruders!«
Diese Art, eine verlorene Schlacht zu schlagen, war kindisch und aussichtslos. Früher oder später würde ich hinnehmen müssen, dass dieser Fremde mich anfassen, mich küssen, mich in sein Bett holen würde. Aber ich schnappte allmählich über ... Er widerte mich körperlich an. Er war weder hässlich noch dumm, denn er hatte meine Einstellung ganz genau begriffen und hat sie auch nie vergessen, doch er war schlichtweg ein Symbol für das ganze System an sich.
Manche Frauen erklärten mir, dass sie den ihnen aufgezwungenen Ehemann lieben gelernt hätten. Für

mich war das unvorstellbar. Zu viele Zwänge, zu viele Verbote und Übergriffe hatten im Laufe der Jahre aus mir eine Art Unberührbare gemacht, und ich durfte nur angefasst werden, wenn ich es erlaubte und denjenigen liebte.

Die Überquerung der Grenze hat immer etwas Komisches. Um zwei Teppiche durch den Zoll zu bringen, mussten für einen angeblichen »Zollbeleg« ein paar Scheine hingeblättert werden. Diese theaterreife Szene, die mich eigentlich zum Lachen hätte bringen müssen, machte mich fuchsteufelswild.

»Mama! Musstest du diese Teppiche unbedingt in Frankreich kaufen? Und wieso gleich zwei?«

»Für die Verlobung! Einer für uns, einer für Moussas Familie! So will es die Tradition!«

»Also dann zahl ihn, diesen Typen!«

»Auf keinen Fall! Er war unhöflich zu mir! Das macht mich ganz krank, wenn mir etwas zustößt ...«

»Hör auf! Du wirst dir deshalb nicht gleich das Gesicht zerkratzen!«

Ich hätte Lust gehabt, auf jemanden einzuschlagen, sogar auf sie, damit sie endlich begriff, was der Respekt mir verbot, nämlich einfach hinaus zu schreien: »Auch in Marokko gibt es Teppiche, und zwar viel schönere! Warum gehst du uns mit diesem Ramsch auf die Nerven, den du für dreihundert Francs auf einem Markt gekauft hast? Billige Fälschungen aus Acryl!«

Aber es war »ihr« Teppich. Am Ende blätterte mein Vater das geforderte Schmiergeld hin. Das musste er, denn andernfalls hätte man uns noch Stunden aufgehalten und die Teppiche konfisziert. Aber auch er diskutierte ohne Ende herum: die Hochzeit, die Familie, dies und das ... Ich hätte auf ihn einschlagen können, damit auch er endlich kapierte, was auszusprechen der Respekt mir verbot: »Warum dieses ganze Theater? Du weißt doch, dass du am Ende die Rechnung bezahlst! Auch das ist eine Frage des Protokolls. Sie halten uns für reich, weil wir aus Frankreich kommen.«

Meine Mutter hatte alles mitgebracht: das Auto war vollgeladen: Orangensaft, Obst, Mandeldragees ...

Und darüber hinaus ihre Tochter, wie ein Paket!

Und auch das wollte die Etikette: Bald nach unserer Ankunft kamen die Eltern des Zukünftigen zu uns, um den Heiratsantrag offiziell zu stellen. Die Schwiegermutter war eine Furie! Sogar meine Mutter warf ihr einen misstrauischen Blick zu. Buntes Kopftuch, Tätowierungen auf Stirn, Nase und Kinn. Böser Schlangenblick, mit dem sie ihre Umgebung beobachtete, und in diesem Falle mich!

Der Vater in weißer Dschellaba, weißer Kappe und Babuschen sah dagegen sympathisch aus. Das waren offensichtlich wohlhabende, aber ganz einfache Leute, und ich fand heraus, dass mein Schwiegervater ein außergewöhnlich freundlicher und ruhiger Mensch war. Auch meine zukünftigen Schwäger waren nett, ich hatte an ihnen nichts auszusetzen. Moussa war in seiner Familie der Letzte, der heiratete. Sein ältester Bruder, der vor nicht allzu langer Zeit geheiratet hatte, hatte bereits die Scheidung eingereicht, weil seine Ehefrau seiner Mutter nicht zusagte! Ein schlechtes Zeichen! Sie gehörte zu jener Sorte von Schwiegermüttern, die ihre Schwiegertöchter ausnahmslos verachten. Schon bald kam ich hinter die sie betreffenden Familiengeheimnisse. Von ihrem ersten Ehemann verstoßen, hatte sie das Glück gehabt, diesen Mann in zweiter Ehe zu heiraten, weil er mit der Familie verwandt war und die Ehre wiederhergestellt werden musste. Sie verspürte wohl den Wunsch, sich zu rächen, indem sie dafür sorgte, dass ihre Söhne ihrerseits ihre Ehefrauen verstießen.

Sie musterte mich von Kopf bis Fuß. Ich hatte den Eindruck, dass sie mit ihren kleinen stechenden Augen jedes Detail meines Gesichts betrachtete. Mein Vater war

in ihrer Anwesenheit verlegen, denn sie gefiel ihm auch nicht – ihre Bösartigkeit stand ihr ins Gesicht geschrieben. Mein Schwiegervater war das absolute Gegenteil, sein Verhalten war tadellos und sehr respektvoll. Von Anfang an mochte ich diesen Mann sehr.
Ich sagte Guten Tag. Hielt mich an die Etikette. Dann zog ich mich in die erste Etage des Hauses zu meiner Tante zurück, und sie bekamen mich nicht mehr zu Gesicht. Bei dieser Art von Verhandlungen, vor der Unterzeichnung im Beisein der »Adouls« (ein Adil ist nach islamischem Recht eine Art Notar), spricht man ohnehin nicht mit dem Mädchen. Man redet über Geld, Schmuck, Teppiche, das Essen, aber nicht über die Braut.
Zum Glück hatten wir vor, meinen Großvater mütterlicherseits in den Bergen zu besuchen, ein Ausflug, der mir gut tun würde, da ich diesen Mann sehr gern hatte. Ich verbrachte einen Tag und eine Nacht im Berbergebiet. Es regnete, und in den Bergen war es schlammig, das Auto blieb stecken, meine Mutter verstauchte sich den Knöchel und verlor ein Schmuckstück ... Und wir mussten länger bleiben, als geplant war, während die Hochzeitsvorbereitungen drängten! Wäre ich abergläubisch gewesen, dann hätte ich behauptet, sämtliche Ampeln stünden auf Rot.
In dieser Nacht hatte ich einen merkwürdigen Traum. Ich trug einen goldenen Ring am Ringfinger. Und in diesem Traum tauchte ein ganz in Weiß gekleideter Mann mit einem langen weißen Bart und einem Turban vor mir auf und sagte zu mir:
»Leila, sei unbesorgt, ich werde immer da sein und dich beschützen, was auch passiert.«
»Du willst mich beschützen, aber es ist zu spät.«
»Sei unbesorgt, alles wird gut.«
Am nächsten Morgen befand sich dieser Ring, den ich, als ich zu Bett ging, am Ringfinger der linken Hand getragen hatte, an meiner rechten. Ich muss ihn mir im

Schlaf wohl abgestreift und an die andere Hand gesteckt haben.
Das Dorf meines Großvaters verließ ich mit dem Gefühl, in diesen zwei Tagen die letzten Ferien meines Lebens verbracht zu haben. Ich liebe den abgeschiedenen Ort in den Bergen. Zu sehr an den Luxus der Elektrizität und des fließenden Wassers gewöhnt, könnte ich dort nicht auf Dauer leben, aber bei diesem stolzen und unbeugsamen alten Mann fühlte ich mich sicher.
»Ist er gut, dieser Mann, den du heiraten wirst?«
»Er kommt aus einer guten Familie, Großvater ...«
Auch ihm gegenüber verbot mir der Respekt, mich zu beklagen. Er hätte mir nicht helfen können, ich war nur seine Enkelin, und mein Vater besaß die Autorität, nur er entschied über mein Leben.

Als wir wieder in die Stadt zurückkamen, erwarteten mich jede Menge Verpflichtungen in Zusammenhang mit dieser verdammten Hochzeit. Moussa musste mit mir den Ring und anderen Schmuck kaufen, den der zukünftige Ehemann seiner Verlobten traditionsgemäß schenken muss. Der Kummer hatte mich erschöpft, das musste meine Umgebung eigentlich bemerken, aber alle taten so, als sei alles in bester Ordnung. Meinem Vater gegenüber gab ich mich widerspenstig – noch immer in der Hoffnung, die Situation würde sich auf die eine oder andere Weise lösen.
»Ich will Moussa nicht begleiten, das soll er allein machen! Das ist mir egal! Ich kann nicht mehr.«
»Aber wie soll er das denn machen? Du bist doch diejenige, die diese Ringe tragen wird!«
»Das ist mir piepegal! Macht doch, was ihr wollt, mir ist das schnuppe!«
Mir kam der Schutz meiner Tante zugute, die mein Vater zu sehr respektierte, als dass er mich vor ihren Augen geschlagen hätte. Außerdem war ich durch seine Schuld

einem Mann »versprochen«, er hatte nicht mehr das Recht, mich zu schlagen, und der andere hatte es noch nicht ...

»Leila! Zieh dich jetzt an, dann bringe ich dich zu Moussa! Du musst mit ihm zusammen diese Ringe kaufen gehen!«

»Ist es der Ring, der dich beschäftigt? Hier, da ist einer, der mir passt, Moussa kann mit diesem Muster kaufen, was er will, mir ist das egal.«

»Du gehst mit ihm!«

Ob versprochen oder nicht, ich lief Gefahr, Prügel zu kassieren, denn er war wütend und sich absolut im Klaren, dass ich ihn zum Narren hielt. Meine Tante gab mir diskret ein Zeichen, dass ich gehorchen solle. Aber ich weigerte mich kategorisch, allein mit Moussa diesen Schmuck kaufen zu gehen.

»Mein ganzes Leben lang habt ihr mir eingebläut, dass es sich nicht gehört, allein in Begleitung eines Mannes zu sein! Ich brauche eine Anstandsdame!«

Ich wollte bis zur letzten Sekunde den Kontakt mit ihm so weit wie möglich vermeiden.

»Du gehst da hin und machst jetzt die Tür zu!«

Er hatte mich in das Taxi neben meinen zukünftigen Ehemann geschoben. Ich war verlegen, denn ich war zum ersten Mal mit ihm allein, und dermaßen angespannt, dass mir alles wehtat. Um mich zu beeindrucken, hatte er sich sehr angestrengt, sich neu zu »stylen« – er war kaum wiederzuerkennen, richtig elegant, und er hatte sogar einen Regenschirm dabei, wahrscheinlich, um wie ein Gentleman zu wirken.

Ich denke, er spürte die ganze Verachtung, die ich für ihn empfand. Jedes Mal, wenn er sich mir zu nähern versuchte, wich ich angewidert zurück. Er genoss es, dass wir im Taxi so auf Tuchfühlung saßen, mich machte es fast krank. Bis jetzt hatte ich mich immer einer männlichen Schutzwand in Gestalt eines Bruders oder Onkels zwischen ihm und mir bedient. Solange eine Frau nicht

verheiratet ist, darf sie nicht einmal flüchtig von einem anderen Mann berührt werden. In diesem Taxi war ich eingezwängt, klebte beinahe an ihm. Hätte er sich nur gerührt, dann hätte ich ihm eine Ohrfeige verpasst, obwohl ich genau wusste, dass diese Farce von Hochzeit stattfinden und ich ihr nicht entkommen würde.
Ich hatte Anspruch darauf, dass uns eine Schwägerin von Moussa zu den Juwelieren begleitete, eine wohlhabende Frau, die es gewohnt war, Dienstmädchen herumzukommandieren, und die mich herablassend anstarrte:
»Ist das die Braut von Moussa?«
Sie hätte genauso gut sagen können: »Ist es etwa die da?«
Hätte ich mich nur an ihr abreagieren können ...
In den Augen dieser Leute, die ein sorgenfreies Leben führten, galt ich, aus Frankreich kommend und Tochter eines Arbeiters, nicht viel. Diese Frau war Lehrerin, ihr Vater Rektor der Universität, beide also in gewisser Weise »Kaviar-Intellektuelle«, und sie stand einem Mädchen aus einem einfachen Wohnviertel gegenüber, das eher daran gewöhnt war, das Geschirr zu spülen, als es zu benutzen oder alles auf dem Silbertablett serviert zu bekommen. Dennoch war es mir zu verdanken, dass Moussa ein weit wertvolleres Gut als die Silbertabletts seiner Familie erhalten würde. Nämlich Papiere für Frankreich!
Es war mir unmöglich zu essen und zu trinken: Je näher der Augenblick kam, desto mehr zog sich mir die Kehle zusammen. Vor dieser Einkaufstour durch die Juwelierläden hatte ich nur zwei Schlückchen Tee hinuntergewürgt. Die Aufgabe bestand darin, einen Ring zu finden, der mir gefiel, vor allem aber der Schwägerin! In Wahrheit haben wir nie die Wahlfreiheit, nichts gehört uns. Immer muss das Geschenk einem anderen gefallen. Genau genommen war die Schwägerin, wie ich schnell herausfand, mitgekommen, damit ich möglichst wenig kostete. Der zukünftige Ehemann mochte vielleicht

reich sein, knauserig war er in jedem Fall! Jedes Mal, wenn ich ein Schmuckstück sah, das mir gefiel, hieß es Nein. Deshalb sagte ich mir: »So, du gönnst es mir also nicht? Du wirst dich noch wundern! Zücke schon einmal deine Brieftasche!«

Der Juwelier nannte mir den Preis, und ich zog eine Schnute:

»Haben Sie nichts anderes? Es darf ruhig ein bisschen teurer sein, das macht nichts ...«

Moussa hielt sich im Hintergrund, und die Schwägerin verzog angesichts eines Rings für viertausend Dirham das Gesicht:

»Nein, der ist altmodisch, nimm lieber diesen da.«

Sie versuchte lediglich, ihm zweitausend Dirham zu sparen. Aber ich blieb stur, deshalb gingen wir zu einem anderen Juwelier, und die Schwägerin traf im Schaufenster ihre Wahl:

»Dieser da, der ist nicht schlecht. Ich erkundige mich nach dem Preis, wartet hier auf mich!«

Mit entschlossener Miene kam sie wieder heraus: »Er ist perfekt!«

Und ich stand vor dem Schaufenster und sagte verächtlich: »Es tut mir Leid, aber der gefällt mir überhaupt nicht.«

Es war ein Vergnügen, den beiden auf die Nerven zu gehen. Ich fand Gefallen an diesem Spiel und gab die »Diva«. Damit er einen hohen Preis bezahlen musste, denn in diesem Kleinkrieg zwischen ihm und mir ging es ums Geld. Das einzige Terrain, auf dem ich gewinnen konnte, denn er war wirklich knauserig.

Am Ende war ich zufrieden mit mir. Ich hatte einen der teuersten Ringe gewählt, einen Solitär als Verlobungsring und einen Ehering mit Brillanten. Für fast sechstausend Dirham, das ist in Marokko viel Geld, mehr als die Mitgift wert war!

Mehr konnte ich nicht herausschlagen. Hätte ich doch

nur zu Cartier gehen können! Dann hätte er mir sicher gesagt: »Geh zu deiner Mutter zurück ...« Außerdem kauften wir Armreifen und Ohrringe. Ich nahm sieben Goldarmreifen, jene, die am teuersten waren, und noch einen sehr breiten, dazu verschiedene Ohrringe. Dann noch Babuschen und Kaftane in allen Farben und mit Gold bestickt. Je mehr ich es auf die Spitze trieb, desto mehr bangte er um seine Brieftasche, das konnte ich spüren. Die Tradition wollte es, dass ich ihm seinen Ehering schenkte. Das hatten mir meine Cousinen gesagt, aber ich hatte absichtlich kein Geld mitgenommen.
Und normalerweise trägt ein guter Moslem keinen Goldring, er muss sich gewöhnlich mit einem einfachen Ehering aus Silber begnügen. Ich wählte einen aus Gold für zweihundert Dirham anstatt eines silbernen für dreißig ... Und er musste ihn selbst bezahlen: »Das habe ich nicht gewusst, tut mir Leid ...«
Als wir zu meiner Tante zurückkehrten, ließ ich die beiden stehen, ohne mich zu verabschieden oder zu bedanken. Einfach schändlich!
In der folgenden Nacht konnte ich nicht schlafen, ich weinte in den Armen meiner Tante, die ebenfalls weinte: »Ich will nicht heiraten.«
»Ach, wenn ich dir doch nur helfen könnte.«
Am nächsten Morgen sah ich schrecklich aus. Ich wurde gezwungen, zum Friseur und in den Hammam zu gehen. Unter Missachtung sämtlicher Regeln machte ich mich alleine auf den Weg. Ich wollte vor der Schlussszene, die mich mit diesem Fremden verbinden sollte, wenigstens ein bisschen allein sein.
Danach flüchtete ich mich wieder zu meiner Tante, denn dort war ich fürs Erste in Sicherheit. Meine Mutter war mit den Besuchern beschäftigt. Ich hörte den Lärm, meine Schwiegermutter lachte immer wieder laut auf. Alle waren zufrieden und fanden es merkwürdig, dass ich mich derart zurückzog und so traurig war.

Deshalb stufte man mich in die Kategorie des schamhaften jungen Mädchens ein, der Jungfrau, der es nahe ging, ihre Eltern zu verlassen. Das war einfacher, als sich zu fragen, warum ich litt und warum ich nur allzu offenkundig Widerstand leistete. Ich war das Schaf, das man am Festtag des Ramadan opfert: Nachdem sie mich in die Ecke gedrängt hatten, würden sie jetzt das Messer ziehen und mir die Kehle durchschneiden.
Natürlich fand das Ganze ohne mich statt. Man hält die Braut im Hintergrund wie einen unantastbaren Schatz. Erst im letzten Moment zeigt man sie der Öffentlichkeit. Moussa kam und setzte sich neben mich. Verlegen zog sich meine Tante zurück, und hinterhältig versuchte er, mich zu küssen.
»Nein, es tut mir Leid, wir sind noch nicht verheiratet.«
»Ich verstehe dich nicht ..., aber das geht bald vorüber.«
Er machte einen verärgerten Eindruck, doch er ging, und ich brach erneut angewidert in Tränen aus. Er glaubte wohl, er hätte mich mit seinem Schmuck gekauft, sicher dachte er: »Ich habe bezahlt, ich kann sie anfassen!«
Als mein Vater zu mir kam, flehte ich ihn an, ich küsste ihm die Hände, die Stirn, die Füße, ich fiel vor ihm auf die Knie:
»Papa, ich flehe dich an, ich will nicht heiraten ... Papa, ich will nicht heiraten ...«
Ich lag wie eine Sklavin vor ihrem Herrn auf dem Boden und weinte, denn das war die allerletzte Möglichkeit, das Schlimmste noch abzuwenden.
»Mach dir keine Sorgen, mein Kind, alles wird gut.«
Und er ging hinaus, ohne die geringste Rührung zu zeigen. Er liebte mich nicht. Keiner liebte mich. Ich dachte an Kader, der mich geliebt hatte und den ich Idiotin zurückgewiesen hatte aus Angst, mich mit einer zänkischen Schwiegermutter zu belasten, aus Angst, meine Eltern mit dem kleinen Problem seiner Herkunft zu konfrontieren ... Die Schwiegermutter, die mich unten er-

wartete, würde mir das Leben zur Hölle machen, und ihr Sohn ebenfalls.
Kader ... hätte er unten auf mich gewartet, dann hätte ich mich nicht so aufgeführt, denn Kader war gut aussehend, zärtlich und aufmerksam – ich wäre glücklich gewesen ...
Ich saß allein in meiner Ecke und wartete, dass man mich spät am Abend holte – gekleidet und frisiert wie eine Puppe, die man aus ihrer Schachtel hebt.
Es war die reinste Selbstaufgabe. Ich war nicht mehr ich selbst. Ich würde fast so weit gehen zu behaupten, dass die echte Leila tot war. Übrig blieb nur noch eine Art Phantom. Die Tanten und meine Cousinen begleiteten mich mit ihren schrillen Jubelschreien. Meine jüngste Cousine trug eine große brennende Kerze. Ich senkte den Blick, denn ich konnte es nicht ertragen, die Leute um mich anzusehen.
Alle musterten mich von Kopf bis Fuß, meinen Kaftan, meinen Schmuck – jenen, den mir mein Vater geschenkt hatte, denn ich trug den meiner Schwiegerfamilie noch nicht. Und die Frauen zählten die Schmuckstücke, wahrscheinlich schätzten sie so den Preis ein, den eine Tochter ihrem Vater wert ist!
Für diese Gelegenheit hatte meine Mutter allen Schmuck hervorgeholt. So viele Armreifen und Ringe, dass ich sie gar nicht alle tragen konnte. Außerdem hatte ich Henna auf den Händen und Füßen. Man hatte mich geschmückt, allerdings nur so wenig wie unbedingt nötig, weil ich das übliche Zeremoniell abgelehnt hatte. Hätte ich mich für die üblichen Festlichkeiten entschieden, dann hätte man Musik gespielt, gesungen, und junge Mädchen hätten um mich herumgetanzt.
Man muss glücklich sein, um die prunkvollen Feierlichkeiten einer marokkanischen Hochzeit genießen zu können.
Die Adouls lasen aus dem Koran. Sie hatten den Sessel

bereits an die Stelle gebracht, an der ich die Heiratsurkunde unterzeichnen musste. Ich hatte nichts zu sagen. Es ging schließlich nur darum, vor ihren Augen ein Dokument zu unterschreiben und damit die Eheschließung zu besiegeln. Ein verdammtes Papier, das Einzige, das in Marokko zählt.
Auf Arabisch stand schon alles da: »Die Tochter des Soundso gibt an, ledig und Jungfrau zu sein, und geht hiermit für eine Mitgift von ... in den Besitz des Sohnes von Soundso über ...«
Achthundertfünfzig Dirham war ich wert. Ein Dirham entspricht in etwa einem Euro. Ich war also nicht sonderlich teuer.
Der Vater wird gefragt: »Sind Sie bereit, Ihre Tochter diesem Mann zu geben?« »Sind Sie mit der Höhe der Mitgift von achthundertfünfzig Dirham einverstanden?«
»Der Ehemann erklärt, dass die Braut seines Wissens Jungfrau ist. Unterzeichnen Sie hier!«
Nun, das ist eine Aussage, deren sich die Männer niemals sicher sein können. Und wenn die Frau nicht mehr Jungfrau ist, weil sie schon einmal verheiratet war, dann muss das wie ein Makel festgehalten werden: »Nicht mehr Jungfrau.«
Der glückliche Vater unterschreibt, dann seine Tochter, aber nicht die Mutter. Und schließlich der Ehemann. Man reicht mir ein Bündel Geldscheine, das ist die Mitgift, und ich hätte große Lust, sie Moussa ins Gesicht zu schleudern. Wenn ich an diese Szene zurückdenke, frage ich mich immer: »Warum bist du in diesem Augenblick, deiner allerletzten Chance, nicht aufgesprungen und hast vor allen gebrüllt: Ich will diesen Mann nicht?« Das ist eine Frage, die mich mein ganzes Leben verfolgen wird.

Moussa unterschrieb mit einem zufriedenen Lächeln auf den Lippen. Meine Hände zitterten, als ich an der

Reihe war. Und der Fotograf machte seine Arbeit. Vor allem diesen Moment durfte er nicht verpassen. Ich war am Boden zerstört. Eines meiner Beine zitterte, ich hatte es nicht mehr unter Kontrolle. Nie in meinem Leben hatte ich eine solche innerliche Leere empfunden wie in diesem Augenblick. Mein Körper lebte, aber innerlich war ich tot. Während der obligatorischen Fotoaufnahmen mit allen Familienmitgliedern musste man wieder heucheln und lächeln, aber ich brachte kein Lächeln zustande. Auf all den Fotos sieht man nur ein weinendes Mädchen.

Die Feierlichkeiten dauerten bis vier Uhr morgens. Zwischendurch zog ich mich um, um einen der Kaftane mit den goldbestickten Babuschen zu tragen, die Moussa mir geschenkt hatte. Ich hatte vier kleine Brautjungfern, die ständig um mich waren. Und die Frauen scherzten:

»Leila, du wirst lauter Mädchen bekommen. Du weißt, was man sagt? Man sagt, dass eine Braut, die von kleinen Mädchen umringt ist, ihrem Mann Mädchen schenken wird. Deine Mutter hat fast nur Jungs bekommen, und du wirst nur Mädchen zur Welt bringen!«

Man führte mich zu einem Sessel an eine Tafel, die mit einem weißen Tischtuch bedeckt war, und er saß neben mir auf einem Sessel. Der König und die Königin des Tages auf ihrem Thron.

Er steckte mir den Ring an den Finger, man reichte mir Milch und Datteln, die Symbole des Reichtums und der Fruchtbarkeit.

Und das war der einzige Augenblick in diesem Albtraum, an dem ich ein spöttisches Lächeln hervorbrachte. Normalerweise muss der Ehemann ein kleines Stück von der Dattel abbeißen, die ihm die Braut reicht. Aber dieser Trampel aß sie ganz auf. Ich musste ein nervöses Lachen unterdrücken, denn um ein Haar wäre ich wieder in Tränen ausgebrochen.

Diese erste Zeremonie verband mich für immer mit diesem Mann, ich war verloren, tatsächlich verheiratet. Dennoch kam mir das Ganze falsch und irreal vor, vielleicht weil ich noch immer das Recht hatte, ihn zurückzuweisen und meine Jungfräulichkeit bis zu dem anderen Zeremoniell zu bewahren, dem riesigen Fest, das meine Eltern im Sommer organisieren wollten. An dessen Ende mich eine Hochzeitsnacht ohne Liebe erwarten würde.

Die Sache mit dem Fluch

Ich hätte das zufriedenste Mädchen und die glücklichste Jungvermählte der Welt sein können, hätte ich von Anfang an begriffen, wie viel Liebe mein Vater für mich empfand.

Seit meinen Teenagerjahren versuchte ich, meinem Vater mit dem von unserer Religion gebotenen Respekt, denn wir sind gläubig, begreiflich zu machen, dass er mir vertrauen konnte. Das hatte ich eindeutig falsch angestellt: »Lasst mich in Ruhe, verschwindet, ich brauche keinen Aufpasser, der mir unentwegt nachspioniert, um herauszubekommen, wie ich mir die Haare knote, mit wem ich mich unterhalte und welche Unterwäsche ich trage!«

Wie Souria und so viele andere junge Mädchen fühlte ich die permanente Angst um die Stellung als Frau auf mir lasten. Der weibliche Körper ist von Natur aus eine Sünde, ein Mädchen existiert in den Augen des Vaters nur als Dienerin im Haushalt, als Gefangene und als Geschenkverpackung ihrer Jungfräulichkeit für den Mann, den er, der Vater, für sie aussucht. Zum Glück gehörte ich nicht zu jenen, die gezwungen werden, sich zu verschleiern, oder die den Schleier freiwillig tragen, um ihre Ruhe zu haben, dennoch war mein Leben von Anfang an die Hölle. Ich hatte vergeblich gekämpft, jetzt war ich verheiratet.

Ich schämte mich dermaßen, dass ich nach meiner Rückkehr nach Frankreich weder meiner besten Freundin noch sonst irgendjemandem davon erzählte und so lebte, als wäre ich noch immer ledig.

Dennoch saß ich durch den vor den Adouls geschlossenen Ehevertrag in der Falle. In Marokko brauchte man, wollte man sich scheiden lassen, noch immer die Zustimmung des Ehemanns. Der Mann, der seine Frau verstieß, konnte sie dagegen ohne jeglichen Unterhalt

vor die Tür setzen, der Verachtung der anderen preisgeben, ihr manchmal auch ihre eigenen Kinder wegnehmen – und sie hatte die »Schande« der Familie und ihrer Gemeinschaft zu tragen.
König Mohammed VI. erließ jüngst im Jahr 2004 ein neues Gesetz: Es gewährt der Ehefrau die Möglichkeit, sich auf eigenen Antrag scheiden zu lassen, und garantiert ihr ihre Rechte. Aber zum Zeitpunkt meiner Eheschließung war das noch nicht der Fall.
Angenommen, ich weigerte mich, den mir aufgezwungenen Ehemann wiederzusehen, was im Prinzip möglich war (vorausgesetzt, ich konnte meinen Vater überzeugen), dann konnte Moussa in Marokko ein Verfahren einleiten, das »Rückkehr ins eheliche Heim« genannt wird. Man würde nach mir fahnden, und sobald ich meine Familie in Marokko besuchen oder einfach meine Ferien dort verbringen würde, würde man mich an der Grenze festnehmen, vor den Richter zerren, und Moussa könnte mich abholen, mich bei seinen Eltern einsperren oder verstoßen.
Das war es, was ich als Spinnennetz bezeichnete, ein Labyrinth, aus dem ich vergeblich einen Ausweg suchte.
Moussa rief regelmäßig bei uns zu Hause an, um das Terrain zu sondieren und den Ehemann zu spielen.
»Wie geht es?«
»Es geht so.«
»Du hast alles, was du brauchst?«
»Ja.«
Vor allem brauchte ich nichts von ihm. Er schickte mir auf Französisch Liebesbriefe und schrieb »ich liebe dich«, »du fehlst mir so sehr«. In sehr gutem konventionellem Französisch, ziemlich lächerlich und steif. Als der erste Brief ankam, überreichte ihn mir mein Vater feierlich, und meine Mutter insistierte: »Es gehört sich, dass du Moussa antwortest! Es ist unhöflich, nicht zu antworten! Er wird sich freuen, etwas von dir zu hören.«

Ich antwortete mit vier Zeilen, ein paar lächerlichen, albernen Worten.
»Es ist alles in Ordnung, die Familie lässt dich grüßen, Ciao!«
Solange er weit weg war, hatte ich meine Ruhe, ich arbeitete nun wieder in einer Fabrik, und eines Tages nahm ich meinen ganzen Mut zusammen und erzählte Souria, dass ich verheiratet war. Ich hatte mich in letzter Zeit ein wenig rar gemacht, um ihr das nicht beichten zu müssen, aber wir hatten uns unseren Kummer wie auch unsere kleinen Freuden immer brühwarm mitgeteilt, und jetzt versuchte meine Familie unter dem Vorwand, dass ich ja verheiratet sei, mich von ihr fern zu halten. Sie bemühten sich, sie in meinen Augen schlecht zu machen, denn ihr »Ruf« sei mit meiner neuen Stellung nicht mehr vereinbar.
»Mama, ich gehe ...«
»Wohin?«
»Nur ein bisschen Luft schnappen!«
»Komm unverzüglich zurück und gehe nirgendwo hin!«
Was für ein ulkiger Satz! »Unverzüglich zurückzukommen, während man gar nirgendwo hingegangen war ...«
Solche Dinge kannte ich zur Genüge, aber ich versuchte nicht einmal mehr, mir darüber den Kopf zu zerbrechen.
Souria wohnte schließlich nur fünf Minuten von uns entfernt im gleichen Viertel.
»Leila! Was war denn mit dir los? Warst du krank?«
»Nein, nein, die Arbeit und Zoff mit meinen Eltern ... Das hört wohl nie auf!«
»Trotzdem, du hättest dich mal melden können.«
»Ich erzähle es dir, es ist ziemlich kompliziert.«
Bevor ich mich in aller Ruhe mit ihr unterhalten konnte, musste ich ihrer Mutter und ihren Schwestern die obligatorischen protokollarischen fünf Minuten opfern.
Flüsternd berichtete mir Souria von ihrem Freund, mit dem sie sich noch immer heimlich traf. Ich schwieg und

lauschte ihrem ausführlichen Bericht über ihr Doppelleben, und insgeheim beneidete ich sie, dass sie den Mut dazu aufbrachte.
Stets achteten wir darauf, dass niemand hinter ihrer Zimmertür lauschte. Das tun die Eltern nämlich besonders gern, um zu hören, was ihre Töchter den Freundinnen erzählen.
Souria ging es gut, sie arbeitete, hatte ihren Führerschein gemacht und sich ein Auto gekauft. Das war der Inbegriff von Freiheit. Ich hörte ihr zu und dachte: »Nun, für mich ist das alles vorbei! Sie hatte es nicht einfach, aber sie hat es geschafft, ich nicht.«
»Du bist komisch, Leila, du bist wirklich komisch. Was hast du denn? Willst du mir nicht endlich sagen, was los ist? Du hast dich verändert, du siehst sogar anders aus! Normalerweise quasselst und lachst du. Ich habe fast den Eindruck, du bist nicht mehr die Leila, die ich kenne.«
Ich wusste nicht, wie ich mit der Beichte meiner Niederlage beginnen sollte.
»Weißt du, ich war in Marokko.«
»Warum hast du mir das denn nicht gesagt? Und warum warst du im Winter in Marokko?«
»Hm ... die Wahrheit ist ..., dass ich geheiratet habe.«
»Warte, sag das nochmal langsam ...«
»Souria, ich hab geheiratet.«
»Willst du mich verarschen?«
»Nein, Souria, ich hab geheiratet.«
Und vor Scham fing ich an zu heulen. Ich hatte gerade gesagt, dass »ich« geheiratet hatte, als hätte ich das gewollt, als hätten nicht vielmehr »meine Eltern mich verheiratet«. Aber Souria war ja nicht dumm.
»Aber wo hast du ihn hergezaubert, diesen Typen? Du hast mir nie von ihm erzählt!«
Ich log weiter.
»Das ist ein Typ, den ich jeden Sommer getroffen habe,

mit dem ich hin und wieder ausgegangen und dem ich dieses Jahr wieder über den Weg gelaufen bin. Ja und dann ... hat er um meine Hand angehalten.«

»Hm, aber du hast mir nie von ihm erzählt ...«

»Das war eine Sommergeschichte, das ist schon lange gelaufen.«

Sie schaute mich stirnrunzelnd an und versuchte, sich davon zu überzeugen, dass es tatsächlich um Liebe ging, aber ich hatte die magischen Wörter nicht ausgesprochen, und ich konnte nicht verhindern, dass mir wieder Tränen in die Augen stiegen.

»Aber du bist trotzdem glücklich?«

»Natürlich bin ich glücklich.«

Sie ist schrecklich, diese Scham, die wir ständig empfinden. Die Scham, geschlagen zu werden, die Scham, zu Hause eingesperrt zu sein, die Scham, verheiratet worden zu sein. Die Scham, andere Menschen anzulügen. Die Scham, nicht den Mut und die Mittel zu finden, um mit zwanzig Jahren »Adieu« zu sagen und die Tür hinter sich zuzuknallen.

Souria tat so, als glaube sie mir, und fragte nicht weiter nach.

Und als ihre Mutter die Hennaspuren auf meinen Händen und den Ring an meinem Finger sah, konnte sie es sich nicht verkneifen, vor ihrer Tochter loszujubeln: »Meinen Glückwunsch, du bist verheiratet? Ich werde deine Mutter anrufen und ihr gratulieren! Hast du es gesehen, Souria? Hast du gesehen, dass Leila geheiratet hat?«

Als wolle sie sagen: Über sie wird man zumindest nicht so schlecht reden können wie über dich!

Sourias Vater war tagsüber dauernd in der Moschee und bekam nicht mit, was seine Tochter machte, aber am Abend mäkelte er an allem herum: an ihrer Schminke, ihrer Kleidung, ihrer Frisur, und ihre Brüder übertrieben es wirklich. Einer von ihnen bewachte sie offiziell, seit

sie wegen ihrer schweren Verfehlung an ihr Bett gefesselt worden war, und sie war ständig auf der Hut vor ihm. Aber Souria hatte einen anderen Charakter als ich, wir hatten nicht die gleiche Kindheit gehabt, und am Ende lebte sie ganz zufrieden in dieser Welt der Inquisition.
»Leila, mach dir keinen Kopf!«
Das war ihr Lieblingsausspruch, da ich mir tatsächlich seit Jahren einen Kopf und mich ganz verrückt machte. Ich wollte meine Eheschließung so lange wie möglich geheim halten, vor allem vor meinen Kollegen in der Fabrik, deshalb log ich wie gedruckt. Selbst als Moussa für zwei Monate zu uns kam, behandelte ich ihn, als sei er Luft. Oder irgendein entfernter Verwandter. Meine Mutter sagte ständig zu mir: »Geh zu deinem Mann!«
»Aber ich bin noch nicht mit ihm verheiratet. Und überhaupt, wann opfert man seine Jungfräulichkeit?«
»Am Tag der Hochzeit.«
»Also, dann tut es mir Leid, ich bin mit ihm noch nicht verheiratet.«
»Gut. Und pass vor allem auf, dass du ihm nicht vor der Hochzeit nachgibst. Wenn er dir sagt, dass du seine Frau bist, dann hör nicht auf ihn!«
»Nein, mach dir keine Sorgen, Mama.«
Ein weiterer Widerspruch: »Geh zu deinem Mann ... aber wenn er will, dass du seine Frau bist, dann sag Nein!«
Meine Eltern waren deshalb dieses eine Mal mit mir einer Meinung, weil der Ehemann nach dieser marokkanischen Zeremonie es sich, nachdem er mich benutzt hat, noch immer anders überlegen und mich verstoßen konnte. Dieses Argument half mir in dieser Phase, mich von ihm fern zu halten. Denn natürlich schlug er mir vor, mit ihm zu schlafen. »Du bist jetzt meine Frau, es ist doch egal, ob wir es jetzt tun oder später ...«
An diesem Tag wurde ich richtig sadistisch.
»Du liebst mich?»
»Ja.«

»Du liebst mich so sehr, dass du bereit wärst, mir die Füße zu küssen?«
»Ja, ich bin bereit, dir die Füße zu küssen, ich tue alles, was du willst ...«
»Dann mach es!«
Und er tat es tatsächlich, dieser Idiot! Genau in diesem Augenblick kam meine Mutter ins Wohnzimmer.
»Das stelle man sich mal vor! Ein Mann, der dir die Füße küsst, der muss dich wirklich sehr lieben!«
Arme Mama. Ich glaubte keine Sekunde an Moussas angebliche Liebe.
Aber damals wollten sich meine Eltern, auch um sich selbst zu entlasten, nicht vorstellen, dass er mich nur der Papiere wegen heiraten wollte, und er erzählte ihnen das Gleiche wie mir.
»Ich überlasse ihr die Entscheidung, ob wir in Frankreich oder in Marokko leben.«
Jedenfalls redete er nicht mehr von Spanien, wo er ja angeblich gearbeitet hatte. Ich bekam nie heraus, was er dort getan hatte; zumindest besaß er keine Aufenthaltserlaubnis für Spanien.
Ich schickte ihn fort, er solle woanders schlafen, aber er kam immer wieder auf dieses Thema zurück, und da ein Mädchen »darüber« nicht mit ihrem Vater spricht (das wäre »schändlich«), wusste er, dass ich mich nicht beschweren würde. Ich musste zusehen, wie ich mit seinen Avancen selbst fertig wurde.
»Ich bin noch nicht deine Frau, also rühr mich nicht an! Was mache ich, wenn deine Mutter am Hochzeitstag das Blut sehen will?«
»Aber nein, mach dir keine Sorgen! Ich entscheide, und sonst niemand.«
Zum Glück waren wir nicht oft allein. Ich arbeitete noch immer, allerdings tagsüber. Es gab keine Nachtarbeit mehr, ich hatte abwechselnd vormittags und nachmittags Schicht. Zur Frühschicht verließ ich um halb fünf

das Haus und kam um halb zwei zurück. Für die Spätschicht ging ich um zwölf Uhr und kehrte um neun Uhr abends wieder nach Hause zurück. Aber da Moussa in seinen Bemühungen nicht nachließ, jagte mir die Aussicht auf die berühmte »Hochzeitsnacht« zunehmend Angst ein. Wie immer haderte ich mit dem Schicksal, das mich erwartete.

Die Hochzeit in Marokko mit der großen Zeremonie und Feier war für die kommenden Ferien vorgesehen, da meine Eltern im Winter keine Zeit hatten, sie zu organisieren. Eine Hochzeitsfeier kostet bei uns immer ein Vermögen, und die Familien verschulden sich gewöhnlich, um ein unvergessliches Fest auszurichten. Für manche Mädchen ist das wirklich der schönste Tag in ihrem Leben. Aber mit meiner Einstellung sah ich nur die negativen Seiten dieses Zeremoniells.

Dabei wird alles ganz genau unter die Lupe genommen: die Braut, der Bräutigam, wie sie sich kennen gelernt haben, die aufgetischten Speisen, der Schmuck und die Kleider. Die Gäste wollen alles genau wissen, um es dann weiterzuerzählen. Und ständig wird man kritisiert, egal, was man tut. Man könnte ihnen das Essen auf goldenen Tabletts servieren, und sie hätten dennoch etwas auszusetzen, und sei es die Art und Weise, wie das Brot geschnitten ist.

Sie wollen alles ganz genau wissen. Ist der Bräutigam oder die Braut im Ort fremd, dann ist es noch schlimmer. Man fühlt ihnen gründlich auf den Zahn. Er ist gut aussehend, sie hässlich oder umgekehrt – und am Ende wird das Urteil gefällt. Er ist ein schöner Mann, sie ein »Trampel«. Und die Familien werden danach eingeschätzt, wie viel Geld sie ausgeben.

Auf diese Weise entstehen die Reputationen, das, was über diese Hochzeit erzählt, was durch den Klatsch verbreitet wird. Und gelegentlich bildet sich eine Reputation heraus, die für die Mutter der Familie ganz entsetz-

lich ist. Denn sie ist diejenige, die für diese »Zurschaustellung« verantwortlich ist.
»Stell dir vor, Frau Soundso hat eine ganz erbärmliche Hochzeit ausgerichtet! Ehrlich, ich an ihrer Stelle hätte lieber gar nichts getan, denn das war den ganzen Abend der reinste Basar ...«
Oder aber: »Sie hat es so wie die Franzosen gemacht, da hätte sie besser gar nichts getan!«
Französisch, das bedeutet eine gewisse Art von Einfachheit – marokkanisch, das ist eine Form von »Tausendundeine Nacht«.
Bis zur großen Hochzeitszeremonie, die zur Hochzeitsnacht führt, hatte ich also recht problemlos dem sexuellen Drängen des bis dahin mir nur auf dem Papier angetrauten Ehemanns widerstanden. Aber am Ende brannten mir die »Sicherungen durch«, was heißen soll, dass ich nervlich zusammenbrach.
Auslöser war ein trauriges Ereignis gewesen. Der Vater einer meiner Freundinnen aus frühester Kindheit war gestorben, und ich hatte stets großen Respekt vor diesem Mann gehabt. Beim traditionellen Kondolenzbesuch sah ich zum ersten Mal in meinem Leben einen Toten. Ich kannte diesen Mann seit meiner Geburt und hatte das Gefühl, dass mit ihm eine ganze Welt mit all ihren Hoffnungen dahin war.
Die Familie eines Verstorbenen empfängt stets viele Besucher, es herrscht ein ständiges Kommen und Gehen, man serviert Tee, und alle Mädchen helfen beim Servieren und Abspülen. Ohne mir dessen klar zu sein, machte ich mich wie eine Besessene daran, aufzuräumen, zu spülen und abzutrocknen. Sobald ein Glas dastand, musste ich es wie wild spülen. Plötzlich sagte ich mir: »Ich drehe noch durch!«
Keiner bemerkte, dass es mir nicht gut ging, mir wurde schwindlig, ich hatte das Gefühl zu ersticken und brauchte dringend frische Luft.

Ich versuchte, mit einer Freundin über mein Unwohlsein zu spaßen: »Nana! Ich bin total aufgedreht. Man hat mich wohl gedopt wie einen Radrennfahrer!«
Sie lachte ebenfalls, meinte aber, dass ich ganz blass sei ... Sie führte mich in die Eingangshalle ihres Wohnblocks, damit ich mich ein bisschen erholen konnte, aber als ich auf der Treppe saß, ging es mir immer schlechter. Mein Kopf wurde schwer, so schwer, dass ich ihn nicht mehr gerade halten konnte.
»Nana, mir geht es nicht gut, mir geht es nicht gut ...«
»Hör auf, du jagst mir ja allmählich Angst ein.«
Sie fing an, Scherze zu machen und über Dschinns zu reden, die Geister der Verstorbenen, die mich wohl meiner Sinne beraubten ...
Plötzlich wurde ich von einem hysterischen Lachanfall geschüttelt und hatte das ganz deutliche Gefühl, den Kontakt zur Realität zu verlieren, ich war übergeschnappt, man hatte mich um den Verstand gebracht, meine Beine trugen mich nicht mehr, man hatte mich zerstört, und dieses Mal konnte ich dem nichts entgegensetzen, um am Leben zu bleiben – ich war am Ende.
Nana, die bei meinem Anblick von panischer Angst erfüllt wurde, führte mich wieder hinein. Wie ein Zombie, mit hängenden Schultern und einem Körper, der den Kopf nicht mehr tragen wollte, schwankte ich ins Badezimmer, um mir Wasser ins Gesicht zu spritzen.
Als ich vor dem Waschbecken stand und meinen armen Kopf hob, hatte ich, obwohl ich mich nicht von der Stelle gerührt hatte, das Gefühl, dass mich ein unglaublich starker Windstoß gegen die Wand drückte und dann zu Boden warf. Ich fiel hin und blieb wie ein Fötus zusammengekauert liegen, ich schrie, brachte aber keinen Ton heraus! Ich war mir sicher, dass mein Mund nicht mehr an seinem Platz, sondern verrutscht war. Das jagte mir am meisten Angst ein. Dazu die Tatsache, dass ich meine Beine nicht mehr spürte. Es handelte sich um

einen tetanischen Anfall, den ersten in meinem Leben. Er dauerte den Rest des Tages und eine ganze Nacht an, weil niemand einen Arzt rief.
Sie meinten, ich sei Geistern zum Opfer gefallen. Der Imam las im Koran, man besprenkelte mich mit Wasser, während ich fantasierte, und alle hielten mich für besessen ...
In meinem Delirium faselte ich tatsächlich von Toten und sagte, sie würden mich umringen, man müsse verhindern, dass sie mir meine Seele rauben.
Im Nachhinein glaube ich, dass ich damals unbewusst sterben wollte, damit ich von diesem Leben befreit würde, das mir den Frieden und das Glück versagte! Damals versuchte ich nicht, weiter nachzuforschen und Amateurpsychologie zu betreiben, denn dann hätte ich mich behandeln lassen müssen, und das kam gar nicht in Frage. Die Geister gehören nicht zum Fachgebiet eines Arztes ...
Nana berichtete mir später von all diesen Vorgängen, denn ich konnte mich an gar nichts erinnern, bis auf diesen Wirbelwind, der mich zu Boden warf und die Füße unter mir wegriss, an meinen verzerrten Mund und meine zusammengekauerte Haltung.
Als ich wieder zu mir kam, stand ich noch unter dem Eindruck dieses Horrors und hoffte, ihn nie mehr durchmachen zu müssen. Aber leider sollte ich ihn später wieder erleben.
Ich glaubte, ich sei verrückt geworden. Aus Scham wollte ich nicht zum Arzt gehen, denn er hätte mir Fragen gestellt und herauszufinden versucht, was in meinem Leben nicht in Ordnung war, und er kannte doch meine Eltern, meine ganze Familie. Aber er wusste nicht, dass man mich zur Ehe zwang, und ich hatte Angst, meine Eltern könnten in ein schiefes Licht geraten, falls er diagnostizierte, dass mein »Leiden« dadurch ausgelöst wurde.

Ich kapselte mich also selbst in meine Scham und Demütigung ein, denn ich konnte mir nicht vorstellen, dass irgendein Außenstehender mir helfen und mich retten könnte. Das können nichtmoslemische Franzosen nicht verstehen. Denn sie vertrauen auf die Medizin, während meine Familie noch Lichtjahre davon entfernt ist, das überhaupt in Betracht zu ziehen – und in meinem Fall hätte man von einer psychosomatischen Reaktion und von Depressionen gesprochen, von Kalzium- und Magnesiummangel oder von der Notwendigkeit, psychologische Hilfe in Anspruch zu nehmen. Aber wir haben es leider noch mit schwarzer Magie zu tun, mit Dschinns und Flüchen, die die Körper der aufmüpfigen Frauen befallen.

Damals hatte mein Anfall keine medizinische Bezeichnung. Meiner Meinung nach hatte ich einfach den Verstand verloren, und meine Familie war der Ansicht, ich sei von Geistern besessen.

Die Leute in meiner Umgebung kamen bei der Betrachtung meines Falles zu folgendem Schluss: Sie ist verlobt, noch nicht verheiratet, niemals hätte sie das Haus eines Verstorbenen betreten dürfen. Eine Jungfrau ist für böse Geister eine leichte Beute. Sie wollen sie in ihren Besitz bringen. Man sagte mir sogar, dass ein Geist eine Jungfrau »heiraten« könne.

Es gibt männliche und weibliche Geister. Man macht aus ihnen, was man will! Bei jemandem, bei dem die Sicherungen durchbrennen, der psychologische Hilfe braucht, heißt es: »Der Arme, er ist besessen.« So will es die Kultur. In Marokko gibt es zwar Psychiater, aber nur für die wirklich Verrückten, jene, die in psychiatrischen Anstalten eingesperrt sind. Die anderen, die unter schlimmsten Depressionen leiden, bis sie gar nicht mehr sprechen können und einfach nur noch sterben wollen, die sind besessen.

Und so machten die anderen Frauen meiner Mutter Vorhaltungen: »Warum hast du sie dorthin gehen lassen? Warum hast du zugelassen, dass sie den Toten auf die Stirn geküsst hat?«

Ich konnte nicht mehr arbeiten und war schlichtweg am Ende. Mittlerweile war ich magersüchtig, trank nicht einmal mehr und erlitt zwei bis drei Mal in der Woche eine Nervenkrise, deshalb fasste ich selbst den Entschluss, zum Arzt zu gehen. Anlass: Erschöpfung. Diagnose: Depressionen. Die Antidepressiva halfen mir, auf komische Weise wieder aufzutauchen. Ich schwebte. Daher tat ich gar nichts mehr. Mir ging es gut in meiner Wattewelt, und alles andere war mir egal. Ich schlief fast die ganze Zeit, war zufrieden, aber nicht wirklich klar im Kopf, sondern high. Und ich magerte weiter ab. Ich sah schrecklich aus und war nur noch Haut und Knochen. Meinen Eltern hatte ich gesagt, der Arzt habe mir Vitamine verschrieben. Depressionen hätten sie nie akzeptiert. Und ich fürchtete, mein Vater könnte mir meine Medikamente wegnehmen, dieses Zaubermittel, das mich frei machte. Für ihn ist ein Antidepressivum eine Droge. Depressionen – so etwas gibt es nicht.

Deshalb war ich gezwungen, zu lügen und die Tabletten zu verstecken, die mir halfen, mein Gleichgewicht wiederzufinden. Aber ich war dermaßen »neben der Spur«, dass mir alles egal war. Und eines Tages drehte ich wirklich völlig durch. Meine Eltern hatten mich in ihrem Zimmer einquartiert, damit ich Ruhe hatte. In diesem verfluchten Zimmer, das in mir Erinnerungen an meine Demütigungen wachrief. Und die Leute kamen unter dem Vorwand, sich nach meinem Wohlergehen zu erkundigen, bei uns vorbei, als läge ich im Sterben. Sie wollten mit eigenen Augen sehen, ob die Geister mich nun befallen hatten oder nicht. Ich lag also im Bett, und zu allem Unglück hing direkt vor mir an einem Bügel das Hochzeitskleid an der Tür. Und um mich waren all

die Hochzeitsgeschenke bereitgelegt für den großartigen Tag, an dem ich heiraten würde!
Ich starrte dieses Brautkleid an, das sehr teuer gewesen war. Wie ein Zombie tapste ich in die Küche und holte mir ein Messer ... Ich wollte dieses Kleid »umbringen«! Aber meine Mutter hatte mich bemerkt und war mir ins Schlafzimmer gefolgt. Ich hatte das Kleid schon in der Hand, um es zu zerfetzen, als sie mir den Arm festhielt und meinen Vater zu Hilfe rief. Zu fünft oder sechst stürzten sie sich auf mich, um mich zu überwältigen und mir die Arme und Beine festzuhalten. Wie verrückt schlug ich um mich, ich war nicht richtig bei Sinnen und wollte nur eines: dieses verdammte Hochzeitskleid zerfetzen! Damit es verschwand und ich es nie mehr würde sehen müssen!
Dieses Mal wurde ich wirklich Opfer der schwarzen Magie. Ich war von den Geistern zum »Fluch« übergegangen, jenem Fluch, der bei uns allgegenwärtig ist und über den alle in der Gewissheit, dass es so etwas wirklich gibt, nur im Flüsterton reden. Keiner wusste, was mich befallen hatte, man musste mich also den Händen eines Exorzisten anvertrauen, des Mannes, der in der Lage war, mich davon zu befreien.
Eine Menge Menschen behaupten von sich, Opfer verschiedener Flüche zu sein, oder andere erzählen das über sie. Wer spricht diese Flüche aus? Eine Schwiegermutter, die ihre Schwiegertochter loswerden möchte, eine Angestellte, die ihren Arbeitgeber heiraten will ... Auf diesem Gebiet ist alles möglich. In meinem Fall hätte ich Schwierigkeiten gehabt, einen Verdächtigen zu benennen.
Aber für meine Umgebung war klar, dass die echte Leila nicht mehr existierte. Ich schaffte es nicht mehr, mein Gehirn oder meinen Körper unter Kontrolle zu halten, also hatte ein Teufel sich meiner bemächtigt.
Immerhin hatte man das Hochzeitskleid weggeräumt,

seiner »Hinrichtung« entzogen, und am Ende beruhigte ich mich wieder und schlief erschöpft ein. Aber meine Mutter berichtete mir, dass ich in der Nacht aufgestanden sei und sie mich auf dem Balkon gefunden habe, von dem ich mich gerade hatte stürzen wollen. Zum Glück bewachte sie mich. Mein Vater schloss den Balkon ab, und man ließ mich keine Sekunde mehr aus den Augen. Und an diesem Tag fielen meinem Vater, als er meine Sachen durchkramte, meine Medikamente in die Hände. Er rief den Arzt an, der ihm in ernstem Tonfall sagte:
»Ihre Tochter leidet an schweren Depressionen, sie braucht diese Medikamente unbedingt.«
»Nein, das ist eine Droge! Es kommt gar nicht in Frage, dass meine Tochter solches Zeug schluckt, das hat gar nichts damit zu tun.«
Der Arzt war in dieser Sache machtlos.
Ich hatte den Bezug zur Realität verloren. Nur vage nahm ich wahr, was sich um mich herum abspielte, und hatte den Eindruck, tot zu sein, ohne dass jemand es bemerkte. Ich war in einem Grab eingeschlossen – die Fliege konnte nicht einmal mehr durch das Glas hindurch sehen, das war einfach zu viel. Je näher der Hochzeitstermin rückte, desto mehr »flippte« ich aus. Mir fehlte der Instinkt zum Überleben, und ich wusste nicht, dass echte Wut einem das Leben retten kann. Ich flüchtete in die Umnachtung der Depression. Am nächsten Morgen erlitt ich wieder eine Krise, und ich hatte keine Medikamente mehr. Ich hatte den Eindruck, dass zwei Wesen in meinem Körper lebten. Eine wahre Spaltung der Persönlichkeit.
Das alles spielte sich einige Zeit vor der großen Hochzeit in Marokko ab, für die uns Moussa abholen sollte. Für meine Eltern war das Allerwichtigste, dafür zu sorgen, dass er meinen wahren Zustand nicht bemerkte. Er hätte einen Rückzieher gemacht und mich verstoßen. So wäre ich vielleicht vor einem großen Unglück bewahrt

worden, aber für meine Eltern wäre es eine große Schmach gewesen. Ob verstoßen oder geschieden, das macht keinen Unterschied, es würde im großen Buch der Adouls festgehalten, und keiner könnte mehr schwören, dass das Mädchen noch Jungfrau war!
Aber ich dachte nicht einmal daran. Ich weinte im Stillen vor mich hin: »Ich will diesen Mann nicht heiraten!« Und niemand hörte mich.
Ich hatte den Kontakt zu all meinen Freundinnen abgebrochen. Und auch Souria sah ich immer seltener. Vor dieser Hochzeit hatte ich mich mit Freunden getroffen, ich lachte und kam halbwegs zurecht. Doch seither hatte ich mich zurückgezogen, eingeigelt.
Und die Krisen kamen immer häufiger. Eine richtete sich gegen meinen Vater. Er hatte gerade eine liebevolle Geste gewagt und mich wortlos an sich gedrückt. Nie werde ich herausbekommen, was er dachte oder was er mir in diesem Moment nicht sagen konnte, denn ich brüllte los:
»Fass mich nicht an, fass mich bloß nicht an!«
Ich stieß ihn mit unglaublicher Kraft von mir, obwohl ich nur noch ein Fliegengewicht war.
Und hinterher ärgerte ich mich, denn das war es ja, was ich mir immer gewünscht hatte, nämlich dass mein Vater mich in die Arme nimmt, mich tröstet, mich beschützt, mir seine Vaterliebe auf andere Art zeigt, als mit dem Besenstiel, mit Verboten und Pflichten.
Aber es war zu spät. Ich hatte ihn zurückgestoßen und wie verrückt anschrien. Und ich verhielt mich tatsächlich, als sei ich vom Teufel besessen! Ich brach in lautes Gelächter aus, ich heulte, ich brüllte: »Mama! Papa!«
Rief ich sie um Hilfe? Stieß ich sie zurück? Ich weiß es nicht.
Hätte sich mein Vater nur einfach neben mich gesetzt und mir gesagt: »Wir lassen es sein. Ich zwinge dich nicht zu dieser Heirat ...«

Meine Brüder und meine Mutter kamen ihm zu Hilfe, sie stürzten sich alle auf mich, um mich auf den Boden zu drücken. Ich schrie und lachte gleichzeitig und hatte das Gefühl, im Boden zu versinken, als würde er mich einsaugen. Eine Freundin der Familie, von Beruf Krankenschwester, sagte zu meinem Vater, als sie mich in diesem Zustand sah:

»Ihr müsst sie unbedingt ins Krankenhaus bringen, sie ist völlig dehydriert, und außerdem macht sie eindeutig eine hysterische Krise durch.«

»Aber nein, es gibt keinen Grund zur Sorge, wir kümmern uns um sie.«

Sofort ging meine Mutter in die Küche, um etwas zu kochen, das ich dann essen musste. Es war nichts zu machen. Ich wollte sterben, und die Krankenschwester erkannte das genau. Aber meine Eltern weigerten sich, mich ins Krankenhaus zu bringen. Ihrer Meinung nach konnten Ärzte mich nicht heilen.

Das war schlimm, aber ich kann es ihnen heute nicht mehr übel nehmen. Sie konnten einfach nicht verstehen, wieso es mir so schlecht ging. Sie sind in dieser Kultur aufgewachsen, in dieser Tradition, und sie taten, was sie konnten – im Glauben, das Richtige zu tun. Damals hätte ich das natürlich nicht gesagt. Beim geringsten Anlass empfand ich Hass und Wut, und ich verabscheute sie. Ich hatte das Gefühl, an Entkräftung, Hoffnungslosigkeit und ohnmächtiger Auflehnung zu sterben.

Ich glaubte tatsächlich zu sterben – ich weiß nicht, ob irgendjemand dieses Schwindelgefühl des Todes kennt, das uns erfasst, diese entsetzliche Angst, unter der Erde zu verschwinden.

Auch die Nachbarn kamen mir zu Hilfe. In ihrer Familie waren bei einem Mädchen die »Sicherungen durchgebrannt«, weil man sie zur Ehe gezwungen hatte. Sie kannten das Problem also! Und sie hatten das Mädchen zu einem Imam-Heiler gebracht. Man sollte mich ihm also unverzüglich vorstellen. Dort hatte man es mit dem Irrealen zu tun, aber dennoch war es real. Mein Vater schleppte mich auf der Schulter wie einen Sack. Er litt, das sah ich, weil er weinte. Aber es war zu spät, ich war verrückt, hasserfüllt, er hatte mich zerstört und wollte mich weiter zerstören. Die Tränen meines Vaters rührten mich nicht einmal.

Ich befand mich also im Haus des besagten Imam, der sich sofort um mich kümmerte.

Er führte mich in ein Zimmer und ließ meine Eltern vor der Tür warten. Er wusste, was er tat, und ich sage es lieber gleich, bevor man diesen Mann für einen echten Imam hält. Denn dieser angebliche Geistliche war zu meinem Unglück und dem aller anderen Frauen und Mädchen, die er manipulierte, in Wahrheit nichts als ein Scharlatan.

Er befahl mir, mich auf den Boden zu legen. Dann nahm er einen Säbel, forderte mich auf, meinen Bauch und dann auch meinen Unterleib zu entblößen. Das hätte ein Geistlicher niemals getan. Aber er wusste, dass ihm keine Gefahr drohte, denn er wirkte hinter geschlossenen Türen, und er konnte sicher sein, dass die Mädchen über »diese Dinge« niemals reden würden.

Er drückte den Säbel fest auf meinen Bauch, sodass dieser beinahe in meine Haut schnitt, und sprach irgendwelche Formeln. Ich konnte nicht verstehen, was er sagte. Dann tat er Kräuter in ein Kohlebecken und zündete sie an, schließlich setzte er sich rittlings auf meine Brust und fing an, mich systematisch zu ohrfeigen, während er auf Arabisch schrie:

»Du verlässt ihren Körper! Bist du Moslem? Bist du Jude? Bist du Christ? Bist du Atheist?«

Und er ohrfeigte mich weiter wie wild, abwechselnd gab er mir eine Ohrfeige, dann sprach er eine Geisterbeschwörung aus.

»Verlass ihren Körper, sonst verbrenne ich dich!«

Dieses Mal nahm er mit einer langen Zange ein Stück glühender Kohle und hielt es über meinen Bauch.
Ich weiß nicht, wie es kam, aber plötzlich hatte ich einen vorübergehenden lichten Augenblick. Ich konnte das nicht länger ertragen, mein Gesicht war von den Schlägen schon geschwollen und zeigte die Spuren der breiten Hände dieses Verrückten, meine Nase war ganz dick, denn er schlug mich, wie es nicht einmal mein Vater je getan hatte. Und dafür wurde er auch noch bezahlt! Aber er wollte mir den Bauch verbrennen, und ich sah diese Zange, das glühende Stück Kohle, mit dem er mich bedrohte, während er brüllte: »Verlass ihren Körper!« Deshalb schrie ich:
»Ja, ja!« – Als wäre ich der Geist.
Das tat ich instinktiv, denn ich war nicht richtig klar im Kopf. Ich setzte mich eben, so gut ich konnte, zur Wehr.
»Bist du sicher, bist du wirklich sicher, dass du ihren Körper verlässt?«
»Ja, ja ... ich verlasse ihn!«
Das war absolut verrückt. Glaubte er tatsächlich, dass er mit einem Geist sprach?
Um seinen dreckigen Pfoten zu entkommen, blieb mir keine andere Wahl, als dieses Spiel mitzuspielen. Andernfalls wäre ich verloren gewesen. Ich hatte Angst zu sterben, Angst zu leiden, Angst, dass er mich verbrennt und mich weiter schlägt. Deshalb richtete ich mich auf, erhob mich, machte ein paar Schritte auf die Tür zu, und er ließ mich aus dem Zimmer gehen.
Sie nützte mir nichts, diese Geistergeschichte. Meine Mutter, die felsenfest daran glaubte, schloss mich tränenüberströmt in die Arme:
»Ach, meine Liebe, endlich habe ich meine Tochter wieder!«
Dieser Dreckskerl hatte eine Geldquelle entdeckt – meine Mutter hatte ihm tausend Francs gegeben!
»Müssen wir sie wieder zu Ihnen zu bringen?«

Selbstverständlich sagte er nicht Nein. Nach dieser verrückten Behandlung war ich ein bisschen klarer im Kopf, aber noch immer entkräftet. Ich konnte nur ganz langsam gehen, das geringste Geräusch nur schlecht ertragen, aber immerhin sah ich, dass Leute gekommen waren und jetzt in seinem Wartezimmer saßen, die ihm ebenfalls bereitwillig Geld bezahlen würden.
Mein Vater wartete zusammen mit dem Nachbarn und dessen Tochter Azra. Als sie mich herauskommen sah, fiel sie in Ohnmacht, und der Betrüger nutzte die Gelegenheit und sagte zu ihrem Vater:
»Deine Tochter ist immer noch besessen, du musst sie wieder zu mir bringen!«
Ich war übel zugerichtet und erkannte mich beim Blick in den Spiegel fast nicht wieder. Aber man hatte mich wie einen Sack zu diesem Irren geschleppt, den Rückweg legte ich dagegen zu Fuß zurück ... der Verrückte hatte also gewonnen. Ich hatte eine weitere Demütigung über mich ergehen lassen und würde für eine endgültige Heilung zu diesem Wahnsinnigen zurückkehren müssen.
Ich wollte keinen Menschen sehen. Noch immer aß ich nichts und trank fast nichts, denn mein Körper weigerte sich, Nahrung aufzunehmen. Am übernächsten Tag wurde ich gezwungen, aufzustehen und wieder zu diesem Imam zu gehen.
Aber ich wusste, wozu er fähig war, deshalb strengte ich mich an, klar im Kopf zu bleiben.
»Und, wie geht es?«
»Es geht.«
Dann wandte er sich an meine Eltern, die ihm natürlich alles über mich erzählt hatten:
»Man hat sie mit einem Fluch belegt, damit sie ihren Ehemann ablehnt! Ich werde sie heilen. Aber das nächste Mal müssen Sie mir einen schwarzen Hahn zum Schlachten mitbringen. Dann führen Sie Ihre Tochter

auf eine Brücke, und sie wirft ihn selbst in den Fluss! Sie muss mit dem Rücken zum Fluss stehen und den Hahn nach hinten werfen!«
Ich konnte mir nicht vorstellen, dass ich auf einer Seine-Brücke stehe und mir einen blutigen Hahn über den Kopf werfe.
Und wieder fand ich mich mit dem Imam allein in diesem Zimmer, in dem auch ein großes Bett stand.
Er redete, führte Selbstgespräche, und ich hatte nur einen Wunsch, nämlich so schnell wie möglich von hier zu verschwinden. Plötzlich sagte er:
»Leg dich auf das Bett!«
»Nein, nein ... es geht, ich muss mich nicht hinlegen.«
Argwöhnisch setzte ich mich auf die Bettkante. Er stellte sich vor mich.
»Jetzt steh auf. Liebst du ihn, deinen Ehemann?«
»Natürlich liebe ich ihn.«
»Bist du dir sicher? Ich nämlich nicht. Man hat etwas mit dir angestellt, damit du ihn verabscheust. Jetzt werde ich dafür sorgen, dass du ihn liebst. Schau mich an, und du wirst in mir deinen zukünftigen Ehemann sehen.«
Er trat an mich heran und drückte mich an sich.
»Siehst du in mir deinen Ehemann?«
Im Stehen rieb er sich an mir, ich nahm seinen Geruch wahr, spürte sein Geschlechtsteil. Er küsste mich auf den Mund. Vor Angst war ich wie gelähmt und konnte nicht schreien! Fünfzehn Personen plus meine Eltern saßen draußen im Wartezimmer. Was sollte ich schreien? Hilfe, ich werde vergewaltigt? Kein Mensch hätte mir geglaubt, denn diese Art von Betrüger vergewaltigt kein Mädchen, weil er weiß, dass sie Jungfrau bleiben muss, aber nichts und niemand hält ihn davon ab, sich an ihr aufzugeilen, und dafür auch noch ein Honorar zu verlangen. Niemals würde ein Mädchen aus diesem Zimmer rennen und zu ihren Eltern sagen: »Er hat mich angefasst!« Ein Imam?

Es war so demütigend, dass es nicht auszuhalten war. Dieser alte, ekelhafte Kerl in seiner weißen Dschellaba, mit seinem Turban, dieser falsche Geistliche, an den meine Eltern so sehr glaubten, dass sie mich ihm anvertrauten, ohne ihn zu kennen, war im Begriff, an mir das zu begehen, was man eindeutig als sexuellen Übergriff bezeichnet. Mit welchem Recht? Warum ich? Warum ausgerechnet wieder ich? Was hatte ich all diesen Männern nur angetan?
Schließlich befahl er mir, mich hinzulegen, und führte wieder seine Schau mit dem Säbel über meinem Unterleib auf. Armer Kerl! Im Nachhinein sage ich mir, dass er sich nur wie ein Schwein an mir reiben und mich wie ein alter Lüstling begaffen konnte, mehr nicht. Aber immerhin musste ich diese Demütigung schweigend über mich ergehen lassen, und eigentlich hätte ich ihm die Kehle durchschneiden sollen. Im Wartezimmer hatte ich ein Mädchen von vierzehn Jahren mit ihren Eltern sitzen sehen. Ich hatte gehört, wie sie zu meiner Mutter sagten: »Sie wurde mit einem Fluch belegt, damit sie ausgeht, die Ehre ihrer Eltern beschmutzt und ihre Jungfräulichkeit verliert ...«
Eine andere junge Frau war da, weil ihr Ehemann sie verlassen hatte, und sie ihn mit einem »Fluch« belegen wollte, damit er wieder zu ihr zurückkehren würde ...
Dem armen Mädchen würde es sicher wie mir und anderen ergehen, aber er würde sich wahrscheinlich nicht an eine verheiratete Frau heranmachen. Obwohl, wer weiß?
Ich unterdrückte meinen Hass:
»Es ist gut, wir können meine Eltern rufen.«
Keiner Menschenseele erzählte ich je davon, denn dieser Typ hatte zu viel Macht. Er ging in die Moschee, leitete die Gebete – offiziell war er ein guter Moslem und ein überzeugter Fundamentalist. Hätte ich gewagt, ihn anzuklagen, dann hätte ich mich in Gefahr begeben. Was

auch geschieht, was man uns auch antut, wir müssen schweigen, und das wissen sie auch. Als ich dieses Zimmer verließ, in welches das junge Mädchen nach mir eintrat, kreuzten sich unsere Blicke: Er würde ihr das Gleiche antun. Ich hätte mich vor Ekel und Scham erbrechen können. Dieses arme Mädchen versuchte lediglich, zu entkommen, frei zu atmen, so wie ich es getan hatte.
Fünf Sitzungen bei diesem Irren musste ich ertragen. Bei der dritten Sitzung ließ er mich eine Art Arznei trinken, drei Flaschen mit jeweils zwei Litern, die ich schlucken musste, ohne mich zu übergeben. Ich weiß nicht, was das war, dieses bittere und ekelhafte kastanienbraune Kräutergebräu. Mir wurde hundeelend, und ich kotzte wie ein Reiher. Bei der vierten Sitzung fing er wieder mit seinem Theater an:
»Siehst du in mir deinen Ehemann?«
Hastig bejahte ich.
Schließlich schnitt er in seinem Hof dem Hahn die Kehle durch und fing das Blut in einem Eimer auf, in das er den armen Hahn tauchte, dann forderte er meinen Vater auf, er solle mich auf eine Brücke bringen und das Ritual durchführen.
Zu meiner Mutter sagte er:
»Du holst einen Eimer und putzt mir den Hof, außerdem das Erdgeschoss und die erste Etage meines Hauses.«
Der Fluch sollte mit dem Wischwasser davongespült werden. Er war böse, dieser »Fluch«, und verbarg sich überall. Dieser Scharlatan leistete sich also obendrein noch eine Putzfrau, die ihn bezahlte!
Als wir aus seinem Haus kamen, machte sich mein Vater auf die Suche nach einer geeigneten Brücke, von der ich den blutigen Hahn werfen sollte. Es ist gar nicht einfach, so etwas unauffällig zu tun. Immer sind irgendwelche Leute in der Nähe, selbst in Vororten, weit von der Innenstadt entfernt. Wir alle hatten Angst. Sogar mein Vater. Schließlich stand er in einer ziemlich verlassenen

Gegend Schmiere und ließ mich ganz allein auf die Brücke hinuntergehen. Ich lief, hielt den Hahn an den Beinen, blickte mich mehrfach um und schleuderte ihn schnell in die Seine.

Ich sehe mich heute noch auf dieser Brücke stehen, ein verängstigtes armes Mädchen, zerstört, abgemagert, gespenstisch, das dieses ekelhafte Ding in den Fluss wirft ...

Inzwischen kann ich darüber lachen und sage mir, dass ich den Hahn vielleicht zu hastig ins Wasser geschleudert habe ...

Unterdessen war der zukünftige Ehemann angekommen und bei uns eingezogen, und Moussa begleitete uns zur fünften Sitzung, da der Betrüger gesagt hatte, er müsse ihn zu Gesicht bekommen. Zum Glück war Moussa kein Dummkopf. Ich liebte ihn nicht, aber ich erkenne an, dass er in diesem Punkt zumindest scharfsinnig war. Trotzdem machte er bei dem Spiel mit. Der andere hielt ihm eine Art Moralpredigt:

»Pass auf, du kümmerst dich gut um sie, sie ist ein Mädchen aus gutem Hause.«

»Ja, einverstanden.«

Ich hatte große Lust, ihm an die Gurgel zu gehen und auf ihn einzuschlagen. Ein Mädchen aus gutem Hause, das du benutzt hast, du alter Perverser! Moussa betrachtete ihn mit spöttischem Blick. Er hatte gesehen, dass meine Mutter ihm Geld gab und ihm auf die Schulter tätschelte:

»Ich sehe, dass er gutmütig ist ...«

Moussa hatte natürlich bemerkt, dass ich in schlechter körperlicher Verfassung war, und ich glaube sogar, dass er ein bisschen Mitleid mit mir hatte. Ich war kaum wiederzuerkennen, das hatte er zu meinen Eltern gesagt. Aber von seinem Vorhaben, mich zu heiraten, ließ er dennoch nicht ab.

Keinen Augenblick konnte er sich vorstellen, was mich

dieser Irre hatte erdulden lassen. Und ich konnte es ihm auch nicht sagen. Jedenfalls glaube ich, dass er mich auch geheiratet hätte, wenn ich auf einer Bahre gelegen hätte ...

Die letzte Empfehlung des Hexers, der genau sah, dass der zukünftige Ehemann nicht an das dumme Zeug glaubte, zielte darauf ab, ihm Angst einzujagen. Denn er sagte zu meinen Eltern:

»Zwischen den beiden liegt ein Fluch, und es könnte gut sein, dass sie sich nach der Hochzeit trennen, falls ihr nicht tut, was ich euch sage. Wenn ihr am Hochzeitstag den Hammel schlachtet, bewahrt dessen Kopf auf und stellt ihn im Hochzeitssaal so auf, dass er die ganze Zeit von oben auf das Paar herabblickt. Steckt dem Hammel dieses Papier ins Maul, unter die Zunge, damit beide beschützt werden.«

Ich stellte mir diesen blutigen Hammelkopf im Saal des großen Hotels vor, den mein Vater für diesen Anlass gemietet hatte, diesen Kopf mit heraushängender Zunge, versehen mit einem Talisman aus Papier, auf den er weiß der Teufel was geschrieben hatte. Das Ganze war eine Mischung aus Blut, Sex, Blödsinn und hirnrissiger Perversität. Selbst in Marokko hatte ich nie eine solche Geschichte gehört!

Obwohl ich körperlich und moralisch gebrochen war, musste ich laut loslachen, als meine Mutter beim Gehen sagte:

»Das müssen wir tun, das müssen wir unbedingt machen.«

»Aber das ist doch Quatsch!«

»Nein, du musst daran glauben, damit alles gut geht.«

Sie glaubte nach wie vor felsenfest an die Kräfte dieses Halunken. Sie wollte ihn später sogar noch einmal aufsuchen, aber er war verschwunden und hatte keine Adresse hinterlassen. Ich hoffe, er ist zum Teufel gegangen!

Obwohl er es nie aussprach, war sich Moussa meiner verzweifelten Weigerung absolut bewusst, aber er ließ offenkundig nicht locker. Nun hatte er das Gesetz auf seiner Seite: Ob ich es wollte oder nicht, ich war vor den Adouls seine Frau geworden. Und ich war gezwungen, mich ganz allein »offiziell« von meinen Depressionen zu heilen, um nicht zu diesem wilden Irren zurückkehren zu müssen, der es fertig gebracht hätte, mich wieder zu schlagen. Ich zwang mich, ein wenig zu essen, aber ich hätte wirklich eine Behandlung gebraucht und mit einem normalen Menschen reden müssen, der meine Nervenzusammenbrüche nicht als bösen Fluch betrachtete. Aber leider wurde mir das nicht gestattet.

Die Hochzeitsvorbereitungen und die Fahrt nach Marokko rückten näher. Die Reise im überladenen Auto, die Ankunft bei der Familie und das sofortige Eingesperrtwerden.
Mein Vater sagte: »Du hast absolutes Ausgehverbot, du bist einem Mann versprochen!«
Vor allem durften mich die Leute nicht draußen im Freien sehen, es war zwei Wochen das reinste Gefängnis, bis zum großen Empfang, der mein Unglück besiegeln sollte und für den man sich ruiniert oder verschuldet. So ist das nun einmal, man muss sich selbst für eine der Tochter aufgezwungene Ehe in Schulden stürzen.
Für alle – bis auf meine Eltern und mich – war das eine ersehnte und glückliche Hochzeit, und in dieser Zeit heulte ich wie ein Schlosshund. Sagte man mir »Guten Tag«, dann heulte ich, sagte man »Auf Wiedersehen«, heulte ich.
Ich stand wieder auf der Kippe, und mein Vater lag mir ständig in den Ohren:
»Geh nicht auf den Balkon, geh nicht auf die Terrasse, es gehört sich nicht, dass man dich sieht.«
Eines Tages – ich erinnere mich, es war an einem Mitt-

woch – waren meine Eltern in die Berge zu meinem Großvater gefahren, ich war zu Hause und hatte jede Menge zu tun, da wollte Moussa die Gelegenheit nutzen und die Nacht bei mir verbringen. Er war mein Herr, es oblag ihm, mich zu überwachen. Ich ging auf die Terrasse hinauf, um eine Zigarette zu rauchen, und als ich herunterkam, setzte ich mich neben ihn. Ich stank ordentlich nach Tabak! Ich küsste ihn sogar, damit er es deutlich merkte. In Marokko gilt eine Frau, die raucht, als schamlos. Als noch schamloser als in unserem Wohnviertel zu Hause in Frankreich.

Ich wollte ihn provozieren, denn eigentlich rauchte ich schon lange nicht mehr, aber er sagte nichts, sondern warf mir nur einen feindseligen Blick zu. Am nächsten Tag holte er zum Gegenschlag aus:

»Ich dachte, du wärst ein Mädchen aus gutem Hause, aber du rauchst!«

»Ja, das ist dumm, was? Ich hatte ganz vergessen, dir das zu sagen.«

»Morgen ist Schluss, wir stoppen alles, ich will keine Frau, die Zigaretten raucht!«

Ich hätte losbrüllen können: »Gut! Super! Ich werde vier Päckchen am Tag rauchen, bis du aus unserem Haus verschwindest!«

Ein Funken Hoffnung keimte in mir. Aber zu welchem Preis! Als meine Eltern zurückkehrten, fragten sie:

»Wo ist denn Moussa?«

»Er ist gegangen, wir haben uns gestritten, er will mich jetzt doch nicht mehr heiraten.«

Mein Vater stürzte zum Telefon, und Moussa verpetzte mich:

»Deine Tochter ist nicht das, wofür ich sie gehalten habe, ich dachte, sie wäre ein Mädchen aus gutem Hause, aber es hat sich herausgestellt, dass sie Zigaretten raucht, sie hat gestern in meiner Anwesenheit geraucht.«

Mein Vater bekam einen wahnsinnigen Wutanfall. Er bat Moussa, zusammen mit seinen Brüdern und seinem Vater zu uns zu kommen. Ich hielt mich gerade in der Küche auf und flüchtete in eine Ecke, aber er schlug mich: Ohrfeigen, Beschimpfungen, Fußtritte – ich bezog Prügel wie früher.

»Du bist eine Hure!«

Es wurde ein Familienrat abgehalten. Ich fand mich vor einem Männertribunal wieder und erlitt erneut einen tetanischen Anfall. Moussa hatte mich noch nie in diesem Zustand gesehen und geriet ein bisschen in Panik. Sie führten mich in ein Zimmer und setzten die Diskussion über ihre Angelegenheit fort, das heißt über mich und die Zigaretten, während sich meine Mutter um mich kümmerte. Ich war verdroschen worden, und Moussa hatte keineswegs die Absicht, die Hochzeit abzusagen. Er wollte meinem Vater lediglich klar machen, dass seine Tochter eine schlechte Beurteilung erhielt, er wollte ihn demütigen, damit er sich entschuldigte, ihm ein so böses Mädchen wie mich gegeben zu haben anstatt der erwarteten seltenen Perle. Reines Theater.

Natürlich wurde mir von ihren Diskussionen nicht berichtet. Allerdings kam mein Vater zu mir ins Zimmer und drohte mir:

»Ich warne dich, wenn du mit diesem Blödsinn nicht aufhörst, bringe ich dich um, dann bringe ich dich um.«

Damit wollte er mich einschüchtern. Die Eltern wissen, dass sie ihre Töchter in der Hand haben, und sie gebrauchen starke Worte. Aber in dem Moment fragte ich mich, ob er tatsächlich fähig sein würde, so weit zu gehen. Mein Widerstand war eine Kleinigkeit, die geregelt werden musste.

Aber das Leiden pfeift auf Kleinigkeiten.

Er schleppte mich zu dieser Zwangshochzeit wie ein Schaf zur Schlachtbank.

So viel zum Thema Glück

Der Unglücksfreitag brach an, der Tag der Hochzeit, und man brachte mich in das Hotel, das mein Vater gemietet hatte. Das große Theater sollte also beginnen, und ich konnte mich nicht mehr dagegen wehren, deshalb ging ich mit einer Leichenbittermiene herum und wechselte kaum ein Wort mit dem Bräutigam.

»Hör auf, so eine Schnute zu ziehen, alle sehen es.«

»Wenn ich Lust habe, eine Schnute zu ziehen, dann ziehe ich eine, das geht niemanden etwas an.«

Insgeheim sagte ich mir: »Ich verabscheue dich, und ich will es den anderen zeigen, ich hasse dich, auch wenn du dein Ziel erreicht hast.«

Er überließ mich den Händen der Ankleiderinnen, der Kosmetikerinnen und Friseurinnen. Ich musste an diesem einen Abend in neun verschiedenen Kleidern erscheinen. Was ein guter Durchschnitt ist, denn manche Bräute tragen bis zu zwanzig. Bei meinem ersten Auftritt trug ich einen weißen Kaftan mit einem Diadem und Ohrringen mit falschen Brillanten. Man hatte mich durch den Hintereingang ins Hotel geführt, damit mich vor dem offiziellen Erscheinen der Braut, auf einem vergoldeten Tragsessel thronend, niemand zu Gesicht bekam. Das war ein königlicher Einzug. Man trug mich herein wie eine Prinzessin aus Tausendundeiner Nacht.

Der Bräutigam muss diese Schönheit enthüllen, auch wenn sie hässlich ist. Und sie muss von ihrem Thron herunter winken wie die Königin von England. Nach rechts und links lächeln ... ich kam mir lächerlich und unbeholfen vor. Wäre ich verliebt gewesen, mit mir selbst im Reinen, dann hätte ich diesen zauberhaften Augenblick im Leben einer Frau genossen. Schön gekleidet, geschminkt, mit Juwelen geschmückt und von allen bewundert – das muss ein erhebendes Gefühl sein. Stattdessen kam ich mir albern vor, hatte ein verkniffe-

nes Lächeln auf den Lippen und dachte: »Was zum Teufel mache ich hier eigentlich?«
Dieses brutale Eintauchen in die traditionelle Welt, der ich in Frankreich, wo ich in Jeans und Sportschuhen zur Schule gegangen war, bis zu einem gewissen Grad hatte entfliehen können, verschlug mir den Atem.
Ich hatte die Prügel für meine Versuche, dieser Tradition zu entkommen, vergebens eingesteckt, ich war wie alle anderen wieder am Ausgangspunkt angelangt. Und ich nahm die Vorführung der Kleider auf mich. Das blaue, das weiße, das rosarote, das grüne, das indische Kleid und das Pharaonengewand. Dieses letzte werde ich nie vergessen, denn es wog mindestens zwanzig Kilo. Das Ganze sollte dazu dienen, einen majestätischen Pfau darzustellen. Alle diese Kleider gehörten einer Hochzeitsausrichterin, die man mitsamt ihrer Ausrüstung und ihrer Mannschaft mieten konnte.
Das Pharaonengewand war das letzte vor dem Hochzeitskleid. Dasselbe, das meine Eltern ein Vermögen gekostet hatte und das ich mit dem Messer hatte zerfetzen wollen. Der letzte Auftritt der Braut, die von ihrem Tragsessel Mandeldragees herunterwirft. Bald wird sie mit ihrem Ehemann verschwinden. Die Hochzeitsnacht wird am frühen Morgen nach einer Nacht des Repräsentierens, des gezwungenen Lächelns und der begeisterten Äußerungen stattfinden.
Für meine französischen Freundinnen, die zu meiner Hochzeit eingeladen waren, war dieses prunkvolle Zeremoniell wie ein Märchentraum. Sie lernten die Kehrseite der Medaille nie kennen. Alle fanden mich offenbar großartig, selbst Moussa: »Du siehst umwerfend aus!«
Am Ende dieser langen, qualvollen Nacht ließ man mich gegen Morgengrauen in ein schönes Auto steigen, das mich in ein anderes Hotel bringen sollte, in ein Zimmer, in dem ich diesem mir beinahe fremden Mann den »Schatz meiner Jungfräulichkeit« schenken sollte.

Genau in dem Augenblick, als ich in das Auto stieg, kam mein jüngster Bruder daher, die Hände in den Hosentaschen, und er sah neugierig und ein wenig traurig aus.
»Und, wohin fährst du jetzt?«
Ich wusste nicht, was ich einem Jungen von zehn Jahren antworten sollte, und mir stiegen Tränen in die Augen.
»Ich fahre in die Stadt, ins Hotel ...«
»Alle gehen jetzt schlafen, es ist schon Morgen! Warum kommst du nicht mit nach Hause?«
»Weil ich jetzt verheiratet bin ...«
»Aber du darfst nicht einfach so fortfahren! Hast du Papa um Erlaubnis gefragt?«
Mir standen die Tränen in den Augen. Ob ich Papa um Erlaubnis gefragt hatte?
»Du weißt, dass ich um nichts anderes gebeten habe, als darum, nicht gehen zu müssen!«
»Aber du kommst wieder nach Hause zurück?«
»Ja, sicher komme ich nach Hause zurück, aber nicht gleich.«
Er war zehn Jahre alt, noch unschuldig, und der Einzige, der um mich weinte.
Im Augenblick der Abfahrt war mein Vater nicht da, ich wusste nicht, ob er vor Erschöpfung eingeschlafen war, und hielt verzweifelt nach ihm Ausschau.
»Papa, Papa!«
Ich heulte wie ein kleines Mädchen, als ich ihn ein letztes Mal um Hilfe rief. Schließlich kam er und nahm mich in die Arme, wie er es noch nie getan hatte. Ich lehnte mich an ihn und weinte. Die Umstehenden waren gerührt, denn ich machte den Eindruck eines Mädchens aus gutem Hause, das beim Abschied von seinem Vater, der sie immer beschützt hat, ergriffen in Tränen ausbricht.
Ich fand mich im Zimmer eines großen Hotels wieder, allein mit meiner Angst. Eine Flucht war jetzt nicht mehr möglich. Zum Glück war er nicht brutal.

Zwei Tage nach der Hochzeitsnacht, bei der ich kaum geblutet hatte, wachte ich morgens auf, und das Bett war blutverschmiert.
Moussa war irgendwohin gefahren, und ich war seit dem Vorabend allein bei meinen Schwiegereltern, bei denen ich wohnen musste, denn so wollte es der Brauch. Ich hatte keine Bauchschmerzen gehabt, nichts gespürt und blutete ganz fürchterlich, obwohl das nicht die Zeit für meine Regel war. Mir war eiskalt, ich hatte Schüttelfrost und war nur halb bei Bewusstsein. Erschreckt von dieser Menge Blut, wusste ich nicht, was ich tun sollte. Nicht meine Schwiegermutter kam herauf, um mir zu helfen, sondern mein Schwiegervater, der sich Sorgen machte, weil ich das Zimmer nicht verlassen hatte. Er rief Moussas Brüder herbei, und sie wickelten mich in Decken, aber ich schlotterte noch immer vor Kälte, deshalb schickte er einen seiner Söhne los, den Arzt zu holen. Dieser Mann war nett, und auch meine Schwäger, die alles taten, um mir zu helfen und mich zu unterstützen. Der Arzt konnte seine Praxis nicht verlassen, deshalb musste man mich im Taxi zu ihm bringen. Und schließlich kam meine Schwiegermutter herauf und giftete ihren Ehemann an:
»Lass das mit diesen Decken! Die sind ganz neu! Warum hast du sie für sie herausgeholt?«
Meine Schwiegermutter konnte mich von Anfang an nicht leiden.
»Ein Taxi? Nie im Leben! Sie ist erst seit zwei Tagen da! Und wenn ihr was passiert? Dann ruf ihre Eltern, die sollen sich um sie kümmern!«
Meine Eltern eilten in heller Aufregung herbei. Und meine arme Mutter stolperte über die Türschwelle und fiel aufs Steißbein. Sie hatte solche Schmerzen, dass mein Vater die Nerven verlor: »Das kann doch einfach nicht wahr sein, ein Unglück nach dem anderen, ich hab die Nase voll!«

Als meine Mutter diese Blutlache sah, geriet sie in Panik, weil sie meinte, ich würde sterben. Erst viel später beichtete sie mir, dass sie sich in diesem Moment – es war höchste Zeit – gefragt habe, ob diese Heirat eine gute Sache sei. Zu viele Dinge sprachen dagegen ...
Meine Schwiegermutter sah jedoch nur eines: Ich war ein Snob. Ich war die ganze Zeit, die ich in ihrem Haus war, noch nicht zu ihr heruntergekommen, ich hatte bei der Hochzeit sauer aus der Wäsche geschaut, ihr Ehemann hatte sieben neue Decken aus ihren Plastikhüllen genommen, um mich darin einzuwickeln, das war einfach zu viel! Ich konnte verrecken, aber gefälligst nicht bei ihr.
Der Arzt gab mir eine Spritze, um diese Blutung zu stoppen, die er sich nicht erklären konnte.
Meine Mutter machte sich Sorgen, ihr Schwiegersohn könnte beim ersten Mal brutal gewesen sein, aber es gab keinerlei Anzeichen von Gewaltanwendung, und ich wusste es ja ohnehin besser. Zumindest hatte ich das Glück, keinem Wüstling in die Hände gefallen zu sein. Auch wenn ich ihn nicht liebte, ich konnte ihm in dieser Hinsicht nicht das Geringste vorwerfen.
Mir wurden fünf Tage strenge Bettruhe verordnet, und mein Mann würde mich mindestens zwei Wochen nicht anrühren dürfen. Inzwischen weiß ich, warum ich diese Blutung bekam. Das war unbewusst, aber schon damals vermutete ich so etwas. Zwei Wochen vom Arzt offiziell verschriebene Ferien! Das war die einzige Möglichkeit, um mein Bett für mich zu haben ... Mein Körper sprach an meiner Stelle. Wenn man weder reden noch fliehen darf, verteidigt man sich, wie man eben kann, und die beste Möglichkeit, einen unerwünschten Ehemann fernzuhalten, ist, Blut fließen zu lassen ...
Ich wurde wieder zu meiner Schwiegerfamilie gebracht, und mein Schwiegervater beschloss, mich im Erdgeschoss einzuquartieren. Er meinte es gut mit mir: »Das

arme Mädchen soll nicht länger isoliert werden, sie kommt zu uns.«
Aber ich war hier nicht zu Hause. Meine Mutter hätte mich gerne geholt, um mich zu pflegen, aber das kam gar nicht in Frage: Ich war verheiratet und musste bei der Familie meines Mannes leben. Bei Leuten, die ich nicht kannte und die ich auch nicht kennen lernen wollte. Vor allem meine Schwiegermutter nicht.
Eine sehr alte Frau kam und legte sich neben mich ins Bett. Moussas Großmutter mütterlicherseits.
»Bist du die Frau von Moussa? Wie geht's?«
»Na ja.«
»Weißt du, dass sie nicht nett sind?«
»Warum?«
»Weil sie eben nicht nett sind.«
Sie nahm meine Hand und betrachtete einen vergoldeten Ring an meinem Finger, ein recht wertloses Schmuckstück.
»Der ist aber schön, dieser Ring ... Weißt du, dass ich in meinem ganzen Leben noch nie einen Ring besessen habe?«
»Dann nimm ihn!«
Ich steckte ihr den Ring an den Finger, und sie sagte zu mir:
»Danke, mein Kind, danke.«
Sie fing an, mir von ihrer eigenen Tochter, meiner Schwiegermutter, zu erzählen. Ich stellte fest, dass sich keiner um sie kümmerte, weil sie zu alt, gebrechlich und eine Last war. Meine Gefühle meiner Schwiegermutter gegenüber bestätigten sich also. Jemand, der seine eigene Mutter nicht liebt ... Da würde sie mich, die ich mit der Familie nicht verwandt war, erst recht nicht ins Herz schließen!
Die Großmutter erzählte mir auch von ihrer Enkelin, der Schwester von Moussa:
»Sie ist sehr böse, hüte dich vor ihr, sie ist eine Schlange

und wird dich quälen. Sie wird alles unternehmen, um dir wehzutun, also pass auf, meine Kleine, schütze dich und sei auf der Hut.«

In diesem Augenblick sah sie ihre Enkelin an der Verandatür vorbeigehen.

»Pst, pst, die Polizistin kommt.«

Ich tat so, als würde ich schlafen, während die andere ihre Großmutter ausschimpfte:

»He, was machst du denn hier? Geh sofort wieder in dein Zimmer!«

»Nein, mir gefällt es hier.«

Aber die Enkelin hatte den Ring entdeckt und ihrer Mutter davon berichtet. Das löste am folgenden Abend einen absurden kleinen Skandal aus.

Moussa kam mich am Krankenbett besuchen.

»Leila, hast du meiner Großmutter diesen Ring gegeben?«

»Ja, ich habe ihn ihr geschenkt!«

»Aber das führt zu großen Problemen, meine Mutter hat den Ring schon an sich genommen.«

»Deine Mutter hat den Ring genommen? Also, dann gehst du zu ihr, um alle Probleme zu beseitigen, und sagst ihr, dass Leila ihn deiner Großmutter einfach an den Finger gesteckt und vergessen hat.«

Von diesem Augenblick an sah mich meine Schwiegermutter tatsächlich böse an, und ich zählte die Tage, bis ich zu meiner Familie zurückkehren konnte.

Sobald ich aufstehen durfte, ging ich meine Eltern besuchen, dann zum Friseur, um mir, ohne es jemandem zu sagen, die Haare schneiden zu lassen. Wieder kam es zu Streitereien mit meiner Schwiegermutter.

»Du hast dir die Haare schneiden lassen! Du hättest deinen Mann um Erlaubnis fragen müssen.«

»Auch deine anderen Schwiegertöchter haben sich die Haare schneiden lassen, und das hat keine Probleme gemacht ...«

»Ja, aber bevor man irgendetwas tut, gehört es sich, dass man um Erlaubnis fragt …«
Mein Schwiegervater fiel ihr ins Wort:
»Kümmere dich um deine eigenen Angelegenheiten und lass sie in Ruhe. Sie wird das mit ihrem Mann regeln, falls es tatsächlich ein Problem gibt. Aber lass sie in Frieden.«
Dieses eine Mal hatte ich die Unterstützung eines Mannes. Aber der Blick meiner Schwiegermutter wurde immer feindseliger.
Ich fühlte mich mit den kürzeren Haaren wohler, leichter, aber Moussa wollte es sich nicht gefallen lassen. Ich denke mir, dass ihn seine Mutter aufgehetzt hatte, indem sie ihm etwas sagte wie: »Erst seit einer Woche ist sie deine Frau, und sie macht schon jetzt, was sie will, sie hat sich die Haare schneiden lassen und ist, ohne sich die Erlaubnis einzuholen, zu ihren Eltern gegangen. Wenn du nicht da bist, müsste sie mich um Erlaubnis fragen! Die wirst du nie in den Griff kriegen!«
Das ist der klassische Ausspruch, den eine Schwiegermutter an ihren geliebten Sohn richtet: »Du wirst sie nie in den Griff kriegen!«
Er kam wieder zu mir.
»Wen hast du gefragt, ob du dir die Haare schneiden lassen darfst?«
»Als du mich kennen gelernt hast, hatte ich kurze Haare oder etwa nicht? Ich habe sie mir für die Hochzeit wachsen lassen, weil man mich darum gebeten hat. Jetzt ist die Hochzeit vorbei, und ich kann mir die Haare wieder schneiden lassen.«
»Jetzt bist du verheiratet, du bist meine Frau, deine Haare müssen wieder dran.«
»Na ja, ich habe sie mir abschneiden lassen. Willst du versuchen, sie mir wieder anzukleben?«
Nach dieser Geschichte mit den abgeschnittenen Haaren ritt er weiter auf Prinzipien herum. Ich dürfe mei-

nen Eltern keinen Besuch abstatten, ohne ihn oder seine Mutter zuvor um Erlaubnis gefragt zu haben. Ich fing an, mit ihm herumzustreiten, bis ich schließlich, weil ich es einfach leid war, einen Wutanfall bekam.

»Ich soll deine Mutter fragen? Mit wem bin ich denn verheiratet? Mit dir oder mit deiner Mutter?«

»Das ist egal. Wenn ich nicht da bin, fragst du meine Mutter.«

»Nein, tut mir Leid, mit der bin ich nicht verheiratet! Den Ehevertrag habe ich mit dir geschlossen! Wenn der Herr seiner Frau nicht vertraut, dann soll er das nur sagen!«

Ich hatte von Anfang an beschlossen, dass er bei mir nicht die Oberhand bekommen durfte. Weder er noch seine Mutter sollten mir Befehle erteilen. Ich hatte bereits genug geopfert! Während der dreiwöchigen Hochzeitsreise an die Mittelmeerküste reagierte ich mich mit einer Reihe kleiner Racheakte ab. Er sollte bezahlen! So teuer wie möglich! Noch einen Ring, weitere Ohrringe, jede Menge Kleider ... Er hatte ein ordentliches Hotel ausgesucht, aber ich wollte in ein teureres und setzte mich durch. Das oder gar nichts.

»Hältst du mich für einen Minister?«

Ich gab mich anspruchsvoll und ihm gegenüber gleichgültig. Aber er sollte seine Brieftasche leeren. Da man mich diesem Mann in gewisser Weise »geschenkt« hatte, jedenfalls hatte ich damals dieses Gefühl, sollte er bezahlen. Das war zwar bescheuert, aber es tat mir gut. Ich genoss dieses herrliche Land, seine Farben und seine Düfte, die Sonne, das Meer, die Gassen ohne Verkehr, die Souks in der Altstadt ... Ich wusste, dass die Rückkehr nach Frankreich schwierig werden würde.

Vorläufig sollten wir bei meinen Eltern wohnen, in einem durch einen Vorhang abgetrennten Teil des Wohnzimmers, bis wir eine Trennwand einziehen könnten. Solange Moussa keine Aufenthaltsgenehmigung hatte, würde er sich nicht um Arbeit bemühen können.

Ich fragte mich, was er wohl tun würde. Meinen Eltern auf der Tasche liegen?

Wir erschienen vor dem Bürgermeister, das war für Moussa eine notwendige Formalität. Ich stieg die Stufen im Rathaus hinauf und sagte schweren Herzens »Ja«. Dieser unvermeidliche Auftritt war unendlich traurig.
Dann ging der Stress mit den Papieren los. Zunächst brauchte er eine Aufenthaltserlaubnis, die er problemlos erhielt. Und nach einem Jahr Ehe würde er die französische Staatsbürgerschaft beantragen können. Ein Jahr ist eine kurze Zeit, um durch Heirat Franzose zu werden.
Das Jahr verging ohne allzu viele Krisen. Ich suchte wieder Arbeit, weil das Arbeitslosengeld es uns nicht ermöglichte, meine Eltern ausreichend zu unterstützen. Leider fand ich keine, und ich war wütend, zu Hause eingesperrt zu sein und einen weiteren Spion an meinen Fersen zu haben. Eines Tages schöpfte ich neue Hoffnung, ihn vor die Tür setzen zu können. Wir hatten natürlich ein gemeinsames Bankkonto eröffnet, und selbstverständlich machte er die Post auf. Ich warf einen flüchtigen Blick auf den Kontoauszug, den er gerade auf den Frühstückstisch gelegt hatte, und entdeckte eine Zeile: »Überweisung von Fräulein Soundso ... über den Betrag von ...«
Ich hatte gar nicht absichtlich hingesehen, schließlich hegte ich keinerlei Verdacht gegen ihn. Aber er faltete das Papier hastig zusammen. Dadurch wurde ich misstrauisch und packte die Gelegenheit beim Schopf:
»Gib ihn mir!«
Ich rannte ins Zimmer meines Vaters und schrie: »Ist das etwa Ehrlichkeit und Treue? Er bekommt von einem Flittchen Geld überwiesen!«
Hätte ich das vor meiner Hochzeit gewagt, hätte ich eine Tracht Prügel bezogen, aber die Einstellung meines Va-

ters mir gegenüber hatte sich inzwischen geändert, und er sah auf diesem Stück Papier, dass ich sehr wohl die Wahrheit sagte, und zog daraus die gleichen Schlüsse wie ich. Wahrscheinlich betrog mich mein Ehemann. Moussa sagte nichts, er schmollte und hatte sich ins Wohnzimmer geflüchtet. Meine Mutter, die immer Angst hatte, dieser Mann könnte ihre Tochter verstoßen, sagte:
»Da hast du's, du hast ihn verärgert ...«
»Was, ich hab ihn verärgert? Irgendeine Tussi überweist Geld auf sein Konto, ich weiß nicht, woher sie kommt, und überhaupt, wer bin ich denn? Eine Idiotin?«
Ich ging zu ihm hinein, um ihn zur Rede zu stellen, und meine Eltern folgten mir. Ich dachte, sie würden mich dieses Mal angesichts des Beweises, den ich in der Hand hielt, unterstützen.
»Mein Schatz, wenn du zu diesem Fräulein Soundso ziehen willst, das dir Geld überweist, dann geh nur, das kommt mir sehr gelegen!«
Aber meine Mutter wandte sich gegen mich:
»So kannst du doch nicht mit deinem Mann reden! Du hast das Recht, herauszufinden, was da los ist, aber sachte.«
Moussa stammelte eine Erklärung, die eigentlich keine war. Ein Freund schulde ihm noch Geld, und dessen Schwester hätte es an seiner Stelle zurückgezahlt! Ich glaubte ihm kein Wort.
»Klar, ist das so! Halte mich nur weiter zum Narren!«
»Leila! Wenn dein Mann dir das sagt, musst du ihm vertrauen!«
Mama ... Ich liebe meine Mutter, aber ich konnte diese ständige Unterwerfung nicht ertragen, diesen Männerkult um jeden Preis.
Sie haben immer Recht, man muss ihnen vertrauen, ihnen glauben, auch wenn sie lügen. Damit sie sich nicht aus dem Staub machen und uns im Stich lassen,

uns verstoßen und wir zum Gespött des Viertels, der Familie und des Landes unserer Vorfahren werden.

Nachdem das Jahr vorüber war, suchte mein Ehemann nicht etwa Arbeit, also fand er auch keine, aber ich hatte eine Stelle aufgetrieben. Ich arbeitete als Tagesmutter bei einer französischen Familie, bei der ich auch wohnte. Zum ersten Mal in meinem Leben lebte ich die ganze Woche fern von meiner Familie und kehrte nur am Wochenende nach Hause zurück.
Während Moussa auf seine Papiere wartete, bekam er von meiner Mutter Taschengeld, und er hatte Kost und Logis frei. Schließlich beschloss er, zu mir in mein kleines Apartment zu kommen und sich die Zeit damit zu vertreiben, in den Straßen der Stadt herumzustreifen.
Ehrlich, ich bemühte mich, mich an ihn zu gewöhnen, ich tat sogar so, als sei ich verliebt, stellte aber fest, dass mir das nie gelingen würde. Ich belog mich eine Weile selbst und redete mir ein, dass ich lernen müsse, ihn zu lieben. Doch das gelang mir nicht.
Er wollte eine Ausbildung machen. Ganz egal welche, vorausgesetzt, er würde fürs Nichtstun bezahlt werden. Er hatte weder Ehrgeiz noch einen Plan für die Zukunft. Ihm ging nichts anderes durch den Kopf, als seiner Mutter Geld zu schicken, während ich mich abrackerte. Einmal wollte er sogar zu ihr reisen, weil er sie einfach zu sehr vermisste!
Hin und wieder rief sie ihn an, aber eines Tages war er nicht zu Hause, und ich ging an den Apparat.
Nach dem Protokoll der üblichen Begrüßung erkundigte ich mich höflich, wie es ihr denn gehe:
»Ach, meine Liebe, ich habe Schmerzen im Knie! Ich muss einen Spezialisten aufsuchen.«
Anders ausgedrückt: »Falls ihr Geld habt, schickt es mir.«

»In meinem Knie sammelt sich Wasser an, und es muss punktiert werden.«
»Das ist nicht schlimm ...«
»Ja, aber ich habe Schmerzen, ich leide! Richte meinem Sohn aus, dass ich angerufen habe.«
»Ja, natürlich. Viele Grüße an alle.«
Ich legte auf und vergaß, Moussa bei seiner Rückkehr von dem Anruf zu berichten. Erst später, beim Essen, fiel es mir wieder ein.
»Du, ich hab ganz vergessen, dir zu sagen, dass deine Mutter angerufen hat, sie hat Wasser im Knie, und es muss punktiert werden.«
Man hätte meinen können, ich hätte ihm gesagt: »Deine Mutter liegt im Sterben!« Er schob seinen Teller zurück, vergrub das Gesicht in den Händen und brach in Tränen aus. Meine Mutter schaute mich vorwurfsvoll an. Mein Vater machte ein verkniffenes Gesicht und warf mir aus dem Augenwinkel einen Blick zu. Ich verstand nicht, was an dieser Geschichte so dramatisch sein sollte.
»Was ist? Das ist nicht schlimm, wenn man Wasser im Knie hat! Das gibt sich wieder!«
Und in der bedrückenden Stille verstrickte ich mich nur noch weiter:
»Mama, deine Freundin Saida musste doch auch punktiert werden, und sie ist daran nicht gestorben!«
Da explodierte mein Vater:
»Halt den Mund! Sonst kriegst du gleich diese Schüssel an den Kopf!«
Meine Mutter gab sich teilnahmsvoll:
»Iss doch, Moussa.«
»Nein, ich habe keinen Hunger mehr.«
Und ich forderte ihn wütend auf:
»Jetzt iss, das ist nichts Schlimmes, deine Mutter wird daran nicht sterben!«
Ich aß seelenruhig weiter, während er aufstand und in

unser Zimmer ging, um dort hemmungslos zu heulen. Es war unfassbar. Meine Mutter war verärgert:
»Und, bist du jetzt zufrieden? Hm, bist du jetzt zufrieden?«
»Aber Mama, es ist doch wirklich nichts Schlimmes! Absolut nicht. Sie hat ja schließlich nicht Krebs!«
»Darum geht es doch gar nicht! Es geht ums Prinzip, du hättest warten müssen, bis er fertig gegessen hat, anstatt ihm das vor allen zu verkünden!«
Mein Vater war wütend:
»Los, geh zu deinem Mann!«
»Nicht nötig, es ist gut, er liegt auf dem Bett und heult.«
»Und ich sag dir, geh zu deinem Mann, schau nach, was mit ihm los ist.«
Meine Mutter pflichtete ihm bei:
»Geh sofort zu ihm, er hat nichts gegessen, er hat nicht einmal ein Stück Brot genommen! Du bist einfach herzlos!«
Widerwillig ging ich hinüber. Er lag bäuchlings auf dem Bett und schluchzte noch immer:
»Mama, mein Mamilein, ich werde dich verlieren, und ich bin nicht einmal bei dir, Mama.«
Er beweinte das Knie seiner Mutter! Das war ein richtiges Drama. Wieder einmal hatte ich alles falsch gemacht. Zum einen hätte ich es ihm sagen müssen, nachdem er gegessen hatte. Und außerdem hätte ich es unter vier Augen, nicht bei Tisch, tun sollen.
Und dann weinte er über ein Knie ... Ich schwankte zwischen einem nervösen Lachanfall und völliger Verblüffung. Was sollte man nur mit diesem erwachsenen Mann anfangen, der wie ein Baby heulte?
Entweder spielte er Theater oder er war übergeschnappt – wegen seiner Mutter.
»Mama, Mama ...«
»Moussa, dreh dich um und rede mit mir!«
Ich kann zu Erwachsenen nicht sanft und liebevoll sein,

das hat man mir nie beigebracht. Das kann ich nur gegenüber Kindern. Er ging mir mit seinem Geschluchze so sehr auf die Nerven, dass ich nichts mehr sagen konnte. Ich zog ihn an mich, sein Gesicht war vom Weinen ganz geschwollen.
Da gab ich es auf.
Ich ging aus dem Zimmer und wiederholte ungläubig:
»Das ist doch nichts Schlimmes! Das ist doch nichts Schlimmes! Er weint wegen des Knies seiner Mutter! Das ist doch nichts Schlimmes ...«
Mein Vater schlug auf den Tisch.
»Du gehst sofort ans Telefon. Und wenn es die ganze Nacht dauert, dann dauert es eben die ganze Nacht, aber du musst seine Mutter ans Telefon bekommen und ihr ihren Sohn geben, damit er dir verzeiht. Hast du verstanden?«

Am Ende gewann meine Schwiegermutter. Sie wollte, dass ihr Sohn sie zurückrief, sie wollte Geld für den Arzt, oder aber sie wollte, dass er nach Hause kam, um sich von ihr in den Armen wiegen zu lassen – in jedem Fall hatte sie gewonnen.
Am Sonntagabend, wenn der Tarif verbilligt ist und sämtliche Marokkaner sich gleichzeitig anrufen, braucht man Geduld, bis man durchkommt. Ständig ist belegt oder man landet aus unerfindlichen Gründen bei einer spanischen Telefonistin. Oder man wird von einer netten Stimme aufgefordert, es später noch einmal zu versuchen, da das Netz überlastet sei.
Nach einer Stunde hatte ich die Verbindung noch immer nicht hergestellt. Ich hatte mich wohlweislich mit dem Telefon auf den Boden gesetzt, und ich hörte Moussa noch immer flennen: »Mama, mein Mamilein, ich werde dich verlieren.«
Aber der Gipfel war, dass die Stimme seiner Mutter, als ich sie endlich erreichte und sie fragte, wie es ihr seit

dem Nachmittag gegangen sei, richtig heiter klang!
»Ja, ja, es geht.«
»Sind Sie sicher?«
»Ja, ja, es geht mir sehr gut ...«
Da ihr Mann zunächst abgenommen hatte, vermutete ich, dass sie notgedrungen in seinem Beisein sprach und deshalb keinen Affenzirkus veranstaltete.
»Ich gebe Ihnen jetzt Ihren Sohn.«
»Ach, ja?«
Aber er wollte nicht mit ihr reden:
»Nein, nein, ich fühle mich nicht wohl, ich kann jetzt nicht mit ihr sprechen.«
»Hör zu, bis eben hast du um deine Mutter geweint! Jetzt, wo sie am Telefon ist, wirst du mit ihr reden und dich davon überzeugen, dass es nichts Ernstes ist, aber beeil dich, denn das ist teuer!« Ich hörte alles mit.
»Hallo, mein Sohn, mein Kleiner, mein Junge, du fehlst mir, ich weiß nicht, wie ich das verkraften soll ...«
Sie wollte, dass er zurückkam. Nun, da er hatte, was er wollte – nämlich seine Papiere, die Absicherung in Frankreich und eine Frau, die arbeiten ging –, legte sie es darauf an, ihn zurückzuholen. Und sie weinten alle beide, dabei war nicht einmal mehr von ihrem Knie die Rede. Meine Eltern, die alles mithörten – ich hatte den Lautsprecher eingeschaltet – durchschauten das Affentheater.
So ein Pech, ich war an eine besitzergreifende Schwiegermutter und einen infantilen Ehemann geraten – aber es sollte noch schlimmer kommen!
Moussa fand außerhalb der Stadt eine Ausbildungsstelle, er kam am Freitagabend nach Hause und fuhr am Sonntag wieder fort. Alles entwickelte sich gut. Ich beschloss, dass wir uns eine kleine Wohnung mieten sollten, um meinen Eltern nicht länger zur Last zu fallen. Moussa bezog einen Lohn von zweitausend Francs, aber er »sparte« auf ein Auto. Mit meinem Lohn wurden die

Miete und der Unterhalt bezahlt, und ich konnte nicht einmal über den Rest verfügen, weil er damit machte, was er wollte. Ich stritt mich mit ihm über die Einrichtung der Wohnung, weil er nichts kaufen wollte, nicht einmal eine Kommode. Er hatte nichts anderes im Sinn als sein Auto, um damit nach Marokko fahren und sich dort aufspielen zu können.

Meine Eltern gaben mir alles: die Möbel, Geschirr und ein Bett. Als ich ein Sofa kaufen wollte, verbot es mir Moussa. Am Ende konnte ich diese Streiterei ums Geld nicht mehr ertragen. Schließlich brachte ich ja den größten Teil selbst nach Hause und bestritt damit den Lebensunterhalt. Aber die Auseinandersetzungen nahmen kein Ende.

Und meine Schwiegermutter fing an, ihn zu bedrängen:

»Wie kommt es, dass sie noch immer nicht schwanger ist?«

Dann setzte sie den Zweifel in die Welt: Ob ich wohl heimlich die Pille nahm?

Natürlich war ich diejenige, die kein Kind wollte. Um diesen Gerüchten ein Ende zu bereiten, kündigte ich an, dass ich mir einen Termin bei einem Gynäkologen hatte geben lassen, und der würde feststellen, ob ich Kinder bekommen könnte oder nicht. Das Problem bestand darin, dass der Gynäkologe zwar Moslem, aber eben ein Mann war. Ich kannte ihn, er hatte meinen Eltern damals die zwei Bestätigungen meiner Jungfräulichkeit ausgestellt ... und noch eine dritte unmittelbar vor der Hochzeit. Ein Arzt also, der mich seit meiner Kindheit kannte, meine tetanischen Anfälle, meine Magersucht und meine Angstzustände.

Aber Moussa wollte nicht, dass ein Mann mich untersuchte.

Ich sagte:

»Ich gehe zu ihm und zu keinem anderen!«

Ich hatte vollstes Vertrauen zu diesem Arzt.

»Habib, Moussa glaubt, dass ich unfruchtbar bin, deshalb muss ich untersucht werden ...«
Er brach in schallendes Gelächter aus.
»Ich soll dich untersuchen? Gut, einverstanden, aber was ist mit ihm? Ist er sicher, dass er zeugungsfähig ist?«
Bei mir gab es keinerlei Probleme, im Gegenteil. Habib sagte während der Ultraschalluntersuchung scherzhaft zu mir:
»Geh schnell nach Hause. Der Eisprung steht unmittelbar bevor! Wenn es nicht klappt, dann liegt das Problem bei ihm!«
Aber dass Moussa ein Problem haben könnte, stand natürlich überhaupt nicht zur Debatte. Es wollte noch immer nicht klappen, aber jetzt hatte Moussa eine Erklärung parat:
»Gott will uns im Moment kein Kind schenken.«
Ich hatte es sowieso nicht eilig. Aber offenbar beschloss Moussa, einen Arzt aufzusuchen, allerdings sagte er mir aus Stolz nichts davon. Er hatte tatsächlich ein kleines Problem, das behandelt werden musste, aber er erzählte mir nichts. Eines Tages entdeckte ich eine Medikamentenpackung ... und wunderte mich.
»Was ist das?«, fragte ich ihn.
»Ach, nichts. Ich habe ein Problem mit der Verdauung.«
In Wahrheit hatte er ein anderes Problem, das überhaupt nichts mit der Verdauung zu tun hatte, aber das seine Zeugungsfähigkeit vorübergehend einschränkte. Um nichts in der Welt hätte er das jedoch eingestanden. Weder mir noch seiner Mutter gegenüber.
Es war einfacher, mich der Unfruchtbarkeit zu bezichtigen. Da ich mich mit dem Arzt so gut verstand, konnte ich ihn um Rat fragen. Moussa müsse ein paar Wochen Antibiotika einnehmen, dann wäre seine Zeugungsfähigkeit wiederhergestellt. Unterdessen redeten meine Mutter, meine Cousinen und Freundinnen unentwegt auf mich ein.

»Wenn du kein Kind bekommst, ist dein Leben dahin, meine Liebe.«
Und ausgerechnet, als ich einer dieser Verwandten antwortete, dass ich es gar nicht eilig hätte, schwanger zu werden, wurde ich auf einmal ganz blass und mir wurde so schlecht, dass ich ins Bad rennen musste.
Sie schaute mich lachend an und stellte mir die klassische arabische Scherzfrage: »Hast du etwa eine Fliege verschluckt?«
Wenn ich die Symptome bedachte, war das durchaus möglich: Müdigkeit, Übelkeit und andere körperliche Anzeichen – doch ich weigerte mich hartnäckig, mich vor den anderen aufzuspielen und zu glauben, ich könnte schwanger sein. Aber nein. Ich doch nicht, nicht jetzt, ich war noch zu jung, ich hatte noch so viel Zeit.
In Wahrheit hoffte ich inständig, das Wunder möge gleich geschehen. Dann wäre ich nicht mehr allein und ohne Liebe auf der Welt.
An dem Tag, als ich in der Apotheke einen Schwangerschaftstest kaufte, war ich wahnsinnig aufgeregt. Ich hielt mich nicht einmal an die im Beipackzettel gegebene Empfehlung, den Test morgens durchzuführen. Es musste sofort sein, auf der Stelle! Vor meinen Augen musste sich ein kleiner rosa Strich auf diesem schmalen Vliesstreifen abzeichnen, den ich fast wie ein Heiligtum in den Händen hielt.
Ich wartete, saß ganz allein mit Herzklopfen im Badezimmer. Endlich sah ich einen schwachen Strich erscheinen, so schwach und dünn, dass ich mir nicht sicher war, ob es sich wirklich um das gewünschte Zeichen handelte. Ich hielt den Atem an, rannte ans Fenster und hielt den Test ins Licht, um ihn besser sehen zu können.
Schließlich stürzte ich aus dem Haus, rannte durchs Viertel, traf meine Freundin Souria, die mich für verrückt hielt, dann aber wild loslachte und mit mir zur

Apotheke lief. Ich wagte kaum, den Apotheker um seine Meinung zu fragen. Zumal er erstaunt war, mich so schnell wiederkommen zu sehen, und glaubte, dass ich den Test nicht richtig gemacht hatte.
Souria, die nicht länger an sich halten konnte, stieß mich an:
»Jetzt mach schon, zeig es ihm!«
»Aber es sind doch Kunden da!«
»Das kann dir doch egal sein! Du bist verheiratet! Los, zeig es ihm. Entschuldigen Sie, Monsieur, bedeutet das, dass sie schwanger ist?«
»Ja, wahrscheinlich«, sagte er. Und etwas Unbeschreibliches durchströmte mich von Kopf bis Fuß, wie eine Flutwelle. Ein völlig unbekanntes Gefühl: Glück.
Das war der schönste Tag in meinem Leben.
Als eine Blutuntersuchung das Ergebnis bestätigte, setzte ich mich vor dem Laborgebäude auf die Treppe und weinte. »Danke, Gott, danke für dieses Glück!« Ich durchquerte das Stadtzentrum wie eine Libelle, auf einer Wolke. Ich schwebte, und um mich herum existierte gar nichts mehr. Noch nie hatte ich ein solches Hochgefühl erlebt. Ich tätschelte meinen Bauch, ich redete mit diesem Kind, das noch gar nichts und dennoch für mich alles war.
»Endlich werde ich herauskommen, denn jetzt sind wir zu zweit. Du und ich.«
Ich ging mit meinem kostbaren Geschenk zu meinen Eltern.
»Wie würde es euch gefallen, einen Enkel oder eine Enkelin zu bekommen?«
Sie waren glücklich und stolz. Meine Brüder und meine kleine Schwester erwarteten dieses Kind ebenso ungeduldig wie ich. Auch Moussa war stolz und überzeugt davon, dass er einen Sohn bekommen würde. Wir stritten uns sogar ein wenig über die Wahl des Vornamens: Er war für Mohammed, ich für Ryad. Und am Ende ließ

er mir meinen Willen. In dieser Zeit war das Glück, das ich mir schon seit so langer Zeit ersehnte, zum Greifen nahe. Ich war verheiratet und schwanger, und alle teilten mein Glück mit mir. Meine Brüder, meine Schwester, meine Eltern und mein Mann.

Endlich hatte ich ein eigenes Leben, über das ich selbst bestimmen konnte. Falls es ein Mädchen war, würde es niemals das durchmachen, was ich hatte durchmachen müssen. Das schwor ich mir. War es ein Junge, dann würde ich alles dafür tun, damit er nicht als Macho erzogen wurde, als typischer Araber mit dieser Mentalität eines Wachhunds!

Den Schwangerschaftstest bewahrte ich sorgsam auf – wie ein Erinnerungsfoto an das erste Glück in meinem Leben. Ein ganz schwacher rosafarbener Strich: Das Kind erschien mir wie ein Licht am Ende eines Tunnels. Ich war sicher, endlich mit ihm wiedergeboren zu werden.

Privatleben

Eine Schwiegertochter bedient ihre Schwiegermutter. Sie steht vor ihr auf, bereitet ihr das Essen zu, wäscht ihr die Wäsche, führt ihr den Haushalt, erledigt die Einkäufe für sie, richtet ihr das Bad her ...
Das sind, kurz gefasst, die wichtigsten Forderungen von Moussas Mutter. Sie war gekommen, um die Geburt ihres Enkels »mitzuerleben«, und okkupierte fast unsere gesamte kleine Wohnung. Sie nahm keinerlei Rücksicht darauf, dass ich schwanger war, erschöpft von einer komplizierten Schwangerschaft, und dass ich an Schlafmangel und Nervosität litt. Jeden Tag gab es irgendwelche Probleme.
»Stell dir das mal vor, mein Sohn! Ich bin hier zu Gast, und sie ist nicht einmal aufgestanden, um das Frühstück zu machen!«
Ich hatte sie nicht eingeladen. Ihr Sohn hatte sie mir aufgezwungen. Sie schlief im Wohnzimmer, und ich hatte Schwierigkeiten, nicht ständig mit ihr aneinander zu geraten, wollte ich nicht die ganze Zeit im Schlafzimmer oder in der Küche eingesperrt sein.
Das Ticken der Uhr störte sie: Wir mussten die Uhr jeden Abend anhalten, sie über Nacht wegräumen und am Morgen wieder aufstellen. Das Licht der Straßenlaternen konnte sie nicht ertragen: Wir mussten die Fensterläden schließen, und ich hatte in der Küche einen zweiten Vorhang anzubringen. Den ganzen Tag blieb sie im Wohnzimmer, beobachtete, was ich tat, und kritisierte an mir herum. Die Zeremonie des obligatorischen Bades war für mich besonders anstrengend. Sie meinte, ich würde sie absichtlich nicht gründlich waschen ...
Am ersten Tag hatte sie mich unter dem Vorwand, sie habe (in einem ganzen Monat!) nicht genügend Zeit gehabt, ihre Reise vorzubereiten, gebeten, ihr meine Haarbürste und andere persönliche Toilettenartikel zu lei-

hen. Ich dachte, ihr einen Gefallen zu tun, und kaufte ihr ein komplettes Necessaire: Bürste, Kamm, Shampoo, Duschgel und so weiter. Sie nahm das Paket entgegen, musterte mich von Kopf bis Fuß, stellte es verächtlich zur Seite, als hätte ich sie beleidigt, und sagte zu ihrem Sohn:

»Für wen hält mich deine Frau? Ich habe sie um ihre Bürste gebeten, und sie wollte sie mir nicht geben! Warum nicht? Was glaubt die eigentlich? Dass ich sie mit einem Fluch belege?«

Daran hatte ich gar nicht gedacht, aber wieso nicht ...

Ich war von dieser Mischung seltsamer Ansprüche völlig überfordert. Diese Frau war die Bosheit in Person, sie wollte, dass ich die fleißige und stumme Sklavin spielte, und spannte ihren Sohn als Zeugen meiner Unfähigkeit, sie zu bedienen, ein, wobei sie sich auf eine angebliche Tradition berief, vor der ich mich natürlich drücken wolle.

Sie hatte für mich und das Baby ein so genanntes Geschenk mitgebracht. Eine Art schwarzer Gandoura. Schon zu meiner Hochzeit war meine Schwiegermutter in einer schwarzen erschienen. Aber bei uns trägt man bei freudigen Ereignissen nicht Schwarz. Wenn man Schwarz trägt oder jemandem etwas Schwarzes schenkt, bedeutet das, dass man ihm etwas Böses wünscht.

Ich konnte nachts nicht mehr schlafen. Drei Wochen vor dem errechneten Geburtstermin war das Baby schon zu groß und der Gebärmutterhals noch so fest verschlossen, als würde ich mich weigern, das Kind zu gebären und es freizulassen. Der Arzt war beunruhigt, und ich musste eine schmerzhafte Prozedur zur Weitung des Gebärmutterhalses über mich ergehen lassen. Und die Wehen waren schrecklich. Weder Moussa noch seine Mutter wollte ich sehen, ich wollte nur meine Mutter an meiner Seite haben. Ich hatte das Gefühl, kurz vor einem tetanischen Anfall zu sein, blockiert und eingeigelt wie in meinen schlimmsten Tagen, und meine Mutter verstand es, mich zu massieren und meine Schmerzen zu lindern.

Man wollte mir die Chance geben, auf natürlichem Wege zu gebären, und das lag mir auch sehr am Herzen, aber als der Narkosearzt kam, um mir die Periduralanästhesie zu legen, dankte ich Gott dafür! Moussa, der draußen auf dem Klinikflur wartete, nutzte die Gelegenheit und machte sich aus dem Staub.

»Meine Mutter ist ganz allein zu Hause, seit ich dich hierher gebracht habe, ich kann sie nicht so lange allein lassen!«

Ich war völlig am Ende, fix und fertig. Hätte er gesagt: »Ich bin müde, ich schlafe ein bisschen und komme dann wieder ...«, dann hätte ich ihn verstanden. An diesem Tag kam es zum eigentlichen Bruch mit ihm.

Das Baby litt allmählich unter Sauerstoffmangel, und ich hatte über 40 Grad Fieber, man entschloss sich also zu einem Notkaiserschnitt. Ich bekam eine Narkose, und Ryad wurde geboren, aber sein Vater war der Letzte, der ihn zu Gesicht bekam.

Ich schämte mich. Der Vater meines Sohnes hatte es vorgezogen, sich um seine Mutter zu kümmern! Und dann war er unauffindbar, es war unmöglich, Kontakt mit ihm aufzunehmen, um ihn über die Geburt zu informieren – nichts lief so, wie ich es mir gewünscht hatte. Ryad wurde mir weggenommen und kam für vier Tage in einen Brutkasten. Ich hatte nur ein Foto in der Hand, und ich schaffte es nicht, mich davon zu überzeugen, dass dieses Stück Papier wirklich mein Sohn war, das war nichts Reales. Und die Milch wollte bei mir nicht einschießen. Das Erste, was Ryad also kennen lernte, war ein Sauger aus Gummi. Ich war so unglücklich, so leer ... Ich hatte ihn nicht mehr in meinem Bauch, ich konnte nicht mehr mit ihm reden, wie ich es die ganze

Schwangerschaft hindurch getan hatte. Er gehörte nicht mehr mir, man hatte ihn mir weggenommen.
Als unser Hausarzt mich besuchen kam, brach ich in Tränen aus und erzählte ihm von meinem Kummer.
Am ersten Tag war meine Schwiegermutter sauer, weil meine Eltern vor ihr gekommen waren. Sie meinte, das alleinige Recht zu haben, sich hier aufzuspielen. Ryad war nicht der Enkel meiner Eltern, sondern nur der ihre!
Dann kam Moussa kurz vorbei und warf einen flüchtigen Blick auf seinen Sohn: Meine Schwiegermutter hatte ihm untersagt, sie allein zu lassen, um uns zu besuchen.
»Versteh doch, gestern hat sie auf mich gewartet, ich bin zu lange hier geblieben, sie hatte nichts gegessen und ist in Ohnmacht gefallen ...«
Selbstverständlich war ich daran schuld. Wenn sie ihn begleitete und mich besuchen kam, dann nur, um mich mit irgendwelchen boshaften Anspielungen zum Weinen zu bringen.
»Du hast das Kind nicht einmal normal auf die Welt bringen können! Wie konnte es nur dazu kommen, dass du per Kaiserschnitt entbunden hast? Du bist nicht normal!«
Sie nahm Ryad in die Arme.
»Er sieht aus wie ein Säufer, er macht nicht einmal die Augen auf.«
Nie sprach sie seinen Namen aus. Immer sagte sie »er«.
»Hier, kauf ihm etwas Schönes ...«
Sie hatte mir einen Hundertfrancschein gegeben, aber Moussa mischte sich ein.
»Die hundert Francs musst du mir zurückgeben. Du hättest sie gar nicht annehmen dürfen, weil ich sie meiner Mutter geschenkt habe.«
Wenn ich es richtig verstand, kamen diese hundert Francs aus meiner eigenen Tasche, da ich die Haus-

haltskosten bestritt. Moussa hatte sie also seiner Mutter gegeben, damit sie sie mir schenken konnte, aber das Protokoll verlangte, dass ich das Geld ablehnte. Es gehört sich nicht, von seiner Schwiegermutter Geld anzunehmen.

Der Schein war also von meinem Konto zu Moussa gewandert, von Moussa zu seiner Mutter, von seiner Mutter zu mir, und ich musste sagen: Danke, danke, das ist aber nett, und das Geld in die andere Richtung wieder verschwinden lassen, bis es erneut bei meiner Schwiegermutter ankam. Das war verrückt, einfach idiotisch! Hin und wieder brach ich sogar in wildes Gelächter aus, auch wenn ich umgehend dafür bezahlte. Moussa hatte mir nicht einmal eine Rose mitgebracht!

Als mich eines Tages eine meiner Schulfreundinnen in der Klinik besuchen kam, eine moderne junge Frau aus Casablanca, in Minirock, mit hohen Absätzen, kurzen Haaren und blonden Strähnchen, einen großen Blumenstrauß, Parfum und ein Paket Babykleidung in der Hand, dachte ich schon, meine Schwiegermutter würde gleich in Ohnmacht fallen. Sadia beugte sich über das Babybettchen.

»Jetzt hast du dieses Wunder also auf die Welt gebracht! Wie hübsch er ist! Mein Gott, wie süß!«

Meine Schwiegermutter veranstaltete sogleich ein regelrechtes Verhör mit ihr. »Woher kommst du? Sind deine Eltern Marokkaner? Lebst du in Frankreich? Woher kennst du Leila? Arbeitest du? Wo wohnst du? Bist du verheiratet? Ach, du bist nicht verheiratet ...«

Sadia beantwortete die Fragen, aber ich spürte, dass sie sich unwohl fühlte. Wir versuchten, uns auf Französisch zu unterhalten, aber meine Schwiegermutter rümpfte immer mehr die Nase.

Als ich mit meinem wieder zusammengenähten Bauch aus der Klinik entlassen wurde, war ihr das keinerlei Rücksichtnahme wert. Sie ging sogar so weit und sagte

zu mir: »Jetzt bin ich deine Mutter! Du gehörst nicht mehr zu deiner Familie, sondern zu unserer.«
Bei der Entlassung aus der Klinik befahl sie mir jedoch, zu meinen Eltern zu gehen und sie mit ihrem Sohn allein zu lassen.
»Du gehst zu deinen Eltern zurück, nicht zu meinem Sohn, denn wer soll sich um dich und deinen Sohn kümmern?«
Sie gewiss nicht. Ich war in schlechter körperlicher Verfassung, Ryad schlief nachts nicht durch, sondern schrie unentwegt, und ich weinte ebenfalls. Zwei Wochen war ich in der Klinik gewesen, und trotzdem konnte ich mich noch nicht auf den Beinen halten. Der Arzt, der sehr gut über meine Situation, einschließlich der Schwiegermutter, Bescheid wusste, hatte Moussa kommen lassen.
»Ihre Frau macht eine Depression durch. Sie isst fast nichts und schläft nicht. Ich warne Sie, wenn sie aus irgendeinem Grund wieder ins Krankenhaus muss, dann bekommen Sie es mit mir zu tun! Sorgen Sie vor allem dafür, dass sie Ruhe hat und dass es ihr und dem Baby an nichts fehlt.«
Und da sie beide Marokkaner waren, erlaubte er sich, auf Arabisch zu witzeln:
»Stimmt es, dass man in Ihrer Region sehr aufs Geld aus ist?«
Moussa war von diesem Scherz nicht gerade begeistert.
»He, für wen hält der sich, dieser Idiot?«
Der Arzt hatte mir Medikamente gegeben und vor meiner Entlassung eine Psychologin kommen lassen, aber ich war nur in Tränen ausgebrochen und hatte bis auf »Ich kann nicht mehr« kein Wort herausgebracht.
Ich sollte also auf Anweisung meiner Schwiegermutter zu meinen Eltern gehen, aber meine Mutter riet mir davon ab:
»Leila, mach das nicht. Das wird sie dir schon ab morgen für den Rest deines Lebens vorwerfen.«
»Warum? Sie hat es doch vorgeschlagen!«

»Eine Schwiegermutter sagt ihrer Schwiegertochter immer das Gegenteil von dem, was sie will ...«
Eine Frage des Protokolls, eine Art Test ... Es fiel mir schwer, das zu verstehen. Waren das womöglich Wissenslücken durch meine zu westliche Erziehung? Also kehrte ich widerwillig zu mir nach Hause zurück. Allerdings war es nicht mehr mein Zuhause. Ich kam mir vor, als stiege ich in die Hölle hinab.
»Warum bist du nicht zu deinen Eltern gegangen, wie ich es dir gesagt habe?«
»Meine Eltern wohnen zu weit weg, dort gibt es keine Apotheke. Hier habe ich die Apotheke gleich unten ...«
Das war die von meiner Mutter vorgeschlagene protokollgemäße Antwort.
Ryad schlief nachts nicht durch, er hatte ständig Hunger und brauchte alle zwei Stunden sein Fläschchen. Moussa schlief. Seine Mutter schnarchte. Ich stand alle anderthalb Stunden auf, ging im Dunkeln auf Zehenspitzen durchs Wohnzimmer, schloss die Tür zur Küche, damit die Schnarcherin nicht vom Licht gestört wurde, bereitete das Fläschchen zu, und währenddessen brüllte Ryad. Meine Schwiegermutter schimpfte also, und Moussa schlief einfach weiter.
Ich konnte mich nicht um meinen Sohn kümmern und gleichzeitig das Fläschchen richten. Meine Operationsnarbe schmerzte zu sehr, als dass ich das Baby und zugleich einen Topf hätte tragen können. Außerdem musste ich jeden Abend daran denken, die verdammte Uhr wegzuräumen und die Fensterläden zu schließen, morgens musste ich früh aufstehen, um das Frühstück zuzubereiten, dann das Essen zu kochen und meiner Schwiegermutter das Bad zu richten.
Bei ihr zu Hause wurde sie von einer anderen Schwiegertochter gewaschen. Wäre sie allein gewesen, hätte sie das problemlos selbst erledigen können, aber das kam gar nicht in Frage. Denn die Regel lautete: Deine

Schwiegermutter ist da, sie hat ein gewisses Alter, also wäschst du ihr den Rücken. Es war zwecklos, ihr eine Bürste zu kaufen, damit sie alleine zurechtkäme, denn Moussa hätte sie mir ins Gesicht geschleudert.

Ich spürte, dass er sich veränderte. Wir unterhielten uns nicht mehr miteinander. Er arbeitete nicht, sondern fing auf einmal an, eifrig seine Gebete zu sprechen und im Koran zu lesen. Ich bin gläubig, ich halte den Fastenmonat ein, aber für mich spielt die Religion keine große Rolle. Auch für meine Eltern nicht. Moussa dagegen redete jetzt mit seiner Mutter ständig über Religion, er hatte sich sogar Hörkassetten mit dem Koran gekauft, und sie beteten zusammen. Ich weiß nicht, was in seinem Kopf vorging, dass er sein Verhalten dermaßen änderte. Noch heute sehe ich die beiden im Wohnzimmer auf dem Boden knien. Ich saß völlig erschöpft da. Und meine Schwiegermutter war zufrieden: »Es ist gut, mein Sohn, dass du zur Religion zurückgefunden hast.«

Ich konnte nicht einmal mehr fernsehen. Meine Schwiegermutter machte mir Vorhaltungen, dass ich keine Parabolantenne hatte, mit der man die arabischen Programme hätte empfangen können. Und auch Ryads Pflege bot Anlass für Konflikte. Der Wickeltisch stand im Wohnzimmer, da ich, bis wir eine größere Wohnung fanden, keinen Platz hatte, wo ich ihn sonst hätte aufstellen können, und meine Schwiegermutter konnte den Anblick der Windeln nicht ertragen!

»Das stinkt, bring die Windel doch gleich runter in die Mülltonne!«

Wir wohnten in der dritten Etage. Und jedes Mal, wenn ich meinen Sohn gewickelt hatte, war ich also gezwungen, die Treppen hinunterzugehen, um eine Windel wegzuwerfen. Wir hatten in der Wohnung einen Mülleimer mit verschließbaren Plastiksäcken, aber das reichte ihr nicht aus, das konnte nicht bis zum Abend warten, ich musste sie einzeln hinuntertragen!

Nur ganz selten nahm sie Ryad auf den Arm, und jedes Mal brüllte er.
Einmal beschloss sie, das Essen zuzubereiten. Spätestens da wurde ich endgültig magersüchtig.
»Leila, komm zum Essen.«
»Nein, danke, ich fühle mich nicht wohl, ich habe keinen Hunger.«
Am Abend bat Moussa seine Mutter, ihm etwas zu essen zu machen.
»Nein, nein, ich setze keinen Fuß mehr in diese Küche. Deine Frau vertraut mir nicht, sie hat Angst, ich könnte sie mit einem Fluch belegen.«
»Aber nein, sie hat mir gesagt, dass sie keinen Hunger hatte.«
»Nein, heute Mittag hat sie mein Essen nicht angerührt, weil sie mir nicht vertraut, ich mache also gar nichts mehr.«
Sie versuchte offenkundig, uns auseinander zu bringen, um ihren Sohn zurückzugewinnen. Nun, da er seine Papiere hatte, brauchte er mich nicht mehr.
»Moussa, das Baby schreit die ganze Zeit, und ich habe Angst, ganz allein in diesem Wohnzimmer, also komm und schlafe bei mir und lass das Kind bei deiner Frau. So kannst du dich besser erholen, mein Sohn.«
Und das tat er. Er machte es sich zur Gewohnheit, bei seiner Mutter im Wohnzimmer zu schlafen, und das mit fünfunddreißig Jahren! Und er hatte eine ganz besondere Begründung dafür: »Ich schlafe bei meiner Mutter, denn wenn sie einmal nicht mehr da ist, werde ich keine Mutter mehr haben, deshalb genieße ich jeden Augenblick mit ihr.«

Sie hatte mich völlig isoliert. Und die Auseinandersetzungen wurden immer unerbittlicher. Obwohl meine Schwiegermutter zu Besuch war, sagte ich meinem Mann, was ich ihm zu sagen hatte, aber nur, wenn sie nicht im Zimmer war. Sie setzte mir derart zu, dass die Situation am Ende logischerweise eskalierte. Ich glaube, dass sie es darauf anlegte, um mich in den Augen ihres Sohnes endgültig schlecht zu machen. Wieder einmal hatte sie mich gebeten, ihr das Bad zu bereiten. Das war für mich eine sehr schmerzhafte Aufgabe, weil mir mein Bauch noch immer wehtat, da die Narbe schlecht heilte und sich entzündet hatte. Schweigend wusch ich ihr die Schultern und den Rücken.

»Weiter runter!«

Das war zu viel für mich. Ich hatte einem Erwachsenen noch nie den Hintern gewaschen! Bei Babys und meinen kleinen Brüdern, okay. Aber bei einer alten Schwiegermutter von achtzig Kilo, nein!

»Ich kann mich nicht weiter hinunterbeugen, das tut mir am Bauch zu weh.«

Und ich ging einfach aus dem Badezimmer. Ich war höflich geblieben. Sie stieg aus dem Wasser, kam wie eine Furie ins Wohnzimmer gestürmt und wandte sich an ihren Sohn, der sich damit begnügte, sich das Wortgefecht schweigend anzuhören.

»Deine Frau wollte mich nicht waschen!«

»Aber ja, ich habe getan, was ich tun muss.«

»Du hattest keine Lust!«

»Ich kann mich nicht bücken, es liegt nicht daran, dass ich nicht will, sondern dass ich nicht kann. Wenn du mir nicht glaubst, dann schau dir doch meine Narbe an!«

Und ich zeigte ihr meine Narbe, die noch immer eiterte, damit sie endlich begriff, dass die Weigerung nicht gegen sie gerichtet war. Aber ich dachte logisch, verließ mich auf die Logik, eine Sprache, die meiner Schwiegermutter fremd war. Was hatte ich da gerade gemacht? Ich hatte meiner Schwiegermutter gegenüber etwas Obszönes getan. Ich hatte ihr meinen Bauch gezeigt!

Moussa war fortgegangen und überließ uns unserer Streiterei. Er hatte die Nase voll, das konnte ich gut verstehen, aber er hatte das Glück, einfach abhauen zu können, um das Gezeter seiner Mutter nicht mehr hören zu müssen. Ich dagegen saß in der Falle, ich konnte nicht mehr vor Erschöpfung, Schlafmangel und Entkräftung, und sie reizte mich bis zur Weißglut. Ich flüchtete mich in mein Schlafzimmer, knallte aber entgegen dem Protokoll die Tür hinter mir zu und sagte: »Scheiße, ich habe die Schnauze voll!«

Als ihr Sohn zurückkam, fing sie an zu brüllen und zu heulen und ein unglaubliches Affentheater aufzuführen.

»Ich bleibe nicht länger hier, weil deine Frau sich nicht um mich kümmert, ich habe nicht dreitausend Kilometer zurückgelegt, damit man mich auf diese Weise beleidigt, ich bin schließlich kein Hund, du machst dir ja kein Bild, mein Sohn! Sie hat keinerlei Respekt, hat ihre Hose heruntergezogen, mir ihren Hintern gezeigt und gesagt: Du kannst mich mal!«

Ich versuchte, die Sache richtig zu stellen. Ich hatte ihr meinen Bauch, nicht meinen Hintern gezeigt. Ich hatte Scheiße gesagt, nicht »du kannst mich mal«. Und außerdem komme es für mich gar nicht in Frage, dass ich seiner Mutter den Hintern wasche. Übrigens wäre es gut, wenn sie die Badewanne nur ein Mal pro Bad füllen würde, nicht fünf Mal hintereinander, weil das Wasser viel Geld koste. Sie stieg nämlich ins Bad, tauchte wie ein Nilpferd unter, ließ das Wasser ablaufen, füllte es wieder nach und tat das zum Spaß vier oder fünf Mal hintereinander. Aber ich hatte die Rechnung zu bezahlen. Jedenfalls würde sie mich bald weich kriegen, das spürte ich. Anstatt das Glück zu genießen, mit meinem Sohn zusammen zu sein, durchlebte ich die Hölle. Sie jedoch lag ihrem Sohn in den Ohren, damit er endlich einräumte, dass ich eine schlechte Frau sei.

»Deine Frau hört nicht zu, deine Frau tut, was sie will, du bist der Ehemann, sie muss dir sagen, wohin sie geht, sie sollte keine Hosen anziehen, sie sollte nicht allein ausgehen ...«

Deshalb fing Moussa an mich zu fragen:

»Wo warst du? Wohin gehst du? Was hast du vor?«

Ich hatte mich mein ganzes Leben lang genügend abgestrampelt, dass mir mit ihm so etwas nicht von Neuem passieren durfte. Schließlich sagte ich ihm, was ich auf dem Herzen hatte:

»Wenn es dir nicht passt, dann hau ab mitsamt deiner Mutter, das käme mir sehr gelegen! Ich habe Arbeit, eine Wohnung, ein Kind, ich brauche euch nicht! Was hast du mir denn schon gebracht?«

»Was ich dir gebracht habe? Ich habe dir Respekt verschafft, ich habe dich zur Frau genommen. Du bist verheiratet!«

»Jedenfalls habe ich dich nie geliebt, und ich werde dich auch nie lieben.«

»Ach so? So ist das? Warum hast du dann ein Kind mit mir gemacht?«

»Du bist derjenige, der mir ein Kind gemacht hat! Aber Ryad ist auf der Welt, und er ist mein Sohn, ich habe ihn ausgetragen! Nicht du! Jetzt kannst du wählen: sie oder ich!«

Ich spürte, dass diese körperliche und nervliche Niedergeschlagenheit, die ich bereits kennen gelernt und die mich an den Rand des Wahnsinns getrieben hatte, im Begriff war, mich erneut zu befallen, und ich hatte Angst. Ich musste mich jetzt für meinen Sohn schützen, für ihn durchhalten. Aber meine Schwiegermutter ließ nicht locker. Sie keifte in ihrer Ecke herum, ich würde ungehörig mit ihrem Sohn reden, schließlich kam sie sogar in mein Zimmer, stellte sich zwischen uns und brüllte, dass sie es nicht aushalten könne, wenn ich so mit meinem Mann sprechen würde. Ich schickte sie hinaus.

»Das geht dich gar nichts an, das ist eine Sache zwischen meinem Mann und mir.«

»Hör auf, so mit meiner Mutter zu reden! Ich rufe deinen Vater an, dann unterhalten wir uns über diese Geschichte.«

»Ruf an, wen du willst, das ist mir völlig egal!«

Ich war inzwischen dreiundzwanzig, und alles ging wieder von vorne los, alles wie gehabt. Ich glaube, wir hätten ein normales Leben führen können, hätte sich diese bösartige Frau nicht in unser Eheleben eingemischt. Zur Entlastung meines Mannes muss gesagt werden, dass das Scheitern unserer Ehe ausschließlich die Schuld seiner Mutter war. Als er sie bei uns empfing, hielt er sich an die marokkanische Tradition, war Gefangener eines Protokolls, das vorschreibt, dass die Schwiegermutter bei der Geburt des ersten Kindes im Mittelpunkt steht. Er stellte sie ins Zentrum, weil er so erzogen worden war und es nicht anders kennen gelernt hatte. Es machte mich wütend, ihn so schwach zu sehen, dabei hätte ich ihn eigentlich bedauern müssen.

Dieses Mal bestand das Tribunal aus meiner Schwiegermutter und meinem Vater.

»Deine Tochter ist schlecht erzogen, sie gibt ihrem Mann Widerworte.«

Mein Vater schwieg. Er musste sich darüber im Klaren sein, dass ich am Ende meiner Kräfte war, und er konnte diese Frau ebenfalls nicht leiden. Er hatte mich zu dieser Ehe gezwungen, mir war diese Schwiegermutter aufgenötigt worden ... Wieder wartete ich auf eine Geste, ein Wort von ihm.

»Leila, stimmt das, was deine Schwiegermutter sagt?«

Ich hatte alles erzählt und mich dabei bemüht, ruhig zu bleiben, aber das gelang mir nicht. Mein Vater nahm mich zur Seite.

»Sie ist nicht lange da. Du musst es eben so lange auf dich nehmen. Tu es für Ryad. Weder für sie, noch für mich, sondern für deinen Sohn.«

Bevor er ging, sagte er zu Moussa und seiner Mutter:
»Ich entschuldige mich für sie!«
Ich aber entschuldigte mich nicht. Das kam für mich überhaupt nicht in Frage. Kaum war er aus dem Haus, da griff sie mich schon wieder an.
»Du bringst jetzt diese Windel runter!«
»Nein! Wir haben hier einen Mülleimer stehen. Das macht man in Frankreich so, ich bringe den Müllsack runter, wenn er voll ist.«
Sie hatte sich hingesetzt, sich mit untergeschlagenen Beinen hingehockt und führte ein Theater auf, das mich sprachlos machte.
»Ich bin hingefallen! Sie macht mich noch ganz verrückt! Sie macht mich noch verrückt ...«
Und sie wiederholte diese Leier ohne Ende. Sie zerkratzte sich das Gesicht und nahm ihr Kopftuch ab, um mich zu verfluchen.
»Leila, einer für mich, zehn für dich!«
Anders ausgedrückt: Wenn ich unter einem Fluch stehe, dann lasten zehn auf dir. Ich schaute mir das an und dachte: »Mein Gott, das darf doch einfach nicht wahr sein! Ich bin nicht richtig zugegen, das muss ein Albtraum sein.«
Ich war gerade dabei, Ryad auf dem Wickeltisch, der ja leider im Wohnzimmer stand, die Windeln zu wechseln, als sich die Sache mit einem Schlag unglaublich zuspitzte. Ich konnte nichts unternehmen, da ich in der einen Hand die Windel hatte und mit der anderen mein Baby auf dem Wickeltisch festhalten musste. Plötzlich tauchte Moussa auf, und als er seine Mutter in dieser hilflosen Lage sah, verlor er seinerseits die Nerven.
Er zerriss sich sein Hemd, schlug sich gegen die Brust und zerkratzte sich, bis es blutete ... er war absolut hysterisch.
»Das verzeihe ich dir nie, du hast meiner Mutter wehgetan, du willst meine Mutter umbringen!«

Ich starrte die beiden, diese alte Frau und diesen erwachsenen Mann, mit entgeisterten, weit aufgerissenen Augen an. Sie stand auf und stieß mich mit voller Wucht gegen die Wand.

»Das verzeihe ich dir nie! Du hast mir meinen Sohn genommen! Ich schwöre dir auf den Koran, dass du nicht die Frau meines Sohnes bleiben wirst, du verdienst ihn gar nicht!«

Da packte mich die kalte Wut – das musste auf die Dauer irgendwie ansteckend sein.

»Was, ich habe dir deinen Sohn genommen? Wer hat hier dem anderen das Leben versaut? Wer hat hier um die Hand des anderen angehalten? Wer wollte gar nicht heiraten? Wer wollte ihn überhaupt nicht? Ich verabscheue euch! Ich hasse euch alle beide! Diesen Mann wollte ich nie. Er ist verrückt, wir haben überhaupt nichts miteinander gemein! Du hältst deinen Sohn für einen König und für unersetzlich? Es gibt viel bessere Männer als ihn, und ich habe einen besseren verdient! Er ist derjenige, der mich nicht verdient hat.«

Ich hätte vor allem sagen sollen, dass er sich meiner ganz einfach bedient hatte, um an seine Papiere heranzukommen. Aber das fiel mir in diesem Moment gar nicht ein, so fuchsteufelswild war ich. Verständlicherweise konnte ich es einfach nicht ertragen, die Feststellung »Du hast meinen Sohn gar nicht verdient« zu hören.

Ich wandte mich an Moussa und beleidigte ihn:

»Du Idiot! Du hast mir alles genommen, du hast mir alles versaut!«

Sie hatten mich in den Wahnsinn getrieben. In blinder Wut lief ich auf Strumpfsocken und im T-Shirt davon, rannte die Treppe hinunter und in die winterliche Kälte hinaus. Es schneite, und ich hatte nur einen Gedanken im Kopf: abzuhauen. Hätten wir einen Balkon gehabt, hätte ich mich in die Tiefe gestürzt.

Wie eine Furie rannte ich durch das ganze Viertel zur Telefonzelle und rief meine Mutter an:
»Mama, weißt du was? Du wirst deine Tochter verlieren, verdammt, du verlierst sie definitiv. Adieu! Ich bitte dich nur um eines: Kümmere dich um Ryad.«
In diesem Augenblick existierte nicht einmal Ryad mehr für mich. Ich rannte durch das Neubaugebiet, wollte nur noch sterben. Deshalb lief ich in Richtung Route Nationale und sagte mir: »Los, jetzt mach ein für allemal Schluss!« Ich wollte, dass ein Lastwagen kam und mich überrollte.
Seltsamerweise begegnete ich in den schlimmsten Augenblicken meines Lebens stets im letzten Moment irgendwelchen Bekannten. Ein Auto kam angefahren, und am Steuer saß Juliette, eine Freundin meiner Familie. Eine große und gute »Mama«, schwarz wie Ebenholz, kräftig und sehr großherzig.
Sie erkannte mich, wie ich da schlotternd am Straßenrand stand, mit blutüberströmtem Gesicht, weil ich mir in der Telefonzelle den Kopf angestoßen hatte.
»Leila, was machst du denn hier? Was ist los?«
Ich schluchzte und brachte kein Wort heraus. Mein Kopf war wie blockiert. Ich hatte den Eindruck, ich sei mit einem Schlag verstummt und würde nie wieder sprechen können. Juliette wollte, dass ich zu ihr ins Auto steige, aber ich weigerte mich wortlos. Ich wollte weder sie noch ihr Auto sehen, sondern unter die Räder eines Lastwagens geraten. Damit er mich zermalme, mich und mein Scheißleben.
Juliette erkannte sehr wohl, dass ich ernsthaft in Gefahr war.
»Los, steig ins Auto. Und wenn ich dir eine Ohrfeige geben muss. Steig ein, sag ich!«
Als ich sie zurückstieß, packte sie mich am Schlafittchen und hob mich an, als sei ich eine Feder.
Ich war so mager und sie so stark, dass es ihr gar keine

Mühe bereitete. Sie bugsierte mich auf die Rückbank und schnallte mich an.
»Du rührst dich nicht vom Fleck! Ich nehme dich mit zu mir!«
Sie brachte mich in ihr Zimmer, und als ich wieder ein Wort hervorstoßen konnte, flehte ich sie stammelnd an: »Sag ... niemandem Bescheid ... allein ... allein ...«
Ich wollte tatsächlich allein sein, ich war am Ende, in Panik, und ich konnte nicht mehr richtig denken.
»Einverstanden, ich lasse dich hier allein, aber ich schließe die Tür ab! Hör gut zu, ich bin nebenan, ich gehe nicht fort. Heul dich richtig aus, schrei, wenn du willst. Auch wenn du den ganzen Tag hier bleiben musst – du rührst dich nicht von der Stelle, solange du nicht ordentlich sprechen und klare Gedanken fassen kannst.«
Und sie schloss mich ein. Ich kauerte mich in einem Sessel zusammen und brach wirklich in Tränen aus. Ich blickte ins Leere, und mein Schluchzen schnürte mir so die Kehle zu, dass ich kaum noch atmen konnte. Heute frage ich mich, woher all diese Tränen kamen.
Unterdessen hatte meine Mutter alle unsere Freunde alarmiert und meine Brüder losgeschickt, mich zu suchen. Sie machten die Runde durch die Wohnblocks. Und einer von ihnen klingelte auch bei Juliette.
»Nein, nein, ich habe Leila nicht gesehen. Warum? Was ist passiert?«
»Meine Schwester ist verschwunden. Bitte melden Sie sich, wenn Sie sie sehen.«
Gerne hätte Juliette ihm gesagt: »Sei unbesorgt, sie ist hier.« Aber sie wusste nicht, was sich ereignet hatte, und vor allem nicht, wer für meinen Zustand verantwortlich war. Sie glaubte, ich sei auf der Flucht, das war schlimm genug, doch ihr war noch nicht klar geworden, dass ich mich unter einen Lastwagen werfen wollte, weil ich nicht einmal in der Lage gewesen war, ihr das zu sagen.
Ich blieb den ganzen Tag bei ihr. Als ich mich erst einmal

richtig ausgeweint hatte, konnte ich nach und nach auch wieder klar denken. Ich konnte dieses Leben nicht ertragen, aber andere Mädchen, die wie ich zur Ehe gezwungen worden waren, schafften es. Ich kannte selbst einige. Meiner Meinung nach verplemperten sie ihre Chance, hier in diesem freien Land frei zu leben. Mich selbst betrachtete ich als Versagerin, da bei mir auf einen verzweifelten Ausreißversuch ein tetanischer Anfall oder gar eine Depression folgte, die mich an Selbstmord denken ließ. Unentwegt kämpfte ich, verteidigte ich mich, aber nie gewann ich. Alle diese Leute, die von Integration sprachen, würden es nie schaffen, uns da herauszuholen. Sie hatten nicht die Möglichkeit dazu. Wir selbst, die Mädchen in den Realschulen und Gymnasien, machten uns etwas vor, wenn wir behaupteten, unsere Eltern würden uns das »nie im Leben« antun ... Nie im Leben würde man uns mit einem Mann aus dem marokkanischen Hinterland zwangsverheiraten. Weil wir »Nein« sagen würden. Und trotzdem sagten einige von uns unter Zwang doch »Ja«. Wir waren in einem System gefangen, manche hatten selbst Kinder bekommen, und ich hatte den Eindruck, dass sie ihren Töchtern das Gleiche antun würden. Ewig das Gleiche wiederholen würden, was sie selbst erlebt hatten. Wo nur gab es eine Lösung? Die moslemische Gemeinschaft in Frankreich hatte sich seit meiner Geburt nicht weiterentwickelt, ganz im Gegenteil.
Als ich in der Schule war, hatte ich nie Mädchen mit Kopftuch gesehen, und jetzt traf man auf den Straßen ständig welche.
Was wäre zu tun, damit sich die Familien weiterentwickeln? Sollte man ihnen ein gesondertes Gebiet zuweisen? In dem sie leben können, wie sie wollen, in dem sie nach ihren eigenen Vorstellungen leben und die Mädchen einsperren können? Gewiss nicht, denn diese abgegrenzten Gebiete existieren ja bereits in den Wohnvierteln. Der einzige Hoffnungsschimmer ist für die

Mädchen gerade die Schule, die Bildung. Nur das Wissen erlaubt es ihnen, die mittelalterlichen Traditionen hinter sich zu lassen und sich weiterzuentwickeln. Ein Ort, an dem die Religion und die Traditionen jedes Einzelnen außen vor bleiben, wie ich es als Kind erlebt habe, ein Ort, an dem wir uns wohl fühlen.
Wenn ich Reportagen über Mädchen sehe, die aus eigenem Wunsch verschleiert in die Schule gehen wollen, habe ich wirklich so meine Zweifel. Manche tun das wahrscheinlich, um eine verlorene Identität zurückzugewinnen. Eine jugendliche Krisenphase, die sich anders ausdrückt als bei mir. Aber ich weiß, dass sich viele nur deshalb verschleiern, damit sie ihre Ruhe haben, damit ihre Brüder sie in Frieden lassen. »Meine Schwester ist verschleiert, das ist gut, ich brauche mir keine Sorgen zu machen.«
Eines dieser Mädchen erzählte mir einmal: »Unter uns gesagt, seit ich den Schleier trage, lassen mich meine Brüder, meine Eltern und alle anderen in Ruhe. Ich kann hingehen, wohin ich will, und tun, was ich möchte. Ich hatte schon mehrere Freunde, ich kann völlig ungestört eine Zigarette rauchen, weil sie gar nicht auf die Idee kämen, dass ich, verschleiert, eine Zigarette rauchen könnte!«
Aber diese Lösung gefällt mir überhaupt nicht. Zum einen, weil sie, wie immer, auf einer Lüge basiert und weil die Eltern, die Brüder und Ehemänner im Zusammenhang mit diesem Schleier unbemerkt völlig in die Religion eintauchen können, denn davor ist keiner gefeit. Von einem Tag auf den anderen können wir uns vor einen gnadenlosen Fundamentalismus gestellt sehen. Moussa war im Begriff, sich davon anstecken zu lassen. Und falls der Schleier in Frankreich legalisiert werden sollte, wird niemand die Familien mehr davon abhalten, ihn für obligatorisch zu erklären: »Da er in der Schule erlaubt ist, zieh ihn an!« Schon jetzt werden manche

Mädchen von ihren Eltern gezwungen, den Schleier zu tragen, damit sie sie leichter verheiraten können, weil manche Männer Wert darauf legen.
Was mich betraf, so befand ich mich an jenem Tag noch immer in der gleichen Lage. Eingezwängt zwischen einem Ehemann und einer Schwiegermutter, kam ich wie früher als Jugendliche nur im Schneckentempo voran. Jedes Mal, wenn es mir gelang, meinen Eltern oder Moussa etwas begreiflich zu machen, glitt die Schnecke ein Stückchen weiter.
Dieses Mal war die Schnecke beinahe von Rädern zerquetscht worden. Ich hatte mich wie eine Geisteskranke verhalten, ich hatte meinen Sohn, mein kleines Baby, bei diesen zwei Hysterikern allein gelassen! Um zu sterben und ihn endgültig im Stich zu lassen? Ich hatte wahrlich ein paar Ohrfeigen verdient.
Als mein kleiner Bruder erneut an Juliettes Tür klingelte und in die Gegensprechanlage weinte, ließ sie ihn herein. Mama hatte Ryad geholt, den meine Schwiegermutter in seinem Korb auf der Fußmatte abgestellt hatte! Sie hatte die Tür zu meiner Wohnung kaum einen Spalt geöffnet und meine Mutter wie eine Furie angegriffen:
»Bist du als Fürsprecherin deiner Tochter gekommen, um sie zu verteidigen? Weißt du, was deine Tochter gemacht hat?«
Und sie hatte wieder mit der Geschichte angefangen, dass ich mich geweigert hätte, ihr den Hintern zu waschen, und die Schamlosigkeit besessen hätte, ihr meinen Bauch zu zeigen. Für meine Mutter war das Problem leicht zu lösen.
»Lass sie in Ruhe! Meine Tochter hat alles getan, damit es mit Moussa klappt, und jetzt machst du alles kaputt. Meine Tochter ist hier nicht überflüssig, sie wohnt hier, aber falls sie zu uns nach Hause zurückkommen muss, dann nur mit ihrem Sohn.«

Und was Moussa betraf, so bekam er ebenfalls einiges zu hören:
»Ich warne dich! Wenn meiner Tochter oder meinem Enkel irgendetwas zustößt, dann geht das für dich sehr schlecht aus.«
Ich glaube, sie wäre fähig gewesen, meinen Vater zu drängen, in Marokko Anzeige gegen ihn zu erstatten. Moussa bekam es wohl allmählich mit der Angst zu tun und schlug vor, sich mit ihr auf die Suche nach mir zu machen. Sie lehnte dankend ab. Wenn jemand mich holen müsste, dann sie, nicht er. Und das Baby nahm sie gleich mit. Die Schwiegermutter fing wieder zu brüllen an.
»Bist etwa du, eine Frau, diejenige, die in deiner Familie das Sagen hat?«
»Und du? Ist es nicht genau das, was du gerne haben würdest?«
Als mir meine Mutter später von diesem »Kampf der Schwiegermütter« und dem verdutzten Blick Moussas dazwischen berichtete, fühlte ich mich für mein Unglück vorübergehend gerächt.
Sie hatten eine ernste Auseinandersetzung, eine wahre Schlacht von Beleidigungen, die sie sich wie im Dorf auf Arabisch entgegenschleuderten. Und am Ende sagte meine Mutter:
»Und du hältst deinen Sohn Moussa für einen Mann? Anstatt bei seiner Frau zu schlafen, schläft er bei seiner Mutter, soll das etwa normal sein, was?«
»He, he ... sie spricht über die Sexualität meines Sohnes!«
Das »Muttersöhnchen« mischte sich in den Kampf ein, um seine Ehre zu verteidigen:
»Mit welchem Recht kümmerst du dich um meine Sexualität? Wer hat deine Tochter genommen? Wer hat sie geheiratet? Wer hat sie vor dem Gerede der anderen bewahrt?«
»Es war die größte Dummheit unseres Lebens, dass wir dir unsere Tochter gegeben haben, und ich werde sie mir nie verzeihen!«

Ende der Vorstellung. Und ein erneuter hysterischer Ausbruch von Mutter und Sohn.

»Meine liebe Mama, ich habe dich hierher geholt, verzeih mir, Gott möge mir verzeihen, weil ich dich leiden lasse, dich zum Weinen bringe ...«

Meine Mutter berichtete mir, sie sei sich wie in einem Film vorgekommen.

Ich kehrte also mit Ryad zu meinen Eltern zurück. Fand bei ihnen Unterschlupf. Schon während der Schwangerschaft hatte ich insgeheim an eine Scheidung gedacht, behielt diesen Gedanken aber noch für mich. Ich konnte nicht mit diesem Mann zusammenleben und ihn mein Kind erziehen lassen. Ryad war kaum einen Monat auf der Welt und musste sich schon die Schreie von Verrückten anhören. Weder er noch ich würden ein normales Leben führen können.

Mein Vater begriff allmählich und sagte zu mir:

»Solange die andere da ist, gehst du nicht in deine Wohnung zurück.«

Trotzdem wurde ich wütend. Ich war diejenige, die die Miete bezahlte! Ich hatte keinen Centime an Ersparnissen und wusste nicht, was ich machen würde, sollte Ryad irgendetwas zustoßen.

Die Tage vergingen, und jeden Morgen brachte mich mein Vater zu meiner Wohnung, damit die Krankenschwester mir die Spritzen gegen die Venenentzündung geben konnte. Sie machte Hausbesuche, aber ich konnte sie doch nicht bitten, viele Kilometer zusätzlich zu fahren. Mein Vater wartete unten im Auto auf mich.

»Brich bitte keinen Streit vom Zaun.«

Ich betrat die Wohnung und sah die beiden noch immer zusammen schlafen, obwohl es längst Tag war und die anderen Leute bei der Arbeit waren. Deshalb machte ich Lärm, knallte die Türen und Schubladen zu und schaltete sogar Musik ein. »Leila, es reicht, hör auf, solchen Krach zu machen, meine Mutter schläft!«

»Das ist mir egal. Ich muss ein paar Sachen suchen.«
Ich sagte noch nicht: »Das hier ist meine Wohnung.« Der Zeitpunkt war noch nicht gekommen. Ich wollte abwarten, bis seine Mutter und – falls möglich – auch er nach Marokko zurückkehrten.
Und eines Morgens beschloss ich, die beiden zu provozieren. Ich kam geschminkt, frisiert und schick gekleidet an, als ginge ich zu einem Rendezvous. Normalerweise war ich eher nachlässig angezogen und gar nicht in der Lage, Eitelkeit an den Tag zu legen. Ich hoffte, sie würden vor dem zurückweichen, was sie als unerträgliche Provokation empfinden mussten, und aus meiner Wohnung verschwinden. Moussa ging mir tatsächlich auf den Leim:
»Wohin gehst du so?«
»Interessierst du dich etwa für mich? Das ist ja etwas ganz Neues.«
»Du bist geschminkt, schick angezogen, du hast Ryad nicht dabei, wo willst du hin?«
»Das geht dich gar nichts an. Tschüss, bis morgen.«
An einem anderen Vormittag wachte seine Mutter auf, und als sie mich erblickte, zog sie sich sogleich die Decke über den Kopf. Ich machte meinem Ärger auf Französisch Luft:
»Du bösartige Schlange! Diese Frau ist doch einfach zu dumm! Glaubst du etwa, ich hätte nicht gesehen, dass du dich versteckst?«
Ich wusste, dass sie sich bei ihrem Sohn beschweren würde: »Sie hat mich auf Französisch beleidigt, ich hab sie nicht verstanden ...« Aber da er noch schlief, konnte er nicht übersetzen. Sie schliefen die ganze Zeit. Sie taten nichts anderes; sie sprachen über den Koran, beteten, aßen und schliefen. Aber das taten sie in meiner Wohnung! Und er unterhielt seine Mutter auf meine Kosten! Sie hatte sich Fisch zum Essen gewünscht, in der Küche lag Fisch! Als ich während der Schwangerschaft einmal,

ein einziges Mal, ganz schreckliche Lust auf Fisch gehabt hatte, da hatte Moussa mir geantwortet: »Fisch ist zu teuer!«
An diesem Morgen sprach ich ihn auf diese Frechheit an.
»Moussa, du Dreckskerl! Für mich war Fisch zu teuer, was? Und der, mit dem ihr euch den Bauch vollschlagen wollt? Mit wessen Geld hast du den bezahlt?«
»Warum greifst du mich an?«
»Und das Auto, mit dem du deine Mutter herumfährst, wer bezahlt das? Für deine Mutter ist dir von meinem Geld nichts zu teuer!«
Meine Schwiegermutter wollte sich diese Auseinandersetzung offensichtlich zu Nutze machen:
»Das ist einfach unmöglich mit ihr! Du wirst sie nicht behalten können, mein Sohn! Sie macht dich unglücklich. Stell dir vor, schon mit einem Kind ist sie so! Mach keine anderen, mein Sohn, mach nicht noch welche!«
Allerdings wäre die Voraussetzung ja gewesen, dass ich von ihrem Sohn noch ein Kind hätte haben wollen. Ich ging und schlug die Tür hinter mir zu.
Nach zwei Wochen hatte ich von diesem ewigen Hin und Her und davon, meine Sachen nicht bei mir zu haben, die Nase voll. Außerdem davon, die beiden ohne greifbares Ergebnis zu provozieren. Ich überlegte: »Leila, du arbeitest, du bist im Moment im Mutterschaftsurlaub, aber du beziehst noch immer deinen Lohn, und sie bedienen sich davon. Letztlich hat sie gewonnen, weil du gegangen bist. Wenn du bei deinen Eltern bleibst, wird sie niemals verschwinden. Sie wird sich in deiner Wohnung mit ihrem Lieblingssohn breit machen, und du hast am Ende gar nichts mehr. Also Mädchen, ändere die Taktik und kehre in deine Wohnung zurück!«
Das war die Kriegserklärung. Ich hatte soeben beschlossen, meine Ehe vorsätzlich zu zerstören.

Mit Vorsatz

Die letzte Phase meiner Ehe, die ich in meinem heimlichen Tagebuch festhielt, spielte sich wie ein Marathonlauf ab. Mit letzter Kraft und völlig außer Atem erreichte ich die Ziellinie.

Ich war weder eine Heldin noch eine Kämpferin. Häufig verglich ich mich mit einer in der Falle sitzenden schwachen Fliege, die nicht fliegen darf. Gelegentlich auch mit einer Schnecke, die in gefährlichem Terrain nur ganz langsam vorankommt. Ich wollte meine Schwiegermutter loswerden, die für mein Leben als Frau und junge Mutter das reinste Gift war. Sie stahl mir mein einziges Glück, nämlich meinen Sohn. Durch ihr niederträchtiges Verhalten brachte diese fünfundsechzig Jahre alte Frau, die mit ihrem fünfunddreißigjährigen Sohn auf unheimliche Weise verbunden war und sogar so weit ging, bei ihm zu schlafen und ihm ständig in den Ohren zu liegen, Moussa und mich dazu, dass wir unentwegt stritten. Sie zerstörte sein Leben, denn auch er saß in der Falle.

Ich war wieder an meinen Arbeitsplatz zurückgekehrt. Solange Ryad bei meiner Mutter war, hielt ich in der ehelichen Wohnung stand. Ich brauchte eine Bescheinigung für die Sozialhilfe und ging zum Bürgermeisteramt, um sie mir dort abzuholen. Der Angestellte am Schalter sagte mir:

»Sie müssen Ihrem Mann ausrichten, dass noch Unterlagen für den Antrag seiner Mutter fehlen.«

»Welchen Antrag?«

»Den Antrag für die Aufenthaltsgenehmigung!«

»Davon weiß ich nichts!«

So fand ich heraus, dass mein Mann meine Lohnzettel und eine Bescheinigung eingereicht hatte, die angeblich von mir und ihm unterzeichnet war und besagte, dass wir bereit seien, für den Unterhalt seiner Mutter aufzukommen. Er hatte sie als »mittellose Witwe« bezeichnet. Zum einen hatte ich gar kein Dokument unterschrieben, das musste er gefälscht haben. Zum anderen war mein Schwiegervater nicht gestorben und außerdem wohlhabend genug, um den Unterhalt seiner Frau zu bestreiten. Und falls er es nicht mehr wäre, dann wären seine Söhne in Marokko durchaus dazu in der Lage, nicht jedoch ich mit meinem Hungerlohn!

Moussa hatte den Totenschein seines eigenen Vaters gefälscht, den der Angestellte jetzt genauestens unter die Lupe nahm.

»Wie hat er sich den beschafft?«

»Ich weiß es nicht. Aber man kann sich ja alles besorgen.«

»Ach so, ist das wahr? Ich werde mich mit den beiden befassen.«

»Mir wäre es Recht, wenn sie nicht herausbekämen, dass ich mich da eingemischt habe. Meine häusliche Situation ist sowieso schon kompliziert genug ...«

»Machen Sie sich keine Sorgen, es ist ganz einfach, ich werde von ihm das Familienstammbuch verlangen, und normalerweise muss darin ja vermerkt sein, wenn jemand stirbt.«

Selbstverständlich konnte Moussa das fragliche Familienstammbuch mit dem Vermerk des Todesfalls nicht vorweisen. Er war wütend, konnte aber nichts unternehmen und fand nie heraus, wie es dazu gekommen war.

Ade du schöne Aufenthaltsgenehmigung für die Schwiegermutter! Denn warum sollte sie nicht die Mindestrente und die kostenlose Sozialversicherung kassieren und dabei in Marokko für alle Fälle noch ein kleines Vermögen auf der hohen Kante haben?

Vielleicht wäre er mit seinem Dreh sogar durchgekommen. Es gibt eine Menge Leute, denen das gelungen ist. In Marokko bieten Vermittler den Mädchen, die in den

Ferien da sind, Geld an, damit sie »Papiere beschaffen«. »Ich gebe dir die von dir gewünschte Summe; er rührt dich nicht an, du rührst ihn nicht an, und du nimmst ihn nach Frankreich mit.«

Es gibt Familien, die fremde Kinder mit nach Frankreich gebracht haben. Sogar Neugeborene. Ich gehe davon aus, dass sie sie in Marokko unter ihrem Namen registrieren lassen, zum Beispiel als außerehelich gezeugte Kinder – und die Sache ist geritzt, die Kinder wachsen in Frankreich auf. Andere tun etwas Schlimmeres, sie nehmen unter ihrem Namen Mädchen mit, die ihnen in Wahrheit als Hausmädchen dienen. Ich kannte welche, die am Ende fortgelaufen sind, so sehr wurden sie misshandelt. In den Wohnvierteln kennt jeder eine mehr oder weniger große Zahl von Geschichten dieser Art.

Ich spreche nicht gerne darüber, aber bei uns in Marokko kann man jedes beliebige Dokument kaufen. Eine Geburtsurkunde, einen Totenschein oder eine Bescheinigung, dass man noch ledig ist. Ich kannte den Fall eines verheirateten Mannes, der eine junge Französin marokkanischer Herkunft dafür bezahlte, dass sie ihn mit einer gefälschten Personenstandsbescheinigung heiratete. Da die marokkanische Heiratsurkunde in Frankreich nicht anerkannt wird, wurde dies hier gar nicht überprüft. Sobald er erst einmal seine Ausweispapiere hatte, ließ sich dieser Mann in Frankreich scheiden und seine richtige Frau und die gemeinsame Tochter nach Frankreich kommen. Das System ist ganz einfach: Er ließ sich von seiner richtigen Frau scheiden und heiratete sie ordnungsgemäß ein zweites Mal im Konsulat. Das sind Dinge, die man kennt, die man sich untereinander erzählt, aber keiner prangert sie je an. Damit wäre man ja ein Denunziant.

Diese Art von Trickserei macht mich besonders wütend, weil dabei in der Regel auf die Verheiratung der Mädchen gesetzt wird. Ob Marokkanerinnen, maghrebini-

sche Einwanderinnen oder Französinnen, immer sind die Mädchen die Opfer. Die illegalen Einwanderer behaupten, dass es einfacher sei, sich an eine Französin heranzumachen. Außerdem spare man viel Geld! Denn dabei ist nicht von der Mitgift noch von horrenden Ausgaben für die Hochzeit die Rede.
Den Verliebten zu mimen, ist ganz einfach. Darin sind die »Illegalen« sehr gut – der Junge lässt ein bisschen seinen Charme spielen, und das Mädchen fällt darauf herein, obwohl der Junge sie und ihre Gefühle nur benutzt, um an das heranzukommen, was er haben will. Und wer ist am Ende am Boden zerstört? Sie! Sie wird entweder nach Marokko mitgenommen oder sie wird so lange erniedrigt, bis sie die Scheidung einreicht. Auch eine meiner Freundinnen ist auf diese Masche hereingefallen. Ich habe alles unternommen, um ihr noch rechtzeitig die Augen zu öffnen.
»Sylvie, denk doch mal nach! Du kennst ihn erst seit zwei Monaten, er hat dich auf der Straße angesprochen, du triffst dich mit ihm immer nur im Café, das ist bestimmt ein Illegaler!«
»Aber nein! Er ist Student, wird Ingenieur! Er hat eine Aufenthaltsgenehmigung!«
Man kennt diese Studenten, die alle Ingenieur werden wollen. Egal ob seine Aufenthaltsgenehmigung gefälscht oder ob er tatsächlich Student ist, am Ende geht es immer nur um seine Papiere. Das war auch bei diesem jungen Mann der Fall. Er sah gut aus, war groß, schlank, stets gut gelaunt, und das Mädchen war nicht sonderlich reizvoll. Ihre Familie war besorgt, vor allem ihr Bruder, denn ganz offensichtlich war sie im Begriff, diesem Typen auf den Leim zu gehen.
»Er ist die Liebe meines Lebens, Leila, meine Eltern verstehen das einfach nicht. Auch bei ihm war es Liebe auf den ersten Blick, und er will, dass wir heiraten.«
Ich wurde allmählich wütend.

»Ein Fremder spricht dich mitten in Paris auf der Straße an, lädt dich zu einem Kaffee ein, verdreht dir den Kopf, und du erwartest nichts anderes, als dass er sich in dich verliebt? Ich schwöre dir beim Leben meines Sohnes, dass er um deine Hand anhalten wird, bevor seine Aufenthaltsgenehmigung abläuft.«
»Aber nein, aber nein!«
»Aber gewiss doch! Dieser Kerl hat dich herausgesucht, er hat genau gesehen, dass du von der großen Liebe träumst! Wenn du ihn heiratest, beschafft er sich im Handumdrehen seine Papiere und macht sich aus dem Staub, oder aber er nimmt dich nach Marokko mit, wo du die Hölle durchmachen wirst, bis du schließlich selbst die Scheidung einreichst.«
»Aber nein! Nur weil du eine schreckliche Geschichte erlebt hast, darfst du doch nicht verallgemeinern.«
Die Franzosen denken nun einmal wie Franzosen, nicht wie Araber. Aber ich, als in Frankreich geborenes Mädchen maghrebinischer Herkunft, denke in beiden Sprachen. Die Geschichte meiner Freundin ging genauso aus, wie ich es ihr vorhergesagt hatte: Hochzeit vor Ablauf seiner Aufenthaltserlaubnis. Außerdem hatte er ihr eine große Hochzeit in Algerien versprochen, auf die sie noch heute wartet.
Nach der Hochzeit sprach sie kaum mehr von Liebe. Allerdings hatte sie niemand dazu gezwungen, ihre Eltern lieben sie, sie war nicht wie ich aufgewachsen, sie wollte lediglich geliebt werden. Wie jeder Mensch.
Was mich selbst betraf, so hatte ich beschlossen, meine Ehe vorsätzlich zu zerstören. Nur mit meinem schlechten Charakter als Waffe, der wahrscheinlich meiner Abstammung von Berbern zuzuschreiben ist. Eine Kleinigkeit brachte mich richtig zur Weißglut: Das Auto, das sich Moussa mit meinem Geld gekauft hatte, für das ich verantwortlich war, da der Fahrzeugschein und auch die Versicherung auf meinen Namen liefen. Moussa forderte

mich sogar auf, das Auto voll zu tanken, weil er Ryad von meinen Eltern abholen wollte, während ich bei der Arbeit war. Ich hatte Angst, meinen Sohn bei seinem Vater zu lassen. Er kümmerte sich nicht um ihn, ließ Ryad, obwohl er erst drei Monate alt war, allein in der Wohnung zurück, wenn er einen Kaffee trinken gehen wollte.

Die Sache mit dem Auto führte zur ersten heftigen körperlichen Auseinandersetzung. Genau genommen fing ich damit an. Ich konnte den Anblick nicht ertragen, wie seine Mutter auf meinem Sitz in diesem Auto thronte und wie eine Prinzessin herumkutschiert wurde, während ich zu Fuß gehen musste. Der Streit entzündete sich, als er unten vor dem Haus einparkte. Mit Wut im Bauch beobachtete ich, wie seine Mutter ausstieg. Ich wartete, bis sie im Haus verschwunden war, dann ging ich auf Moussa los:

»Mach die Tür auf!«

»Ich warne dich, wenn du hier einen Skandal vom Zaun brichst ...«

»Ich pfeife auf den Skandal! Findest du es normal, dass sich deine Mutter bei mir breit macht und du sie in meinem Auto spazieren fährst?«

»Nicht bei dir! Bei uns!«

»Nein, bei mir!«

Und ich hackte mit verzweifelter Heftigkeit und Aggressivität wieder auf der alten Geschichte herum. Von allen Flanken griff ich ihn an und nahm vor allem seine Mutter ins Visier. Ich wurde sogar richtig vulgär. Er fiel darauf herein und griff nun meine Mutter an:

»Und deine Mutter? Für wen hält die sich? Sie hat gesagt, ich würde nicht bei meiner Frau schlafen!«

»Und du schläfst doch bei deiner Mutter, oder etwa nicht?«

»Will deine vielleicht, dass ich sie besteige?«

Ich verpasste ihm eine schallende Ohrfeige, das ging ganz automatisch. Er wurde blass.

»Steig sofort aus dem Auto aus!«, schrie ich wütend.
»Nein, ich rühre mich nicht vom Fleck.«
»Steig aus, das ist besser für dich!«
»Nein. Der Fahrzeugschein läuft auf welchen Namen? Auf meinen! Die Versicherung? Auf meinen! Also halt die Klappe. Und wenn jemand aussteigt, dann du!«
»Hier, nimm die Schlüssel, nimm alles, ich will dieses Auto gar nicht.«
»Danke, das ist alles, was ich wollte.«
Er ging davon zu seiner lieben Mama. Ich steckte die Autoschlüssel ein und rief einen meiner Brüder an. Er hatte gerade den Führerschein gemacht.
»Was ist schon wieder los?«
»Du hast doch deine Führerscheinprüfung bestanden, oder? Und jetzt hast du auch ein Auto, mit dem du fahren kannst.«
Mein Vater versuchte, mich zu beruhigen: »Nicht doch, Leila! Geh nicht so weit ...« Aber sein Blick verriet: »Ich mische mich da nicht mehr ein, sonst verliere ich noch die Beherrschung.« Überglücklich fuhr mein Bruder schließlich mit dem Auto davon.
Moussa hatte nicht damit gerechnet, dass ich so schnell handeln würde.
»Wo ist das Auto?«
»Fort! Es gehört mir, und ich habe es verschenkt. Dumm, was?«
»Wer hat es genommen?«
»Lass es gut sein! Du kannst nichts machen. Willst du etwa bei der Polizei Anzeige erstatten? Das Auto gehört mir, und es wurde mir nicht gestohlen!«
Noch am gleichen Abend gab ich, nachdem ich Ryad bei meinen Eltern abgeholt hatte, einer Nachbarin auf unserem Stockwerk Bescheid, einer Französin, zu der ich ein besonders freundschaftliches Verhältnis hatte.
»Ich kehre ›in den Schoß der Familie zurück‹. Wenn du

Krach hörst, mach dir keine Sorgen, das ist normal. Ich habe Moussa den Krieg erklärt.«
»Willst du, dass ich auf Ryad aufpasse?«
»Ich bringe ihn dir, falls es Probleme gibt. Jetzt muss ich los. Auf in den Kampf!«

Ich sah eine strahlende Schwiegermutter, die es sich auf dem Sofa bequem gemacht hatte und zufrieden war, mit ihrem geliebten Sohn allein zu sein, und die sich in dem Glauben wiegte, sie habe die Partie gewonnen. Sobald sie mich erblickte, gefror ihr das Lächeln im Gesicht! Sie fixierte Moussa, als wollte sie ihn hypnotisieren: »Geh nicht zu ihnen!« Durch dieses stillschweigende Verbot war er plötzlich nicht mehr in der Lage, seinen Sohn in den Arm zu nehmen. Meine Schwiegermutter startete den ersten Angriff.
»Du bist da? Warum bist du gekommen?«
»Weil ich dir eins sage: Das hier ist meine Wohnung! Kapiert?«
»Du hättest genügend Respekt haben und warten können, bis ich abgereist bin.«
»Hör zu, ich erkläre es dir! Du wirst schon bald deine Koffer packen und abreisen.«
»So kannst du nicht mit meiner Mutter reden!«
»Du folgst mir ins Schlafzimmer!«
Ich weiß nicht, warum, aber seit einiger Zeit sprach ich mit ihm wie einst mein Vater mit mir: »Du folgst mir ins Schlafzimmer!«
Ich fühlte mich stark, war entschlossen, den Kampf zu gewinnen, denn sie musste unbedingt abreisen. Moussa folgte mir brav.
»Jetzt hör mir gut zu! Du bist ausgeschlafen und sperrst die Ohren auf?«
»Ja, red schon, was willst du?«
»Heute ist Mittwoch. Spätestens Samstagmorgen ist deine Mutter abgereist! Sieh zu, wie du es hinkriegst.«

»Aber wie soll ich denn die Fahrkarte bezahlen?«
»Ach so? Ich habe übrigens ein neues Konto eröffnet, mein Lohn wird jetzt nicht mehr auf das gemeinsame Konto überwiesen. Wenn du also noch Ersparnisse hast, greif auf die zurück.«
»Warum hast du das gemacht?«
»Weil das mein Lohn ist, der auf das gemeinsame Konto geflossen ist, und dein ganzes Geld nach Marokko geschickt wird. Von deinem Arbeitslosengeld sehe ich keinen Centime! Deshalb habe ich ein eigenes Konto eröffnet. Jetzt ist Schluss damit. Schluss mit der Gans, die goldene Eier legt!«
»Das werden wir ja sehen.«
»Nichts werden wir sehen!«
»Und wenn sie am Samstag noch immer da ist, was machst du dann?«
»Dann gehst du ein Risiko ein. Entweder du bringst sie in aller Ruhe und wohlbehalten nach Marokko zurück, oder du läufst Gefahr, sie eines Tages an eine Wand geklatscht oder an einer Lampe baumelnd vorzufinden. Das ist deine Sache. Aber ich schwöre dir, dass ich sie, wenn sie am Samstag nicht abgereist ist, bei der geringsten Bemerkung in die Luft jage.«
Er warf mir einen seltsamen Blick zu, ich machte ihm Angst. Und er schämte sich, seiner Mutter die Nachricht verkünden zu müssen. Ich nehme an, dass er so tat, als habe er diesen Entschluss selbst gefasst, sie sagte jedenfalls nichts. Aber ich hörte ein Telefongespräch mit einem seiner Brüder mit, der ihm unmissverständlich sagte: »Deine Mutter hat in deiner Ehe Zwietracht gesät.«
Und sein Vater fügte hinzu: »Wäre ich mit nach Frankreich gekommen, dann hätte es diese Geschichten nicht gegeben. Deine Mutter ist böse. Wo sie auch hingeht, überall muss sie für Streit sorgen.«
Und er wusste nicht einmal, dass ihn sein Sohn auf dem

Papier getötet hatte! Ist es dieses Verhalten, das man als freudianisch bezeichnet?
Ich lauschte mit Vergnügen, und der Telefonlautsprecher war immer eingeschaltet, wenn einer von uns nach Marokko telefonierte. Damit die ganze Familie die Neuigkeiten mithören konnte. Die Schwiegermutter war zutiefst bekümmert!
»Mein eigener Sohn hält nicht zu mir, mein eigener Mann hält nicht zu mir!«
Wieder einmal war sie das Opfer. Am Freitagmorgen kündete mir Moussa ihre Abreise an.
»Ich fahre morgen mit meiner Mutter mit dem Bus ab, ich bringe sie nach Marokko zurück.«
»Recht so, gute Fahrt.«
Ich hatte mich der Waffen des Gegners bedient, der arabischen: großes Palaver und eine verwirrende Flut von Demütigungen und Beleidigungen. Dem konnten sie nichts entgegensetzen. Und meine Mutter war ebenfalls mit mir zufrieden, als ich ihr alles erzählte. Jetzt war sie meine Verbündete, aber ich hatte das Thema Scheidung noch nicht zur Sprache gebracht.
Mein ganzes Leben werde ich mich an diesen Freitag der Befreiung erinnern. Meine Schwiegermutter stand in der Küche und bereitete irgendwelchen Reiseproviant zu. Ich hatte nichts eingekauft, nichts hergerichtet, und Moussa war gezwungen gewesen, selbst einkaufen zu gehen. Ich dachte mir: »Mach ruhig, du wirst in deinem Leben nie wieder in meiner Küche stehen.«
Ich half ihr nicht beim Kofferpacken, noch beim Waschen ihrer Wäsche und auch nicht bei ihrem Bad, was ich normalerweise hätte tun müssen. Sie wusch sich selbst, und ich versäumte nicht, sie daran zu erinnern, dass man die Badewanne in Frankreich nur einmal füllt.
»Man wäscht sich darin, man duscht sich ab, und das war's dann.«
Sie sagte nichts. Doch beim Abendessen fing sie an.

»Leila, du weißt, dass du dich mit deinem Mann anstrengen musst. Jetzt gehörst du nicht mehr zur Familie deines Vaters, sondern zu der von Moussa.«
»Hör gut zu, ich bin die Tochter meines Vaters, mein Sohn ist sein Enkel. Er ist aus meinem Schoß und dem deines Sohnes hervorgegangen, ich habe einen Vater und eine Mutter, wie er einen Vater und eine Mutter hat.«
Und ich zog mich in mein Zimmer zurück und knallte die Tür hinter mir zu. Um vier Uhr morgens waren sie startklar.
»Leila, steh auf! Komm und sag wenigstens Auf Wiedersehen.«
»Auf Wiedersehen, und macht keinen Krach, sonst weckt ihr Ryad auf. Bitte, schließ die Tür zu.«
Und sie gingen. Ich jauchzte vor Freude wie ein kleines Mädchen:
»Juhu! Endlich Ferien!«

Es folgten zwei Wochen der Ruhe, in denen ich mich wohl fühlte und mich nichts aus der Fassung bringen konnte. Meine Schwägerin, die sich freute, dass ich mich in gewisser Weise auch für sie an diesem Drachen von Schwiegermutter gerächt hatte, berichtete mir von ihrer Heimkehr. Dann rief sie mich wieder an:
»Leila, ich hatte dir versprochen, dich zu warnen: Er ist am Montag im Morgengrauen abgereist und kommt bald bei dir an. Sei auf der Hut!«
»Wovor? Ich habe mir nichts vorzuwerfen.«
»Er ist stocksauer auf deine Familie und kocht vor Wut wie noch nie.«
Ich machte mir keine allzu großen Sorgen. Im Gegenteil, ich war wütend, weil er sich während der zwei Wochen kein einziges Mal nach seinem Sohn erkundigt hatte. Mein kleiner Ryad, der Lichtblick meines Lebens, seit er in meinem Bauch herangewachsen war, hatte

bisher keinen einzigen Tag ohne Streitereien und Geschrei zwischen uns erlebt.
Das ganze Wochenende über bereitete ich mich psychisch vor. Ich hatte einen teuflischen Plan. Moussa würde bei seiner Ankunft müde sein, er würde sich zuerst einmal ausschlafen wollen, deshalb würde ich, während er schlief, die Schlüssel aus seiner Tasche an mich nehmen, würde sie verstecken, die Wohnungstür abschließen, und wir würden uns aussprechen, nur er und ich, unter vier Augen. Ein Duell. Ich bereitete mich auf einen Kampf auf Leben und Tod vor.
Die Nachbarn auf unserer Etage hatte ich, wie immer mit meiner Clownnummer, vorgewarnt:
»Er kommt! Ich nehme an, dass der Kampf ein paar Stunden dauern wird. Ihr werdet jede Menge davon mitbekommen; falls ihr mich um Hilfe rufen hört, kommt und helft mir! Falls er um Hilfe schreit, lasst es gut sein ...«
Ständig witzelte ich herum, aber ich wusste sehr wohl, dass diese Art von Auseinandersetzung zwischen Mann und Frau wirklich zu einem Drama eskalieren kann.
Am frühen Morgen kam er an und war überrascht, mich und Ryad allein anzutreffen. Er hatte erwartet, dass ich für diesen Kampf Verstärkung durch meine Brüder suchen würde.
Ich tat, als schliefe ich, aber ich passte auf. Er ging unter die Dusche und legte sich dann neben mich ins Bett. Da stand ich auf, um mit meinem Sohn auf dem Sofa weiterzuschlafen.

Ich wartete, bis er fest eingeschlafen war, dann durchsuchte ich seine persönlichen Papiere, von denen er sich nie trennte. Ich traf meine Vorsichtsmaßnahmen im Hinblick auf die Scheidung, steckte die Papiere, die ich brauchte, in einen Umschlag und versteckte diesen unter der Fußmatte meiner Nachbarin. Dann verschloss ich leise die Tür wieder, nahm seinen Schlüsselbund an

mich, versteckte ihn unter dem Teppich und legte mich wieder schlafen.
Als er aufgestanden war, nahm er Ryad in die Arme.
»Mein Baby, mein Baby.«
»Ach was, jetzt ist er auf einmal dein Baby!«
Das war der Startschuss. Moussa fing an, meine Familie zu beleidigen, was bei uns die erste Phase eines klassischen Ehestreits war: dein Vater, deine Mutter, deine Brüder ...
Mit unglaublich vulgären Ausdrücken gab ich es ihm zurück. Verzweifelt stürzte ich mich darauf und hatte das Gefühl, dass mir das richtig gut tat. Bis zu dem Augenblick, als er einen Rückzieher machte.
»Ich verdufte.«
»Ach, und du glaubst, du könntest einfach so verduften? Das ist nicht dein Ernst!«
Auf der Suche nach seinem Schlüsselbund kramte er seine Taschen durch und wiederholte:
»Ich verdufte, ich hau ab.«
»Such nur! Du wirst ihn ohnehin nicht finden! Mit dir habe ich noch eine Rechnung zu begleichen, und du gehst erst, wenn ich es zulasse. Wir haben einige Dinge zu klären, und wir werden sie klarstellen! Deine Mutter und du, ihr habt mich in den Wahnsinn getrieben, und du meinst, du könntest dich einfach so davonmachen?«
»Leila, lass mich die Tür aufschließen, sonst geht das hier noch ganz schlimm aus.«
Die Stimmung wurde immer angespannter.
»Mach diese Tür auf, oder ich springe aus dem Fenster!«
»Das käme mir sehr gelegen, dann gelte ich nicht als Geschiedene, sondern als Witwe! Aber deiner lieben Mutter wirst du Kummer bereiten!«
»Verdammt, ich weiß nicht, was mich davon abhält, ich weiß nicht, was mich zurückhält!«
Und er schlug mit Schwung die Faust gegen die Wand.

Verängstigt zuckte ich zusammen: Kassierte ich einen Schlag, dann würde ich sofort auf dem Boden liegen. Aber ich war trotz des Risikos und der Gefahr entschlossen, ihm so lange zuzusetzen, bis es zum Bruch kam. Seine Unaufrichtigkeit war unglaublich.

»Hast du eine Ahnung, wie viel ich für dich ausgegeben habe? Weißt du, wie viel du mich gekostet hast? Meine Mutter war nett zu dir, sie hat dir ein Geschenk für Ryad mitgebracht, und sie hat dir hundert Francs geschenkt!«

»Die von meinem eigenen Konto stammten. Das hast du mir selbst gesagt, als du sie wieder an dich genommen hast!«

»Das alles, was ich für die Hochzeit bezahlt habe, war dir das nicht genug?«

Bis zu diesem Zeitpunkt hatte ich mich damit begnügt, zuzusehen, wie er sich verteidigte, denn ich war in der Position des Stärkeren. Aber damit brachte er mich nun wirklich auf die Palme.

»Ach, darum geht es?«

Ich ging in die Küche, in Richtung der Schublade mit den Messern, und er bekam es allmählich mit der Angst zu tun.

»Was machst du denn da?«

»Halt! Ich rate dir, bleib mir bloß vom Hals! Komm auf keinen Fall näher!«

Ich hatte nach dem großen Messer gegriffen, mit dem man zum Beispiel einem Hammel die Kehle durchschneidet. Dann ging ich ins Schlafzimmer und holte diesen verdammten Koffer, der mit den Hochzeitssachen vollgestopft war, zum Beispiel dem beschissenen Brautkleid, und zerschnitt es vor Moussas Augen. In kleine Stücke. Er musste zusehen, wie sein Geld und seine Ehe durch das Zimmer flogen. Als Erstes vernichtete ich der Symbolik wegen mein Hochzeitskleid. Wie lange hatte ich das schon tun wollen!

»Jetzt ist sie wohl total übergeschnappt, sie ist total übergeschnappt.«
»Ist es dein Geld, auf das es dir ankommt? Nimm, nimm!«
All die Kleider, die Dschellabas, die Hosen, alles, was er mir hatte kaufen können, lag schließlich in Fetzen auf dem Boden. Und auch die Garnitur Bettwäsche, die uns seine Mutter geschenkt hatte, da ich wusste, dass ich ihm den Rest geben würde, wenn ich sie anrührte. Er brüllte, aber er konnte mich wegen des riesigen Messers, das ich in der Hand hatte, nicht davon abhalten. Ich äffte seine Mutter nach:
»Ich habe eine Garnitur Bettwäsche mitgebracht, mein Sohn, ich habe eine Garnitur bestickter Laken für meinen Enkel mitgebracht! Diese Garnitur ist hässlich, genau wie deine Mutter ...«
»Leila, tu es nicht, Leila, lass das, sie gehört Ryad, sie ist das Geschenk seiner Großmutter.«
»Macht, dass ihr wegkommt, ich will nichts von euch.«
»Leila, gib sie mir, ich schicke sie meiner Mutter zurück.«
Ich schnitt sie in Stücke.
»Hier, jetzt kannst du sie deiner Mutter zurückschicken.«
Er hatte mich noch nie so in Rage gesehen. Ich übrigens auch nicht. Denn ich war wahrlich aggressiv. An diesem Tag war ich wirklich gewalttätig, und ich spürte, dass ich zu noch Schlimmerem fähig war. Jetzt war ich an der Reihe auszuteilen und sonst niemand. Diese Ehe hatte mich wirklich an den Rand des Wahnsinns getrieben, glaube ich.
»Lass mich gehen, nur zum Luft schnappen ...«
»Nein, ich schließe dich ein, so wie ich eingeschlossen war. Du bleibst hier.«
Ich wartete darauf, dass ihm der Kragen platzte, ich setzte ihm weiter zu, damit er mich schlug. Das war die einzige Möglichkeit, einen Vorwand für die Scheidung

zu finden. Aber er hielt sich zurück und flehte mich an, ihm seinen Schlüsselbund zu geben. Dieses Theater ging den ganzen Tag so weiter. Es war nichts zu machen, er fasste mich nicht an, dieser Feigling. Deshalb stellte ich den Kampf erschöpft vorübergehend ein.

»Du kannst gehen, du kannst jetzt abhauen, wenn du willst. Hier sind die Schlüssel, schließ auf, aber leg sie auf den Tisch, bevor du gehst! Ich will dich nie mehr sehen!«

Er ging, aber wie ich vermutet hatte, behielt er seine Schlüssel, er würde also wiederkommen.

Als ich meinen Eltern die Geschichte schilderte, war meine Mutter zufrieden:

»Komm wieder nach Hause zurück, wenn du willst ...«

Auf gar keinen Fall.

Mein Vater dagegen sagte:

»Das ist nicht richtig, was du da machst. Denk daran, dass du ein Kind mit diesem Mann hast, wenn du es zu weit treibst, wird er dich verstoßen.«

Eine verstoßene junge Frau mit einem Kind ist sehr schwer wieder zu verheiraten. Der Vater hat keine Kontrolle mehr über sie, und sie kann nicht allein leben, ohne Schande auf sich zu ziehen. Das ist ein Teufelskreis. Ich bezahlte die Miete, aber ich hatte nicht einmal das Recht, Moussa vor die Tür zu setzen, denn der Mietvertrag lief auf Herrn und Frau ...

Die beiden Gegner beäugten sich. Ich ging zur Arbeit, und Ryad war wieder in der Obhut meiner Mutter, weil ich nicht wollte, dass er allein bei seinem Vater blieb. Ansonsten ließ ich meinen Sohn nicht aus den Augen. Moussa arbeitete nicht, seine Ausbildung war zu Ende, aber er blieb zu Hause, schlief, las im Koran und hing im Café herum. Er räumte nichts auf, nicht einmal das Geschirr. Die ganze Woche über kehrte ich so spät wie möglich von der Arbeit nach Hause zurück, ich besuchte meine Nachbarn und trödelte möglichst lange herum, bevor ich ihm wieder gegenübertrat, damit er endlich zu dem Schluss kommen würde: »Das ist eine schlechte Ehefrau, lassen wir uns scheiden.« Aber er blieb standhaft. Inzwischen schlief er im Wohnzimmer, ich in meinem Schlafzimmer.

Ich konnte es nicht mehr ertragen, dass er mich anfasste. Stets ging ich als Erste ins Bett, tat so, als sei ich eingeschlafen, und sobald er die Initiative ergreifen wollte, sagte ich: »Ich schlafe.«

Und am Ende schlug er mich doch.

Er hatte angefangen, sich brutal und aggressiv zu geben. Jedes Mal, wenn er seine Mutter in Marokko anrief, geriet er in Rage. Er beschimpfte mich, ich gab es zurück, und er schlug mich.

Ich wollte Anzeige erstatten, meine Eltern waren damit prinzipiell einverstanden, zögerten die Entscheidung aber hinaus:

»Nein, warte noch, gib ihm noch eine letzte Chance, denk an deinen Sohn.«

Ich schlug zurück, aber ich wog sechsundvierzig Kilogramm, er mehr als achtzig. Er war groß, es machte ihm keine Schwierigkeiten, mich zu packen und meinen Kopf gegen die Wand zu stoßen.

Und es gab einen letzten Vorfall, jenen, der mich den Entschluss fassen ließ, Anzeige zu erstatten und mir das in Zukunft zu ersparen.

Eines Abends, gegen Mitternacht, nahm ich in aller Ruhe zur Entspannung ein Bad, aber ich hatte vergessen, die Tür abzuschließen. Er brach einen Streit vom Zaun, ich lag in der Badewanne, er stand hinter dieser dünnen Tür: »Deine Mutter macht dieses, deine Mutter macht jenes ... deine Mutter ...«

Nach seiner Aussage gab es in meiner Familie angeblich nur Huren. Er meinte meine Mutter und mich.

»Huren, alle miteinander! Eine schlimmer als die andere, und du rauchst sogar!«

Und ich antwortete in dem Glauben, die Tür würde mich schützen, auf jede seiner Beleidigungen.
»Du Hure!«
»Ja, zugegeben, ich bin eine Hure. Solange ich nicht deine Hure bin, ist ja alles in Ordnung.«
Schließlich hatte ich von dieser Huren-Geschichte die Nase voll. Vor allem aus Rücksicht auf meine Mutter. Ständig führen die Männer dieses Wort im Mund. Man lässt sich die Haare schneiden, schon ist man eine Hure, man raucht, also ist man eine Hure – beinahe könnte man meinen, sie hätten in ihrem Leben noch nie echte Huren gesehen. Ich dachte lange nach und legte mir meine Sätze zurecht, bevor ich sie in aller Ruhe aussprach:
»Deine Mutter ist nicht mehr als zwei Wochen bei ihrem ersten Mann gewesen, der sie verstoßen hat, nicht wahr? Und danach hat man sie deinem Vater aufgezwungen, um der Familie die Schande zu ersparen. Meine Mutter hat nur einmal geheiratet und lebt noch immer mit ihrem Mann zusammen.«
Er wusste über dieses Familiengeheimnis nicht Bescheid, das mir die älteste Schwester seiner Mutter anvertraut hatte. Zur Rettung der Ehre hatte die Familie seiner Mutter einen Verwandten zu dieser Ehe gezwungen, da er in ihrem Haus untergekommen war und durchgefüttert wurde. Aber die Kinder wussten nichts von dieser Sache, und vor allem durfte den Schwiegertöchtern diese »Schande« nicht zu Ohren kommen.
Er stürzte ans Telefon und rief seine Mutter an. Ich hatte einen wunden Punkt getroffen, von dessen Tragweite ich mich jetzt selbst überzeugen konnte. Wie immer war im Haus seiner Mutter der Telefonlautsprecher eingeschaltet. Und die Schwiegertöchter hörten alles mit. Wie hatte ich, eine Fremde, die aus dem hintersten Winkel Frankreichs kam, dieses Geheimnis nur »aufdecken« können? Die Schwiegermutter erlitt einen Nervenzu-

sammenbruch, denn das war die allerschlimmste Kränkung, und ich konnte sicher sein, dass sie alles daransetzen würde, damit ich meinerseits verstoßen würde. Und das war mir nicht früher eingefallen ...
Moussa war wütend, ja außer sich.
»Du Nutte, du Hure, mach die Tür auf!«
Er befand sich auf der Seite zur Küche, und die Tür zur Küche war tatsächlich abgeschlossen. Aber die andere war offen. Ich hatte gerade noch Zeit, ihm zu antworten:
»Ja, ich weiß, alles Huren, auch schon meine Urgroßmutter, aber deine Mutter, die ist die Hurenkönigin.«
Er ging zur anderen Tür und kam ins Badezimmer geplatzt. Sofort drückte er meinen Kopf unter Wasser, ich setzte mich zur Wehr, schaffte es, den Kopf wieder an die Oberfläche zu bringen, und schlug ihm in diesem Augenblick so heftig ins Gesicht, dass die Spuren noch lange zu sehen waren. Er packte mich, zog mich aus dem Wasser und warf mich auf den Boden. Dann fing er an, mit den Fäusten wild auf mein Gesicht und meinen Körper einzudreschen und mit den Absätzen nach mir zu treten: In wenigen Sekunden schlug er mich brutal zusammen.
»Ist es das, was du willst? Hier, da hast du's!«
Und was das für Schläge und Tritte waren, die auf meinen nackten Körper niedergingen ... das war das Allerschlimmste. Das Gefühl, das ich in diesem Moment hatte, ist unbeschreiblich. Es war die vollkommene Schmach, die Demütigung, die panische Angst der geprügelten Frau.
Als er endlich von mir abließ, kauerte ich mich unter dem Waschbecken zusammen, ich konnte nicht mehr richtig sehen. Er war mit sich zufrieden und verließ das Badezimmer.
Nach einer Weile wusch ich mir das Gesicht und ging in die Küche hinüber. Ich wollte ein Messer holen und es ihm in den Körper rammen, egal wo ich ihn treffen

würde! Ich war völlig außer mir. Mein Blick fiel auf etwas, was mich wie angewurzelt stehen ließ, als habe man an einem Schalter den Strom ausgeknipst: das Foto meines Sohnes. Ich sagte zu mir: »Leila, wenn du das tust, dann bist du am Ende, dann verlierst du alles, auch deinen Sohn, und Moussa hat gewonnen.«

Aber er hatte mich beobachtet, sah das Messer in meiner Hand, nach dem ich unbewusst gegriffen hatte, und bekam es mit der Angst zu tun.

»Was machst du denn da? Was machst du denn da?«

Und er schloss sich in der Toilette ein. Ich zog mir eine Dschellaba über, lief in die Nacht hinaus und klingelte bei einem meiner Brüder, jenem, der mir am nächsten wohnte. Er sah mich in Tränen aufgelöst und völlig niedergeschlagen vor seiner Tür stehen. Als er bemerkte, wie schlimm ich zugerichtet war, wollte er hinaufgehen und Moussa eine Tracht Prügel verpassen. Aber in meinem Plan war brüderliche Rache nicht vorgesehen.

»Lass es, wenn du dich da einmischst, geht es sicher böse aus.«

Dieses Mal riet mir mein Vater, auf dem Revier Anzeige zu erstatten. Dafür brauchte ich ein ärztliches Attest. Mein Körper war von blauen Flecken übersät, so lange und heftig hatte Moussa auf mich eingeschlagen, bis ich am Ende halb bewusstlos gewesen war. Im Krankenhaus wurde mir dieses ärztliche Attest ausgestellt, aber der diensthabende Polizist auf dem Polizeirevier sagte: »Na ja, ... gut, ein Ehestreit! Nutzen Sie die Nacht, um es sich noch mal zu überlegen, bevor Sie Anzeige erstatten. So viele erstatten Anzeige und kommen am nächsten Tag wieder und nerven uns, wir sollen die Anzeige zurückziehen! Überlegen Sie es sich gut.«

Ich blickte ihm direkt in die Augen:

»Ich möchte jetzt Anzeige erstatten, vorher gehe ich hier nicht fort.«

Selbstverständlich wusste ich Bescheid, welcher Ärger

auf mich zukommen würde. Alle würden auf mich einreden: seine Eltern, seine Familie, alle würden es mir übel nehmen, dass ich es gewagt hatte, meinen Mann anzuzeigen.
Ich unterschrieb die Anzeige, und mein Bruder brachte mich zurück. Er schlug vor, dass ich bei ihm bleiben solle, aber ich wollte in meine Wohnung zurück, da ich verhindern wollte, dass sich mein Gegner als Sieger der Partie wähnte. Zum Glück war mein Sohn bei dieser Art von Auseinandersetzungen nie anwesend. Ich kehrte also auf die Gefahr hin, dass es wieder von vorne losgehen könnte, nach Hause zurück, aber ich wusste genau, was ich tat. Ich hatte die Polizisten informiert, dass ich in meine Wohnung zurückkehren würde.
Moussa sah mich eintreten und durchs Zimmer gehen, und er lächelte.
»Leila, komm her, mein Schatz, komm, damit ich dich trösten kann. Das war nur ein Streit. Es ist gut, das geht vorbei.«
Am liebsten hätte er mich wohl ins Bett gelockt. Ich antwortete:
»Wo gedenkst du zu schlafen?«
»In unserem Bett.«
Ich ging in die Küche, holte das Messer und hielt es drohend in der Hand.
»Wenn du in mein Zimmer kommst, ersteche ich dich!«
Er schaute mich ungläubig an.
»Ich wiederhole es! Wenn du dich diesem Zimmer oder diesem Bett näherst, ersteche ich dich.«
Ich legte mich in mein Bett und tat das Messer auf den Nachttisch. Kein Wort hatte er gesagt. Er blieb im Wohnzimmer, aber ich konnte die ganze Nacht kein Auge zutun, weil mir so viel durch den Kopf ging.
»Leila, dieser Kerl ist der Vater deines Sohnes, auch wenn er sich nicht um ihn kümmert, aber wenn du diese Anzeige nicht durchziehst, bist du am Ende. Du bist vier-

undzwanzig Jahre alt, wenn du es jetzt nicht schaffst, dich von diesem Mann zu trennen, dann hast du kein Recht mehr, dich zu beklagen. Du hast zwei Möglichkeiten. Entweder jetzt, solange du das Leben noch vor dir hast, oder du gibst auf, und dir wird mit vierzig auf einmal klar, dass du dein ganzes Leben verpfuscht hast. Und wahrscheinlich auch das von Ryad. Willst du diesen Weg gehen? Und das Leben schon hinter dir haben? Oder aber du wachst jetzt auf und hast das Leben vor dir?«

Am nächsten Morgen trat mein Vater auf den Plan, und ich wurde nach Hause beordert.

»Leila, wir haben nachgedacht. Du musst unbedingt einen Brief an den Staatsanwalt schreiben und die Anzeige zurückziehen.«

»Papa, hast du nicht gesehen, wie er mich zugerichtet hat? Soll ich dir den Rest zeigen?«

»Ich rate dir, die Anzeige zurückzuziehen. Du hast ein Kind mit diesem Mann!«

Wieder schwirrte die Fliege in ihrem gläsernen Gefängnis herum. Und ich schrieb diesen Brief tatsächlich. Aber ich setzte am Ende hinzu: »Sie müssen wissen, Herr Staatsanwalt, dass ich das nicht für mich, sondern für meinen Sohn tue, damit er eine Chance hat, mit seinem Vater aufzuwachsen.«

Vielleicht war dieser Satz der Grund, warum der Staatsanwalt meine Bitte abwies.

Ich wurde ins Polizeirevier einbestellt, wo man mir mitteilte, dass ich das Verfahren nicht mehr stoppen könne. Die Vorladung würde in zehn Tagen bei uns eingehen.

Nach dieser Phase des Mutes und der Aggressivität verfiel ich wieder in eine schwere Depression – wie in ein tiefes Loch. Ich machte allen Angst, so abgemagert war ich inzwischen. In diesen zehn Tagen rührte Moussa mich nicht an. Er wusste, dass er lieber nicht von vorne anfangen sollte, denn mein Bruder hatte ihn gewarnt.

»Hör zu, dieses Kuddelmuddel zwischen dir und meiner Schwester, das ist euer Problem, aber wenn du nur ein Wort gegen meinen Vater, meine Mutter oder einen von uns sagst, dann schneide ich dir die Kehle durch, trinke dein Blut, bringe deinen Kopf zur Polizei, und dein Körper wird deiner Mutter geschickt!«
Moussa hatte so große Angst, dass er zur Polizei ging und sich über Morddrohungen beklagte. Für das alles schämte ich mich ... Für die Auseinandersetzungen, die Schläge, die Beleidigungen; ich schämte mich, dass ich nicht einfach bei einem Anwalt die Scheidung einreichen konnte.
Nach zehn Tagen traf die Vorladung ein, und Moussa konnte die Begründung lesen: »Anklage wegen schwerer körperlicher Misshandlung Ihrer Ehefrau.«
Wir wurden beide vorgeladen. Moussa setzte sich auf die eine, ich auf die andere Seite. Moussa saß mit versteinerter Miene dem Vertreter der Staatsanwaltschaft rechts gegenüber, ich links, angespannt und steif.
»Monsieur, haben Sie Ihre Frau geschlagen?«
»Nein, nein, überhaupt nicht. Aber Sie müssen wissen, Herr Staatsanwalt, dass ich Moslem bin und dass ein Moslem seine Frau schlagen kann, so will es der Islam.«
Der Staatsanwalt blickte ihn scheel an.
»Vermengen Sie nicht alles. Sie sind Moslem, das ist eine Tatsache. Aber das ist hier eine Republik, und hier schlägt man eine Frau nicht unter dem Vorwand der Religion.«
»Es ist nicht wahr, ich habe sie nicht geschlagen; sie lügt, sie ist eine Lügnerin. Ihre Brüder bedrohen mich andauernd.«
»Und Sie, Madame? Was haben Sie zu sagen?«
Ich bestätigte die Schläge. Der Staatsanwalt hatte das Attest vorliegen, und die Spuren waren noch immer zu sehen, aber Moussa fiel mir alle zwei Sekunden ins Wort. Er wollte mich daran hindern, meine Aussage zu ma-

chen, und brachte wieder die Sache aufs Tapet, dass die Religion es einem Mann erlaube, eine schlechte Ehefrau zu züchtigen, wenn sie es verdiene ... Dieses Mal wurde der Staatsanwalt sauer und schlug auf den Tisch:

»Monsieur! Zum zweiten Mal! Die Religion hat hier gar nichts zu suchen! Lassen Sie Ihre Frau aussprechen! Falls Sie sich nicht daran halten, verweise ich Sie des Saals! Es wäre in Ihrem eigenen Interesse, wenn Sie sich einsichtig zeigen würden, es wäre nämlich besser, Sie wären anwesend und würden sich anhören, was sie zu sagen hat, statt dass sie ihre Aussage in Ihrer Abwesenheit macht!«

»Sie hat ein Messer auf dem Nachttisch, wenn sie schläft!«

Das entsprach der Wahrheit, aber der Staatsanwalt glaubte ihm nicht, und er hatte mich zum dritten Mal unterbrochen.

»Hinaus, Monsieur! Sofort!«

Scheinheilig setzte sich Moussa neben die Tür, um weiter mithören zu können.

»Nein, nein, nicht hier! Warten Sie im Saal hinten! Gendarme, bewachen Sie diesen Mann!«

Ich denke mir, dass sich Moussa eigentlich nicht aufspielen wollte, sondern sich vielmehr gedemütigt fühlte, weil er seine eigenen Vorstellungen von seinen Rechten als Ehemann hatte. Seine Aufenthaltserlaubnis für Frankreich war noch ganz frisch, und er hatte offenbar nicht genügend Zeit gehabt, zu begreifen, was eine Republik bedeutete. Seiner Meinung nach hatte der Mann immer Recht, und vor dem Gesetz gab es keine Gleichheit zwischen Mann und Frau.

Ich schilderte also die Fakten wahrheitsgetreu, und der Staatsanwalt schaute mich eine ganze Weile an.

»Was machen wir? Ich wäre ja geneigt, ihn der Strafkammer zu übergeben.«

»Es ist nicht nötig, so weit zu gehen. Ich möchte nur, dass

er begreift, dass es in Frankreich Gesetze gibt, die er einhalten muss.«
Der Staatsanwalt rief Moussa wieder herein. Dann blickte er mich eindringlich an, nur mich.
»Dann machen wir es also wie abgesprochen? Einverstanden?«
Das konnte Moussa nicht ertragen. Er wurde fuchsteufelswild. Ich hatte meine Aussage also machen können, man hatte mir zugehört, und ich war diejenige, die gewissermaßen über seine Verurteilung entschied.
»Sie werden wegen schwerer Misshandlung Ihrer Frau zu einem Jahr auf Bewährung verurteilt. Schauen Sie mich an, Monsieur! Ich warne Sie: Falls Madame irgendetwas zustoßen sollte, falls Sie ihr unglücklicherweise auch nur ein Haar krümmen, dann lasse ich Sie nicht mehr laufen!«
Moussa war mit dem Auto gekommen, ich zu Fuß. Ich war so dumm gewesen und hatte es ihm zurückgegeben. Aber jetzt konnte ich mir das Vergnügen nicht verkneifen, ihn anzusprechen.
»He, Moussa, du kannst mich mitnehmen! Wir haben ja den gleichen Weg.«
»Mach, dass du abhaust!«
»Einverstanden! Du hast mich der Papiere wegen geheiratet? Jetzt hast du sie. Also zieh Leine und lass mich in Ruhe.«
Ich dachte, dass er zu Mutters Rockzipfel zurückkehren oder sich sonst irgendwo eine Wohnung nehmen würde. Vier Monate vergingen in gespannter Stimmung – er hatte einen Job, aber arbeitete nur halbtags, zu Zeiten, die nicht mit den meinen übereinstimmten; ich wusste nicht genau, was er tat, aber ich hatte meine relative Ruhe. Wir liefen uns nur hin und wieder über den Weg. Bei Gericht hatte ich einen Antrag gestellt, dass er sich an den Haushaltskosten beteiligen solle, aber das wusste er noch nicht. Schließlich kam ein Einschreiben

vom Gericht, in dem er mit großem Nachdruck aufgefordert wurde, seine Einkünfte offen zu legen, damit sein Beitrag für den Haushalt festgesetzt werden könne. Moussa brach in Tränen aus! Er sollte zahlen, um in Frankreich leben zu können? Er sollte für seinen Sohn bezahlen? Damit hatte er nicht gerechnet.

Eines Abends hätte es mich beinahe erwischt. Ich weiß nicht mehr, wie es anfing, aber da ich ihn bei jeder Kleinigkeit in dem verzweifelten Wunsch, ihn endlich loszuwerden, fertig machte, drückte er mich gegen die Wand und hob die Faust. Ich schaute ihm, mir meiner Sache sicher, direkt in die Augen:

»Moussa, ein Jahr Bewährung! Erinnerst du dich? Ich warte nur darauf, mach schon!«

Er ließ mich los, aber die Tatsache, dass er mich nicht schlagen konnte, wie er wollte, machte ihn wütend. Er fing an, auf sich selbst einzuschlagen, und brüllte: »Ich hab die Schnauze voll von dieser Frau, ich hab die Schnauze voll von dieser Frau! Ich will im Leben vorankommen, ich will nicht, dass mein Sohn alleine aufwächst, und meine Mutter ist nicht da!«

So sehr schlug er sich ins Gesicht, dass seine Augen anschwollen – man konnte es gar nicht mit ansehen. Er rastete dermaßen aus, dass ich in Panik geriet: »Beruhige dich, beruhige dich doch!« Er hörte mich nicht, schlug den Kopf gegen die Wand, wälzte sich auf dem Boden, und ich wurde mit ihm einfach nicht fertig. Ich musste die Nachbarn zu Hilfe holen, dann auch die Feuerwehr. Eine meiner Nachbarinnen arbeitete in einem Krankenhaus, und sie sagte, dass sie noch nie einen solchen Anfall gesehen habe.

Ich hatte ihn schon mehrfach Theater spielen sehen, wie ja auch seine Mutter, aber das hier konnte nicht gespielt sein. Er war völlig von Sinnen. Mit geschwollenem und blutendem Gesicht stieß er gegen die Wand, schlug sich gegen die Brust und zerriss sich die Kleider. Hätte

er sich in diesem Zustand auf mich gestürzt, dann hätte er mich umgebracht, und dieses Mal hatte ich wirklich Angst vor ihm. Seine Mutter und seine Kindheit hatten diesen Mann krank gemacht – ohne sie hätte er etwas aus seinem Leben machen können, aber ich konnte ihm nicht helfen, sich von diesem monströsen Einfluss zu befreien, dazu war es zu spät.
Als die Feuerwehr erfuhr, dass es sich um einen Anfall von Wahnsinn handelte, weigerte sie sich zu kommen. Ich musste die Polizei und einen Notarzt rufen. Moussa erhielt zur Beruhigung zwei Spritzen Valium, bevor er ins Krankenhaus eingeliefert wurde. Und wie immer bekam ich einen tetanischen Anfall. Ich fühlte mich schuldig, ich war zu weit gegangen. Der Arzt konnte leicht sagen, dass Moussa während eines solchen Anfalls durchaus fähig sei, mich umzubringen, dass es nicht »normal« sei, so heftig auf einen Ehestreit zu reagieren – dennoch war es meine Schuld. Wie immer meine Schuld. Ich hätte die Beleidigungen über mich ergehen lassen und schweigen müssen. Aber wie stellt man es an, immer zu schweigen? Eine Jugend der Fußtritte, zur Ehe gezwungen, eine hysterische Schwiegermutter, ein hysterischer Ehemann – allmählich wurde ich selbst hysterisch.
Nachdem ich meine Spritze bekommen hatte und allein zu Hause saß, ging es mir unentwegt durch den Kopf.
»Im Grunde genommen hast du dir nichts vorzuwerfen, du verteidigst dich bloß mit deinen Waffen. Was denn sonst? Soll ich das Messer nehmen und ihn töten? Ich bin keine Kriminelle. Oder soll ich mit meinem Kleinen abhauen, aber wohin? Wenn ich zu meinem Vater gehe, sagt er mir: ›Zieh die Anzeige zurück und lass dich nicht scheiden!‹ Also wohin? Damit ich am Ende in irgendeinem Heim für misshandelte Frauen lande? Mit einem Bett, meinem Kind und einem Koffer? Und was ist mit meiner Arbeit? Meiner Wohnung? Damit mein Mann in aller Ruhe darin leben kann? Und ich finde mich mit

meinem Baby im Arm in einer Bude wieder und lebe von der Sozialhilfe? Entweder das, oder ich kehre zu meinen Eltern zurück. Und das nach allem, was ich unternommen habe, um mich aus diesem Gefängnis zu befreien? Um ständig gesagt zu bekommen: ›Er wird dich verstoßen! Er hat dich verstoßen, wir haben es dir ja vorausgesagt! Wo willst du hin? Mit wem gehst du aus? Wann bist du zurück? Hast du geraucht?‹ «

Ich hatte das Gefühl, ersticken zu müssen, ich musste aus dieser Wohnung und unbedingt mit irgendjemandem reden. Mitten in der Nacht fiel mir in diesem Fall nur Maryvonne ein. Als sie mich sah, war es, als blicke sie in einen Spiegel. Die gleiche Geschichte, jedoch mit dem Unterschied, dass sie an dem Tag, als ihr Mann ihr Baby zum Fenster hinauswerfen wollte, nicht gezögert hatte, nach einem Messer zu greifen und auf ihn einzustechen. Sie war geflohen, und er hatte weder seine Frau noch sein Kind je wiedergesehen. Das einzige Souvenir: eine Schnittwunde, die sie für den Rest ihres Lebens zeichnete.

Maryvonne wartete ab, bis ich mich ausgeweint hatte.

»Machst du eine Krise durch?«

»Nein, ich habe nicht geschlafen.«

»Wer's glaubt, wird selig! Du hast überall blaue Flecken!«

»Das ist nicht von Bedeutung. Es ist mein Mann, der macht mich noch wahnsinnig. Ich habe panische Angst. Hast du irgendein Schlafmittel? Sonst kann ich kein Auge zutun.«

Seit einer Stunde war ich bereits durch das Viertel geirrt. Ich musste von Maryvonne kriegen, was ich brauchte. Aber ich wollte sie nicht beunruhigen. Allerdings sah ich wirklich schlimm aus. Am Ende erzählte ich ihr doch ein wenig von Moussas Anfall und dass ich panische Angst gehabt hatte.

»Du müsstest dringend zum Arzt gehen, Leila. Du bist ja total fertig.«

»Morgen gehe ich wieder hin. Er hat mir Beruhigungsmittel gegeben, aber ich habe schon alles aufgebraucht.«

Sie gab mir eine halbe Packung Tranquilizer und riet mir, eine Viertel Tablette zu nehmen, falls ich wieder Angstzustände bekommen sollte.

Ich sagte ihr, dass es mir schon besser gehe, und kehrte mit der kleinen Schachtel nach Hause zurück. Auf dem Boden, an der Wand und auf dem Sofa waren noch Blutspuren zu sehen. Ich rief meine Schwägerin in Marokko an und teilte ihr mit, was passiert war.

»Ich glaube, ich habe ihn in den Wahnsinn getrieben. Ich glaube, es ist meine Schuld! Warum habe ich das nur getan?«

»Hör zu, Leila, es ist bekannt, dass Mutter und Sohn gern Theater spielen. Sie sind verrückt! Mach dir keinen Kopf. Er ist im Krankenhaus, man kümmert sich um ihn, und er wird sich erholen.«

Ich tat, als sei ich überzeugt, und legte auf. Aber ständig gingen mir diese Sätze durch den Kopf: »Warum habe ich das nur getan? Ich habe ihn in den Wahnsinn getrieben.«

Ich schluckte den Inhalt einer Schachtel Tranquilizer aus meinem Medikamentenvorrat und zusätzlich die, die mir Maryvonne gegeben hatte.

Zuvor jedoch hatte ich mein Abendgebet gesprochen und den Koran auf mein Kopfkissen gelegt. Ich wollte schlafen oder in Frieden sterben, ich wusste es selbst nicht mehr genau. Jedenfalls wollte ich nicht mehr nachdenken. Am nächsten Morgen dachte meine Mutter zunächst, ich schliefe friedlich, deshalb wollte sie mich nicht gleich aufwecken. Sie war gekommen, um die Wohnung nach dieser Höllennacht wieder in Ordnung zu bringen.

Schließlich schüttelte sie mich wach. Ich schaffte es kaum, die Augen aufzuschlagen. Nur mit Mühe konnte ich mich auf den Beinen halten, aber ich nahm eine Dusche, zog mich an und kam schließlich schwankend in meinem Büro an. Ich setzte mich hin, aber als ich wieder aufstehen wollte, kippte ich wie ein nasser Sack um. Und zu allem Überfluss hätte ich an diesem Vormittag gar nicht zur Arbeit gehen müssen, aber das hatte ich ganz vergessen.

Im Krankenhaus kam ich wieder zu mir. Jemand fragte: »Ist das eine Alkoholikerin? Eine Drogensüchtige?«

Völlig verstört schlug ich die Augen auf, entsetzt von dem Gedanken, dass man mich in eine Irrenanstalt einweisen könnte.

Wie kann man von Liebe sprechen?

Ich wollte schnellstmöglich aus diesem Zimmer heraus. Man hatte mir einen Psychiater geschickt, aber ich hatte den Mund nicht aufgemacht. Wieder war mein Selbstmordversuch missglückt – es war zum Verzweifeln. Verlor ich allmählich ganz einfach den Verstand? Wollte ich wirklich sterben? Malika, eine Freundin aus unserem Viertel, kam an mein Krankenbett geeilt. Für sie, wie auch für meine Eltern, hatte ich lediglich einen tetanischen Anfall gehabt. Wieder einmal. Deshalb hielt ich den Mund und weigerte mich hartnäckig, etwas zu essen, und zwar in der dummen Hoffnung, den Arzt so zu entmutigen, dass er mich am Ende gehen lassen würde. Moussa war in die Psychiatrie eingeliefert worden, und ich wollte mich auf keinen Fall zu ihm gesellen.

Mein kleiner Bruder kam in heller Aufregung angerannt.

»Leila! Du musst kommen! Moussa hat das Krankenhaus verlassen, er hat bei uns angerufen und gesagt, dass er Ryad abholen will.«

Panik.

Er würde ihn mir wegnehmen, ihn zu seiner Mutter nach Marokko bringen! Ich stand auf, wollte mich anziehen, aber man hatte mir meine Kleider weggenommen, und ich war an eine Infusion angeschlossen.

Ich brüllte:

»Lasst mich gehen!«

Die Krankenschwester kam angelaufen, den Arzt in ihrem Schlepptau.

»Ich kann Sie in diesem Zustand nicht entlassen. Es geht Ihnen nicht gut genug. Sie haben nicht mit dem Psychologen gesprochen, er muss noch einmal zu Ihnen kommen.«

»Sie müssen mich gehen lassen! Wenn ich Sie nieder-

schlagen muss, dann schlage ich Sie nieder, aber ich werde gehen.«
Malika versuchte, mich zu beruhigen:
»Mach dir keine Sorgen, ich gehe zu dir und schaue, was sich dort abspielt.«
Sie machte sich schnellstens auf den Weg, aber ich ließ mich durch nichts beruhigen: Schließlich ging es um Ryad, um mein Leben.
Keiner verstand mich hier, weil keiner meine Geschichte kannte. Zur Ehe gezwungen? Ich doch nicht, niemals. Selbstmordgefährdet? Wie abwegig! Aber ich konnte doch meinen Sohn, meinen kleinen Schatz, das einzige Glück meines vermurksten Lebens, nicht in den Händen dieses Wahnsinnigen lassen! Ryad gehörte mir! Ich riss die Infusion heraus, stieß den Arzt zur Seite und brüllte:
»Lassen Sie mich in Ruhe! Mein Sohn, er entführt meinen Sohn, er nimmt mir meinen Sohn weg!«
Ich fiel auf die Knie und hämmerte mit den Fäusten auf den Boden.
»Er nimmt mir meinen Sohn! Wenn er mir meinen Sohn wegnimmt, dann habe ich keinen Grund mehr, weiterzuleben, dann hält mich nichts mehr am Leben, ich muss meinen Sohn holen.«
Ich schaute sie durch meine Tränen an, ich flehte den Arzt und die Krankenschwestern an, klammerte mich an ihre Kittel.
»Ich will meinen Sohn, ich bitte Sie!«
»Ich kann Sie in Ihrem Zustand nicht entlassen.«
»Ich unterschreibe, was Sie wollen, aber ich muss meinen Sohn holen! Verstehen Sie denn nicht? Ich muss meinen Sohn holen, bevor er ihn mir wegnimmt!«
Schließlich willigte er ein, mich meine Entlassungspapiere unterschreiben zu lassen, aber erst nach einer guten halben Stunde, und ich sauste, ohne mir die Zeit zu nehmen, meine Kleider zu holen, wie eine Verrückte

im Schlafanzug und auf Strümpfen davon. Völlig außer Atem rannte ich mit weichen Knien die Straße entlang, bis ein Auto neben mich fuhr und ich jemanden schreien hörte:
»Leila, halt an!«
»Nein, nein! Mein Sohn, ich muss meinen Sohn holen!«
Malika stieg aus und lief mir hinterher.
»Bleib stehen! Ich habe Ryad im Auto. Deine Mutter ist auch dabei.«
Doch ich zitterte weiterhin vor Angst und hörte nicht, was sie mir sagte.
»Malika, er nimmt mir meinen Sohn weg!«
Während ich im Krankenhaus um meine Entlassung gekämpft hatte, hatte Malika meine Mutter und Ryad geholt. Sie musste mir eine Ohrfeige geben, damit ich endlich wieder zu mir kam und begriff, dass Ryad da war, in den Armen meiner Mutter. Ich drückte ihn so fest an mich, dass ich ihn bald erstickt hätte.

Ich hätte ins Krankenhaus zurückkehren müssen. Inzwischen ist mir bewusst, wie krank ich war. Aber damals konnte ich dieser Krankheit keinen Namen geben. Ich weigerte mich, mir die Krankheit einzugestehen. Die Depression zuzugeben, kam einer Selbstverleugnung gleich. Sie gehörte zu meinen Leben, ich lebte seit Jahren mit ihr wie mit einer Doppelgängerin. Die Angst ist eine richtige Krankheit. Man hatte mir viele Ängste eingeimpft: die Angst wegen meines Daseins als Mädchen und wegen meiner Revolten, die Angst um meine Jungfräulichkeit, dann die um meine Ehe und jetzt um meinen Sohn. Am Ende hatte ich also ganz einfach Angst vor dem Leben. Damals konnte ich mir das nicht so leicht eingestehen wie heute, da ich noch immer in dieser Angst gefangen, von ihr umgeben war und manchmal von ihr so erstickt wurde, dass ich um Hilfe rufen oder sterben wollte. Nervenzusammenbrüche oder

Lachanfälle – das lief auf das Gleiche hinaus. Die Fliege wehrte sich, so gut sie konnte, aber ungeschickt.
Ich weigerte mich, meine Wohnung aufzugeben und bei meinen Eltern zu leben. Der geringe Freiraum, den ich mir hatte schaffen können, war mir zu wertvoll. In meiner Familie würde ich nicht mehr existieren. Ich wollte auch keine ärztliche oder psychologische Hilfe, da ich überzeugt war, dass ich mich auf den Beinen halten musste. Allerdings war ich magersüchtig, schwach und in dieser verrückten Welt schrecklich allein, ich schwankte zwischen der Angst vor dem Leben und der vor dem Sterben.
Mit einem Gewicht von vierzig Kilogramm kehrte ich also mit meinem Sohn in meine Wohnung zurück. Ich würde Ryad nun nicht mehr aus den Augen lassen, ihn überall mitnehmen. Vom Schlafzimmer in die Küche und selbst auf die Toilette – nie mehr würde ich ihn allein lassen. Damals war Ryad knapp über ein Jahr alt, und ich band ihn an mich wie eine Halskette – man hätte mich umbringen müssen, wollte man ihn mir entreißen.

Seinem Vater war es gelungen, das Krankenhaus nach achtundvierzig Stunden zu verlassen, nachdem er erklärt hatte, dass seine Krise nur das Ergebnis der »Probleme mit seiner Frau« gewesen sei, die sich von ihm scheiden lassen wolle. Er hatte sich die angenehme Rolle ausgesucht. Fast ein Jahr hatte ich mich unter den Augen dieses Mannes, der fuchsteufelswild wurde, weil es ihm nicht gelang, mich kleinzukriegen, von einer Krankschreibung zur nächsten geschleppt.
Wir redeten nicht mehr miteinander, wir waren zwei Fremde, die unter einem Dach lebten. Ich erfüllte weiter meine Rolle als Hausfrau. Wusch ihm die Wäsche, kochte für ihn, tat das Allernötigste. Nicht einmal zum Einkaufen ging ich mit ihm aus dem Haus. Ich ließ ihn nie mit Ryad allein, so große Angst hatte ich, er könnte

ihn zu seiner Mutter mitnehmen. Er verdiente sich seinen Lebensunterhalt, aber ein Großteil seines Lohns ging an seine Mutter. Und im Herbst dieses Jahres kehrte er nach Marokko zurück, da er genau wusste, dass er zur Festlegung seines Beitrags zu den Haushaltskosten bald vor einem Richter würde erscheinen müssen. Er glaubte, ich würde meinen Antrag aus Angst, verstoßen zu werden, zurückziehen.
Allerdings erschien ich allein bei der Gerichtsverhandlung, er hatte seinem Anwalt, den er nicht einmal bezahlte, da er Rechtsbeistand nach dem Armenrecht beantragt hatte, ein Attest geschickt. Der Vater meines Sohnes war angeblich depressiv und konnte nicht vor Gericht erscheinen. Die Sache wurde auf den folgenden Monat vertagt.
Vor den Augen des Richters brach ich in Tränen aus. Ich hatte von diesem ständigen Theater die Nase voll. Nichts bezahlen, immer nur nehmen. Das war das Ziel. Sich eine Frau zu nehmen, um Franzose zu werden, und die Gelegenheit dann auszunutzen, so gut es ging. Beim zweiten Gerichtstermin war es wieder das Gleiche. Der Richter wollte eine zweite Verschiebung anordnen, aber dieses Mal erklärte Moussas Anwalt, dass er diesen Mann aus ethischen Gründen nicht länger verteidigen könne.
»Ich kenne ihn, er wird hier nie erscheinen. Er wird da unten immer eine Möglichkeit finden, sich aus Krankheitsgründen entschuldigen zu lassen. Das wird kein Ende nehmen, und seine Frau ist diejenige, die darunter zu leiden hat.«
Der Richter ließ sich überzeugen, und Moussa wurde zur Unterhaltszahlung für seine Frau und seinen Sohn verurteilt. Zweihundert Euro monatlich. Das war nicht viel, aber das »Familienoberhaupt« fasste diese Entscheidung als Angriff auf seine Brieftasche auf. Er ließ ein Mitglied seiner Familie mit dem Auftrag bei mir an-

rufen, mich zu bewegen, dass ich meine Meinung änderte. Dem Richter schickte er ein Anfechtungsschreiben, weil die Entscheidung in seiner Abwesenheit getroffen worden sei. Und er kehrte eiligst nach Frankreich zurück, aber nicht in unsere Wohnung. Er versteckte sich irgendwo in der Provinz und behauptete, er habe kein Geld und lebe in einem Heim zur »Wiedereingliederung«, doch er meldete sich nur in offiziellen Angelegenheiten.

Ich wurde ins marokkanische Konsulat zwecks Verstoßung einbestellt, und ich ging hin, weil ich genau wusste, dass das Verfahren in Frankreich nicht abgewickelt werden konnte, sondern nur vor den Adouls. Es folgte eine Vorladung vor das Familiengericht in Marokko, wo mich Moussa der Untreue bezichtigte, natürlich, ohne Beweise zu haben und wieder ohne selbst zu erscheinen. Aufschub der Verhandlung. Ich meinerseits wollte unbedingt die Scheidung in Frankreich erwirken. Da die Verstoßung noch nicht rechtskräftig war, klammerten sich meine Eltern an diese Scheinehe und an die Familienehre.

»Er wird zurückkommen, du musst ihn anrufen und ihn um Verzeihung bitten.«

Ich ihn um Verzeihung bitten? Dass ich zur Ehe mit ihm gezwungen worden war? Nie im Leben!

Sie hatten diese Ehe gewollt, mein Vater hatte mich deshalb geschlagen, und trotz des Scheiterns und der durchgemachten Qualen betrachteten sie die Verstoßung noch immer als das Allerschlimmste, was mir passieren konnte? Und sie nutzten es aus, um die Kontrolle nicht nur über mein Leben und meine Entscheidungen, sondern auch über meine sozialen Kontakte zurückzugewinnen.

Eines Abends ging ich zum Beispiel mit Arbeitskollegen in ein Restaurant. Um einundzwanzig Uhr dreißig kehrte ich nach Hause zurück. Mein Bruder rief mich an:

»Du kriegst Ärger, Papa weiß, dass du aus warst! Er will dich sehen!«
Ich sagte mir, jetzt oder nie sei der Zeitpunkt gekommen, das Band zu durchtrennen. Mein Vater erwartete mich im Folterzimmer, die Hände hinter dem Rücken.
»Wo warst du?«
Meine Mutter fing an, mich zu beschimpfen:
»Nur Huren sind zu dieser Zeit noch unterwegs!«
Mein Vater brachte sie zum Schweigen. Er war derjenige, der das »Problem« zu lösen hatte.
»Komm näher! Wo warst du?«
»Ich war mit Kollegen im Restaurant.«
»Meinst du, dass man um diese Zeit noch unterwegs sein sollte?«
»Papa, es war halb zehn am Abend, das ist doch nicht dramatisch! Ich kann doch ins Restaurant gehen, ohne dass ...«
»Nein! Du kannst nicht ausgehen und erst um halb zehn nach Hause kommen. Komm näher! Hauch mich an.«
Und es ging wieder los! Ob vierundzwanzig Jahre alt oder nicht, ob verheiratet oder nicht, eine Frau, die ausgeht und raucht, ist eine Hure.
»Du hast geraucht!«
Er spuckte mir ins Gesicht und beschimpfte mich auf Arabisch.
»Hau ab! Du bist eine Hure! Moussa hat also doch in allem Recht, du bist eine schlechte Frau!«
Und meine Mutter fügte hinzu:
»Es wundert mich gar nicht, dass er gegangen ist! Wie kannst du erwarten, dass ein Mann bei dir bleibt? Und wenn du fünfzehn Mal heiratest, wirst du fünfzehn Scheidungen erleben. Du rauchst Zigaretten, du bist nichts anderes als eine Schlampe!«
Und mein Vater gab mir den Rest, indem er mich noch einmal anspuckte.
»Du widerst mich an!«

Ich war wie gelähmt. Was war es, was ich ihnen eigentlich hatte sagen wollen? Mir fiel es nicht einmal mehr ein. Oder sollte ich ihnen sagen: »Lasst mich in Frieden, habe ich euch nicht schon genug gegeben? Lasst mich leben! Ich habe nichts getan, ich war im Restaurant, ich habe mich nicht herumgetrieben!«
Aber ich war blockiert, ich schaffte es nicht. Ich stand angespannt da, die Fäuste angesichts dieser schlimmsten aller Ungerechtigkeiten geballt. »Es ist deine Schuld, du bist die Schuldige.« Ich konnte mir alles anhören, alles einstecken, nur nicht: »Moussa hat Recht. Du bist eine schlechte Frau.«
Abschließend sagte mein Vater:
»Entweder du kehrst von heute an auf den richtigen Pfad zurück, oder du siehst zu, wo du mit deinem Sohn bleibst, dann hast du keine Familie mehr! Ich will dich nicht mehr sehen!«
Ich hatte wieder vor Augen, wie ich in diesem Zimmer vor ihm stand und er mir sagte: »Du heiratest ihn! Ihn und sonst keinen, falls nicht, hast du keine Familie mehr!«
Er brach mir das Herz. Deshalb werde ich nie frei sein, und ich bin nicht die Einzige. Sie wissen, dass sie Einfluss auf uns haben. Die Familie ist unsere Sicherheit in einer Welt, in der allein zurechtzukommen wir nicht gelernt haben. Weil sie uns von klein auf von dieser Welt fern halten. Und weil wir uns hilflos in diese Welt stürzen, ohne Persönlichkeitsstrukturen, von Traditionen, Verboten und Angst geprägt. Außerdem wissen sie, dass wir unsere Eltern lieben. Ein Mädchen aus dem Maghreb ist so gut wie unfähig, die Nabelschnur zu durchtrennen. Sie möchte es gern, sie ist ständig auf der Suche nach der Schere, und im letzten Moment hindert die Angst, verlassen, verleugnet und allein auf der Welt zu sein, sie daran, die Schere zu finden. Diese Nabelschnur erstickt uns, stranguliert uns bis zum Tod,

selbst wenn man in Frankreich geboren ist. Ich war zwei Mal ausgerissen und war wieder zurückgekommen. Aus Angst vor der Freiheit, aus Angst vor dem Fliegen, da man mir die Flügel gestutzt hatte.
Ich wusste nicht mehr, mit wem ich mich identifizieren sollte. Leila, die Tochter ihres Vaters, Leila, die Frau eines Fremden. Leila, die Mutter eines kleinen Jungen. Das war meine einzige Gewissheit, aber selbst auf diesem Gebiet behielten meine Eltern die Kontrolle, indem sie mich mit ihm erpressten.
»Solange du nicht auf den richtigen Pfad zurückkehrst ...«
Auf den Pfad der Unterwerfung, mit allem, was dazu gehört, mit allem, was mir zutiefst zuwider war.
Ich hatte versucht, mich umzubringen, weil sie mir mein Leben verpfuscht hatten, und sie kümmerten sich nicht darum. Ich war diejenige, die nicht normal war.
Wieder wollte ich sterben. Ich wollte es wirklich. Meinem Leben definitiv ein Ende machen. Ich hatte die Nase voll und keine Kraft mehr, nicht einmal mein Sohn konnte mich mehr an diesem beschissenen Dasein festhalten lassen, in dem immer ich die Schuldige war, immer ich bestraft, immer ich eingesperrt wurde.
Ich griff nach dem Koran, als wollte ich Gott bitten, mich zu begleiten, und schluckte sämtliche Antidepressiva, die man mir im Krankenhaus gegeben hatte. In der Stille meiner Wohnung versuchte ich, wahllos ein paar Verse zu lesen. Und wieder einmal dämmerte ich ein.

»Leila, hören Sie mich? Leila, hören Sie mich?«
Ich hörte. Vage und verschwommen. Man hatte mir an Ort und Stelle eine Infusion gelegt. Wieder war mein Selbstmordversuch gescheitert. Als meine Mutter mich in die Arme nehmen wollte, fuhr ich entsetzt zusammen und schrie:

»Lassen Sie mich in Ruhe, lassen Sie mich in Frieden, ich will, dass Sie aus meinem Leben verschwinden!«
»Ich bin es doch, deine Mutter ...«
»Lass mich in Ruhe. Nein, du bist nicht meine Mutter, lass mich in Ruhe.«
Ich schrie und weinte gleichzeitig.
»Leila, was ist los? Ich bin's, Papa.«
»Lass mich in Ruhe, lasst mich einfach in Ruhe ...«
Ständig wiederholte ich diesen Satz.
Mir war nicht klar, dass er unglücklich und besorgt war, dass er wirklich nur mein Bestes wollte und meine Einstellung einfach nicht verstehen konnte.
Das Resultat war nur logisch. Wieder beschuldigte mich mein Vater: »Du hast uns vor aller Welt gedemütigt!«
In dieser Nacht hatte ich Martine, der Sozialpädagogin, die immer Kontakt zu mir gehalten hatte und der ich es verdanke, dass ich noch am Leben bin, eine Abschiedsbotschaft geschickt. Sie beschützte mich, redete mit mir und wollte, ohne meine Geschichte ganz zu kennen, unbedingt, dass ich mich behandeln lasse.
»Geh zu einem Psychiater, Leila ...«
»Das ist doch nicht nötig ...«
Ich hatte geglaubt, sie würde diese Nachricht erst am Morgen erhalten, und bis dahin wäre ich längst tot. Da hatte ich mich gründlich verrechnet.
Alle meine Brüder kreuzten bei mir im Wohnzimmer auf. Martine war die einzige Französin. Das Gespräch verlief schwierig, aber sie war die Einzige, die es in Gang bringen konnte.
»Sie hat kein Recht dazu. Bei uns kann man sich so nicht scheiden lassen. Sie muss warten, bis er zurückkommt. Sie hat ein Kind, sie hat kein Recht, ein anderes Leben zu führen.«
»Warum soll sie kein Recht haben, ein anderes Leben zu haben? Finden Sie nicht, dass sie genug bezahlt hat? Erwarten Sie, dass sie stirbt? Sie müssten im Gegenteil ihre

Verbündeten sein und ihr helfen, da herauszukommen.« Sie machte sich gut als Vermittlerin zwischen meinen Eltern und dem Wrack, zu dem ich mittlerweile geworden war. Stundenlang redete sie unermüdlich auf mich ein. Ohne sie hätte ich wahrscheinlich nicht überlebt. Man brachte mich ins Krankenhaus, wo mir der Magen ausgepumpt wurde. Dann wollten sie, dass ich etwas esse, aber ich ließ den Teller unberührt zurückgehen. Sie schickten mir einen Psychiater, aber ich scheuchte ihn fort. Ich zog mir die Decke über den Kopf und wollte niemanden sehen, nichts hören, vor allem keine Fragen. Doch ich wusste selbst nicht mehr, welche Fragen das sein könnten. Der Psychiater blieb eine Weile schweigend neben meinem Bett stehen, dann ging er fort und sagte zu dem Arzt:

»Sie gehört in die Psychiatrie eingewiesen!«

Darauf kam der Arzt in mein Zimmer. Er schickte die Krankenschwester hinaus und schloss die Tür.

»Sie stehen jetzt sofort auf, Leila! Los! Aufstehen!«

Er zwang mich, aus dem Bett zu steigen, schaute mir in die Augen und fing an, mich zu duzen.

»Ich bin Moslem, ich bin Arzt, ich erkläre es dir, damit du es richtig verstehst. Du möchtest sterben?«

»Ja.« – »Du hast einen Sohn? Du liebst ihn?«

»Ja.«

»Willst du ihn verlieren? Falls ja, dann ist das die beste Methode, nur weiter so! Und jetzt pass gut auf: Du hast zwei Möglichkeiten. Entweder du entscheidest dich, dich aufzurappeln und etwas zu tun, oder du wirst morgen früh in die Psychiatrie verlegt. Und dann verlierst du deinen Sohn für lange Zeit. Aber wenn du mir versprichst, dass du es schaffen willst, dann rufe ich sofort deinen Vater an. Da wir beide Moslems sind, wird er auf mich hören müssen! Was ist es, was ihn stört? Er will nicht, dass du dich scheiden lässt?«

»Das ist eine Sünde ... das ist halam!«

»Ich sage ihm, dass die Scheidung halal ist. Sie wird von der Religion gebilligt, wenn sich ein Paar nicht mehr versteht. Selbst in Marokko hat der König die Scheidung zugelassen! Also, wie lautet dein Entschluss? Ich habe es satt, dich hier halbtot und um Hilfe bittend ankommen zu sehen! Eines schönen Tages wirst du es nämlich nicht mehr schaffen, weil dein Selbstmord nicht daneben geht. Ich habe keine Lust, dich im Leichenschauhaus zu sehen. Also? Wie lautet deine Entscheidung?«

»Ja, ist gut.«

»Es ist gut? Versprichst du es mir?«

»Ja, ich verspreche es.«

Sofort rief er meinen Vater an und bat ihn um eine Unterredung, fest entschlossen, nicht zuzulassen, dass er sich unter dem Vorwand irgendwelcher Verpflichtungen davor drückte.

Denn der Arzt hatte durchschaut, dass ich zur Ehe gezwungen worden war und unter dem Druck meiner Eltern litt. Und er hatte mich zu häufig wegen meiner schlechten Verfassung behandeln müssen.

»Monsieur, ich sage es Ihnen ganz klar und deutlich, ich möchte Sie morgen Vormittag um acht Uhr hier sehen; sollten Sie nicht kommen, verlieren Sie ihre Tochter endgültig, denn dann wird sie in die Psychiatrie eingewiesen. Die Verlegung ist für zehn Uhr dreißig angesetzt! Danke und guten Abend.«

Ich denke, dass bis dahin niemand mit meinem Vater je in einem solchen Ton gesprochen hatte. Wäre es ein französischer Arzt gewesen, dann hätte es nicht funktioniert.

Am nächsten Morgen war mein Vater pünktlich zur Stelle. Fast eine Stunde unterhielten sie sich unter vier Augen. Endlich übernahm ein Mann meine Verteidigung. Nicht nur mit der Autorität seines Berufes, sondern vor allem der seiner Religion.

»Nun, ich habe mit deinem Vater gesprochen, ich habe

ihm gesagt, dass das mit deinem Mann so nicht weitergehen kann. Dass eine Scheidung durchaus halal ist und dass er sie akzeptieren muss. Und auch du musst sie akzeptieren, eine Frau ist nicht schlecht, nur weil sie die Scheidung anstrebt. Jetzt zieh dich an, ich will dich hier nicht mehr sehen, höchstens, wenn du dir den Knöchel verstaucht hast!«

Mein Vater wartete am Eingang auf mich. Er sprach kein Wort zu mir und würdigte mich keines Blickes. Meine Mutter war mit meinem Sohn bei mir zu Hause. Ich ging wie ein Zombie sofort in mein Zimmer, schloss die Fensterläden und legte mich ins Bett. Irgendwann wagte sie sich in das Zimmer, um mich zu wecken und mir etwas zu essen zu bringen.
»Verschwinde!«
Ich hatte nicht einmal gesehen, dass sie es war. Zu jedem sagte ich: »Verschwinde!«
Ich war völlig am Ende. Fast zwanzig Tage lang weigerte ich mich zu essen und richtig zu trinken und trocknete allmählich aus. Der Arzt hatte mir, abgesehen von Vitaminen, keine Medikamente mitgegeben, aus Angst, ich könnte sie wieder alle auf einmal schlucken. Ich ließ mich austrocknen wie eine in der Wüste ausgesetzte Kamelstute. Ich war nicht in der Lage, das Bett zu verlassen oder mich überhaupt zu rühren. Ich lag da, um zu sterben.
Hin und wieder versuchte Ryad, in mein Zimmer zu kommen, aber ich bemerkte es nicht. Meine Mutter war da, stets zur Stelle, und sie weinte, weil sie mich nicht zum Essen und Trinken bewegen konnte, aber mir war das egal. Deshalb rief sie meine Freundin Juliette zu Hilfe.
»Ich weiß nicht mehr, was ich machen soll. Sie hat mir strikt verboten, ihr Zimmer zu betreten, sie liegt im Dunkeln da, sie isst nicht, sie trinkt nicht, meine Toch-

ter wird sterben, ich spüre, dass meine Tochter sterben wird.«

Juliette, die gute schwarze »Mama«, kam wütend ins Zimmer gestürmt.

»Was soll denn dieser Quatsch?«

»Verschwinde, Juliette, verschwinde, ich will dich nicht sehen.«

»Du glaubst, dass du dich auf diese Weise davonstehlen kannst? Dass das so einfach ist?«

Und sie stieß die Fensterläden auf. Ich zog mir die Decke über den Kopf und schrie:

»Verdammt, Juliette, du hast kein Recht, hier hereinzuplatzen, verschwinde!«

»Ich sag dir eins: Du stehst jetzt auf! Du stehst augenblicklich auf. Und ich bringe dich noch heute zum Arzt! Schau nur, wie du aussiehst! Ich jedenfalls habe keine Lust, deinen Tod auf dem Gewissen zu haben.«

Sie holte mich aus dem Bett. Juliette wiegt achtzig Kilo und hat Bärenkräfte, während ich damals kaum mehr als eine Feder wog, die sie mühelos anhob.

»Schau deine Mutter an! Schau, wie deine Mutter weint! Schau deinen Sohn an! Selbst ich, die das ebenfalls durchgemacht hat, habe mich nicht so gehen lassen wie du, ich habe mich nicht zum Sterben hingelegt wie du! Du hast einen Sohn! Er hat mit dem Ganzen nichts zu tun. Los, setz deinen Hintern in Bewegung, wir gehen!«

Unser Hausarzt verpasste mir sogleich eine Ohrfeige, als er mich in dieser Verfassung sah. Auch er drohte an, mich in die Psychiatrie einzuweisen. Doch meine Freundinnen mischten sich ein, denn in diesem Fall riskierte ich, das Sorgerecht für meinen Sohn zu verlieren. Sie versuchten, für mich einen Platz in einem Sanatorium zu finden, aber vergeblich. Deshalb kehrte ich, noch immer ein Zombie, zu mir nach Hause zurück.

Meine Mutter kümmerte sich auf der anderen Seite der Tür meines Zimmers, in dem ich mich vergrub, um Ryad.
Nur hin wieder stand ich auf, um aus dem Fenster zu schauen. Ins Leere zu starren. Sie zog mich an, diese Leere. Ich stand auf, ich starrte hinaus ... und legte mich wieder ins Bett. Der Tag würde kommen, sagte ich mir, an dem ich den Mut aufbringen würde. Vielleicht morgen. Das war wie ein tägliches Ritual. Und wenn ich sprang?
Die Vitamine, die mir der Arzt gegeben hatte, nahm ich brav ein, aber keinem gelang es, mich zum Essen zu bewegen, und ich trank noch immer nichts. Die Lippen ein wenig mit Wasser zu benetzen, das war das Maximum, das ich ertragen konnte. Es war mir unmöglich geworden, etwas hinunterzuschlucken. Wenn es Nacht wurde, befiel mich die Angst, ich dachte an den Tod, es war zwanghaft und entsetzlich, sterben zu wollen, ohne jedoch den Mut aufzubringen, aus dem Fenster zu springen. Eines Abends schnitt ich mir die Pulsadern auf, aber nicht genug, deshalb versuchte ich, mich mit einem Gürtel zu erdrosseln. Aber das Handy lag auf meinem Bett, es läutete, und instinktiv nahm ich ab.
Im Grunde genommen wollte ich gar nicht sterben. Ich wollte »ihnen« lediglich beweisen, dass sie mich in den Selbstmord trieben. Sie, das waren meine Eltern, vor allem mein Vater. Um mich da herauszuholen, wäre es nötig gewesen, dass er seinen Fehler und seine Schuld eingestanden hätte.
Aber jedes Mal, wenn ich mich umzubringen versuchte, hielt mich irgendjemand oder irgendetwas davon ab. Vielleicht ich selbst. Mein anderes Ich, das in diesem selbstmordgefährdeten und magersüchtigen Körper schlummerte.
Eines Tages erklärte mir jemand, ich sei so unglücklich und sehe absolut nicht klar, weil ich meinem Vater zu

sagen versuche: »Durch mein Sterben will ich in deinen Augen existieren, durch mein Sterben will ich Recht behalten.«
Zu dieser Zeit war ich nicht fähig, darüber nachzudenken. Man hatte mir einfach zu viel zugemutet. Für mich stand nur eines fest: »Ich will sterben.« Basta.
Und dann, nach achtzehn Tagen der Angst, der Essensverweigerung und des inneren Sterbens, zu dem sich das Gehirn entschließt, geschah etwas. Die Tür des Zimmers öffnete sich einen Spalt, und ein kleines Lächeln erschien: Ryad, mein Sohn. Er kletterte auf mein Bett, dann auf mich, und er setzte sich rittlings auf die Brust seiner Mama und vergrub das Gesicht an meinem Hals. Und ich hörte seine helle Stimme sagen: »Weißt du, Mama, dass ich dich lieb hab? Ich hab dich für immer ganz doll lieb.«
Diese helle Stimme erklang wie durch ein Wunder, zu einem Zeitpunkt, als die anderen Stimmen, jene meiner Freunde, die mich liebten, und anderer, die mich zu lieben glaubten, schon lange nicht mehr bis zu mir durchdrangen.
Ich begriff, dass ich nicht das Recht hatte, diesem kleinen Mann »das« anzutun. Er war doch mein Leben, und ich das seine. Ohne mich würde er leiden. Ohne mich würde er Opfer einer Erziehung werden, die ich ablehnte.
Es ging um ihn und mich »für immer«, wie er gesagt hatte. Und mein Wunsch zu sterben war auf einmal wie weggeblasen.

Ryad hatte den Knopf gefunden, auf den man drücken musste, um mich wieder auf die Beine zu bringen. In meinem Kopf wurde auf einmal alles klar: Ich erinnerte mich an den Moment, in dem ich erfuhr, dass ich schwanger war, dieses Licht reinen Glücks, als ich mit dem noch ganz kleinen Ryad in meinem Schoß redete.

»Ich schwöre dir, was auch passiert, ich werde immer für dich da sein, wo wir doch jetzt zu zweit sind!«
Ich war fortgegangen und hatte ihn allein gelassen, ich hatte mein Versprechen nicht gehalten.
Er war es, glaube ich, der mich gerettet hat. Ryad, mein Glück, mein Licht.
Ich nahm ihn in die Arme und drückte ihn ganz fest an mich.
»Ich hab dich auch für immer ganz doll lieb. Hab keine Angst, Mama ist immer für dich da.«
Zuerst setzte ich mich auf. Dann musste ich aufstehen. Wenn mir das gelang, hatte ich gewonnen.
Ich ging bis ins Wohnzimmer, musste meine Muskeln anspannen, um mich auf den Beinen zu halten, und schaltete den Fernseher ein. Ryad wich nicht von meiner Seite, er setzte sich neben mich, und wir schauten uns gemeinsam die Bilder an. Am Abend gelang es mir, ein kleines Stück Brot zu essen und ganz langsam ein Glas Wasser zu trinken, während er mir gegenüber zu Abend aß. Es fiel mir schwer, durchzuhalten, aber ich widerstand meinem Wunsch, mich wieder ins Bett zu legen. Ihm zuliebe.
Nach und nach gewann das Leben seine Farben zurück, zunächst seltsame Farben wie die eines unfertigen Aquarells, sie wurden nie leuchtend, aber am Ende akzeptabel.

Nach vielen Monaten des Papierkrams, der Gerichtsverfahren, der Vorladungen in Marokko und Frankreich und des immer wieder aufflammenden Hasses gelang mir die Trennung, die mein Vater und meine Mutter nach wie vor als große Schande betrachteten. Mein Vater sprach nicht mehr wütend von dieser Schande, aber sie war immer da.
Später, viel später, versuchte ich, eine Entschuldigung zu erhalten und den Respekt und vor allem die Liebe meines Vaters zu gewinnen.

»Ehrlich gesagt, Papa, du weißt genau, dass ich diesen Mann nicht heiraten wollte!«
»Das ist vergangen, mein Kind, die Vergangenheit kann man nicht mehr ändern.«
»Aber Papa, wenn du auf mich gehört hättest, dann wäre es nicht so weit gekommen! Er hat die französische Staatsbürgerschaft erlangt, mehr wollte er nicht. Das hat er uns bewiesen! Er hat euch ebenso benutzt wie mich. Was hat dir das Ganze gebracht? Hat es irgendeinem aus unserer Familie etwas gebracht?«
Und endlich hörte ich die Worte, auf die ich so lange gewartet hatte:
»Das war ein Fehler.«

Mir jedoch hatte es Ryad eingebracht. Aber noch immer nicht die Freiheit, offen über mein Leben zu sprechen. Die Zwangsheirat bleibt ein Familiengeheimnis. In der Zeit der tiefen Verzweiflung, die beinahe zu meinem Tod geführt hätte, war ich überzeugt, dass Gott diese »Tradition« nicht gutheißt, die dazu angetan ist, die Liebe unter den Menschen zu zerstören. Junge Frauen, die zur Ehe gezwungen werden, wagen es nicht, das einzugestehen. Sie erzählen den anderen Lügen und denken sich Geschichten aus. Ich beispielsweise behauptete, ich hätte meinen Mann in den Ferien kennen gelernt. Andere tun ihr ganzes Leben lang so, als liebten sie den Fremden, den ihr Vater für sie ausgewählt hat, oder sie leiden unter der »Schande«, verstoßen worden zu sein. Lügen, täuschen, schweigen, gehorsam sein, sich unterwerfen und sich das ganze Leben lang für die geringsten Taten und Gesten vor den Männern, der Familie, dem Viertel rechtfertigen zu müssen – diese Zukunftsaussicht war mir unerträglich.
Ich war nicht so mutig oder so leichtfertig wie andere, von zu Hause auszureißen, meine Eltern – die ich liebe und die mich, ohne es zu wollen, erstickten – zu verlas-

sen. Ich wollte meinen persönlichen Kampf im Inneren führen. Den Mumm haben, sie alle, meinen Vater, meine Mutter und die Brüder, zu überzeugen. Ihnen beweisen, dass man ein Recht auf die Freiheit zu leben und zu lieben hat. Damit bin ich gescheitert. Weil ich mich darauf versteift habe, allein zu kämpfen.
Dank Martine und meinen Freundinnen, die mich nie fallen ließen, war es mir gelungen, nicht zu sterben. Das war damals mein einziger Sieg. Seither habe ich viele weitere errungen.
Ich lernte, unabhängig zu werden, ohne den anderen weh zu tun, indem ich mich zwang, sie einfach zu verstehen. Ich liebe meinen Vater, ich habe ihn immer geliebt und möchte nicht, dass man das Gegenteil vermutet und dass meine Geschichte als Abrechnung mit ihm verstanden wird. Ich weiß ganz genau, zu welchem Zeitpunkt ich den Mut hätte aufbringen und ihm sagen müssen: »Papa, ich hab dich lieb, nicht aber diesen Fremden. Papa, ich hab dich lieb, aber ich sage Nein.«
Von Anfang an! Anstatt mit dem scheußlichen Tee ins Wohnzimmer zu diesem zukünftigen Ehemann zu gehen und ihn heimtückisch zu provozieren. Um das zu schaffen, hätte ich mich der Hilfe von Martine und meinen Freundinnen bedienen müssen. Ich hätte das Gespräch suchen und standhaft bleiben müssen, anstatt wie eine Verrückte mit aller mir zur Verfügung stehenden Kraft zu kämpfen, was mich letztlich nur zu Selbstmordversuchen trieb. Es gibt immer jemanden in der Umgebung, im Viertel, in der Stadt, der im Stande ist, einem zur Seite zu stehen. Wenn ich anderen Mädchen einen Rat geben darf, dann lautet er: Redet! Ich flehe euch an, hüllt euch nicht in hochmütiges und dummes Schweigen, wie ich es getan habe. Diese Feigheit mache ich mir heute zum Vorwurf.
Ein weiterer Sieg bestand darin, dass meine Eltern nach und nach ihre Scheuklappen ablegten. Sie haben sich

weiterentwickelt und begriffen, dass wir alle in dieser Falle der traditionellen Zwangsehe gelitten haben. Mein Vater spielt heute mit Ryad, wie er es mit seinen eigenen Söhnen nie getan hat. Die beiden lieben sich, und er nimmt den Kleinen überallhin mit. Ryad war seit seiner Geburt die Freude meines Vaters, und ich bin richtig froh, dass ich ihn ihm oft überlassen habe.
Meine Beziehung zu meinen Eltern hat sich verändert. Ich sehe sie jetzt mit ganz anderen Augen. Sie lieben sich noch immer, mein Vater hat sich stets bemüht, uns, soweit es seine Mittel zuließen, ein gutes Leben zu sichern. Er hat die Hand nie gegen meine Mutter erhoben, ich habe sie nie streiten hören, wie ich es mit Moussa tat. Auch sie waren Opfer einer Tradition aus einer anderen Zeit und glaubten, sie sei gut für ihre Tochter. Mein schwieriger und chaotischer Kampf hat wenigstens dazu geführt, dass sie das inzwischen eingestehen, und ich weiß, dass meine kleine Schwester nicht mehr darunter zu leiden haben wird, denn meine Erfahrung wird sie definitiv davor bewahren. Ich bin keine Heldin, aber ich glaube sagen zu können, dass ich in meiner Familie – jedenfalls auf diesem Gebiet – eine Pionierin bin. Manchmal denke ich gerührt an die frühe Morgenstunde meiner Hochzeit zurück, an die Eingangshalle dieses luxuriösen Hotels in Marokko vor meiner Hochzeitsnacht. Mein Vater hatte mich in die Arme genommen und geweint. Er hatte mich lieb, er meinte es gut, er wollte nicht, dass ich leide. Mein Kampf war nicht gegen ihn gerichtet, sondern gegen die Tradition, und ich habe mich schlecht geschlagen. Zorn und Wut hindern am Denken.
Ein weiterer Sieg und kein geringer: Ich lebe inzwischen allein mit meinem Sohn in meiner Wohnung, aber recht nahe bei meiner Familie, die mich nach wie vor unterstützt.
Der letzte Sieg, den es noch zu erringen gilt, ist die Er-

ziehung von Ryad. Eines Tages werde ich ihm von seinem Vater erzählen und ihm begreiflich machen müssen, dass Moussa ebenso wie ich in diesem altüberlieferten System gefangen war, das in manchen Familien noch immer hoch im Kurs steht, und dass er ihn dafür keinesfalls hassen darf. Wir waren beide Opfer.
Ryad, mein Sohn, ich habe den Boden für dich bereitet, du wirst weder Macho noch Sklave deiner Mutter sein. Eines Tages wirst du dich in die Frau deiner Wahl verlieben, und ich verspreche dir feierlich, dass ich mich niemals zu einer eifersüchtigen und griesgrämigen Schwiegermutter entwickeln werde.
Ich habe einen langen Weg der Psychotherapie hinter mir, die notwendig war und die ich zu lange abgelehnt hatte. Allmählich lerne ich mich selbst und auch die anderen besser kennen. Ich hoffe aus tiefstem Herzen, dass ich eine der Liebe ihres Sohnes würdige Mutter sein und bleiben werde.
Noch immer habe ich Angst vor der Zukunft, vor allem Angst vor der Liebe eines Lebensgefährten, die mir fehlt und vor der ich mich zugleich fürchte. Manchmal bin ich noch immer eine unruhige Fliege, aber immerhin benütze ich meine eigenen Flügel, mein Sohn, und sie werden uns beide tragen, denn jetzt habe ich die Kraft dazu. Aber ich kann dem Leser diesen Bericht nur anonym anvertrauen. Das, was ich so exakt und ehrlich wie möglich beschrieben habe, würde mir den Unmut mancher Leute einbringen, die ihn als unerträgliche, gegen ihre aus einer anderen Zeit stammenden Überzeugungen gerichtete Provokation betrachten. Ich muss meine Lieben davor schützen. Vorläufig zumindest. Meine Geschichte wird eines Tages, und ich hoffe, noch zu meinen Lebzeiten, endlich eine alte Geschichte sein.

Danksagungen

Aus ganzem Herzen danke ich Martine dafür, dass sie mich unterstützt, mir zugehört und mich gestreichelt hat ... Danke auch im Namens meines Sohnes und meiner Familie. Ich bin deine »zweite Tochter«, du bist für mich jene »große Schwester«, die ich nie hatte. Ich werde dir immer nahe sein. Dank dir hat sich meine Beziehung zu meinen Eltern geändert. Ich sehe sie heute mit ganz anderen Augen.

Dank an Sophie für ihre Unterstützung und unsere Gespräche. Dir ist es zu verdanken, dass es mir gelungen ist, eine Tür zu schließen, um mir eine Zukunft zu eröffnen. Danke, dass du meine Freundin bist.

Jean-Marie: »Jetzt mal Klartext!« Du bist einer der wenigen Menschen, die mich zum Lachen bringen, selbst wenn es mir sehr schlecht geht.

Dank an Marcelle für ihren Schutz, ihre Anwesenheit und ihr Mitgefühl. Danke, dass du da warst und mich in meinen schlimmsten Phasen unterstützt hast.

Marie-Louise, Sébastien, Anne, Marie-Delphine und Sophie, danke, dass ihr an mich geglaubt und mir die Chance gegeben habt, mich zu befreien.

Isabelle und Thomas möchte ich für ihre Freundschaft danken.

Vielen Dank, Dominique, dank dir konnte ich dieses wunderbare Abenteuer erleben. Danke für deine Freundschaft und deine Unterstützung.

Danke auch an Marie-Thérèse Cuny, meine »Mami«, die es verstand, mir zuzuhören und meine Geschichte in ihrer schönen Handschrift niederzuschreiben.

Danke an die Belegschaft meines Verlages:
Philippe Robinet für seine Unterstützung während dieses Abenteuers und für die Möglichkeit, eine einzigartige Erfahrung zu machen. Vielen Dank für deine Aufrichtigkeit und deine Freundschaft.
Juliette Legros, meine liebe, nette Juliette. Du kannst bleiben, ich habe es beschlossen!
Jean-Marie Périer, du hast mich festgenagelt. Ich bin sehr stolz auf die Ehre, dass ich deine Bekanntschaft machen durfte. Dass sich ein großer Mann wie du freundlich und wohlwollend für mein Leben interessiert, das hat mich sehr gerührt.
Bruno Barbette sei Dank für das Verständnis für meine Ängste und dafür, mir Zeit gelassen zu haben.
Dank an Edith Leblond, dass wir uns getroffen haben und du mich so gut verstanden hast.
Béatrice Calderon, die dafür gesorgt hat, dass dieses Buch auf größtmögliche Resonanz stieß.
Bernard, Florent, Catherine und Caroline, danke euch allen und jenen aus der Belegschaft, die ich noch nicht kenne – ich weiß, wie sehr ihr mich unterstützt habt.